# 连谏
# 中短篇小说集

A Collection of Novellas and Short Storiest

（上册）

连谏 著

青岛出版社
QINGDAO PUBLISHING HOUSE

## 好的故事，尘土里也可以万丈光芒

### 1

连谏的中短篇小说集要在青岛出版社出版，她让我为这本书写个序言。我犹豫了一下，还是答应了。我本来是想推辞的。

我好像不太适合写这样的文字。我已经有二十多年没有写小说了，也有好几年没有读小说了。

我用了大约十个小时，读完了连谏的这本书，在平板电脑上。

让一个人不停歇地读完八部中篇，不是谁都能做到的。连谏做到了。所以，读完了这近三十万字以后，我微信她：

重新认识连谏。

然后，我就开始写这篇短文——为了让更多的人有更多的兴趣读连谏的这本书。

你要读这本书的理由有三个。

## 2

第一个理由：书里的每一部小说都是一个好的故事。

好的小说首先是一个好的故事。尤其是中篇小说，更需要一个好的故事做脊梁。

我读小说，中篇的忍耐程度在两千字之内。如果是短篇，我还有一种期待，马上就该完了，也许结尾会有点意思呢。如果是长篇，我会一下子十页、二十页地翻，这也是一种期待，也许下一章会有意思呢。

但是中篇不行。中篇像电影一样，影院里的灯一灭，十分钟之内，你必须俘虏我。做不到，我就走人。走的时候，我会小心地把座位扶住，免得它发出很大的声音。

一个好的故事，应该可以用一句话来讲述；或者反过来说，一句话讲不清楚，就很难是一个好的故事。

下面，我试着用这个办法，把连谏的这八个故事来讲述一下。

《老莱》，一个男人，一个女人，处在社会最底层、最边缘的两个卑微的生命，为了自己的儿子不惜一切代价，在肉体的毁灭中去寻找灵魂的救赎。

《回乡》，农村的父母到了城里，三年里只能“暂住”在儿子的家里。这是两代人之间的冲突，也是这个时代的冲突，这种冲突的烈度超过了你所有的想象。

《老娘改嫁》，一个生活在农村的女人，一个母亲，为了子女献出了自己的全部，这个全部里包括一个人最后的尊严，假若那也叫作尊严的话。

《生意》，一个十四岁的农村女孩，用她还没绽放就枯萎凋谢的青春，映射出金钱的力量是何等强大，在这力量面前人性的丑陋让人不寒而栗。

《野鹊》，一个农村的混混是如何炼成的？跨过他一生的肮脏与卑贱，抵达的只能是一个叫作粪坑的地方。这是一个可以写成一部长篇小说的故事。

《布衣街》，为保护这座城市的历史风貌，一个知识分子在抗争着，但是住在这些历史建筑里的人，也有着自己更切实的利益诉求，他们错了吗？

《我没那么好运》，这是一个只能用残忍来形容的故事，这里的残忍既有生活本身的内在逻辑，又有着人心的暗黑力量，还有着命运的无常，令人无处藏身。

《韶光贱》，“世界上我永远只爱你一个”，这是男人们的谎言中最大的谎言，也是必然要破灭的谎言，而这破灭是以生命间相互残杀的血浆写成的。

我微信连读，问她，作为作者，你更喜欢哪几部？

她发来的信息是：喜欢《老莱》《老娘改嫁》

《回乡》。

我心里高兴，在我的榜单上，前两名是：《老莱》《回乡》，第三名是《老娘改嫁》还是《布衣街》，我在犹豫。

《老莱》是连谏的第一部中篇，八年前写的。那我就要特别地祝贺一下，也要特别地赞赏一下，赞赏到我想没有底线地说：这部作品，可以与当代中国最优秀的中篇小说比肩而立。

## 3

第二个理由是，连谏把故事讲得好。八个故事多数讲得好。

要把故事讲好，有三个基本的条件：

一是要说人话，就是讲故事的语言要好。好的小说语言，读的时候你的嘴里不出声，它却在你的喉头处绕来绕去，像是两个人亲密地私语着。

二是要有想象力，想象力不是指故事的海阔天空，不是指人物的上天入地。故事的想象力，是指故事内在的逻辑要严谨，能自圆其说。在这一点上，《回乡》和《生意》最好。

三是故事里的人物是有体温的，是娘肚子里生出来的，有着内在的生命力的。在这一点上，《老莱》中的马文文是最好的，《生意》中的小糜、《老娘改嫁》中的老娘次之，三个人都是女性。

看看《老莱》，能这个样讲故事，需要长期的修炼。光修炼也不一定行，还要有一种对语言的敏感，或者说是一种才华。

说到才华，我必须要说一说连谏的写作速度。

她能十三天写一部二十多万字的长篇小说。

她在笔记本电脑上，能一天写一万七千字。这一天里，她还不断地刷朋友圈，一不小心也写过千字了。

这么多的字，她是用两个指头在键盘上敲出来的，一只手一个中指敲出来的。

这一天里，她除了写字，中午还蒸了一笼屉包子，晚上又包了两盖垫饺子。这好像是件不可思议的事。我在朋友圈里回复她，“这个女人已经不是人了”。

还是要说明一下：我说连谏写得快，没有说她一定写得好。写得好不好，你读完这本书自己还不知道吗？

本来还要说连谏的想象力，说她的人物，怕写得太长你要烦了。赶紧去写你要读这本书的第三个理由。

4

连谏讲的故事，竟然还有一定的意义，在某些方面还是挺重要的意义。

我认为的意义是一个问题，一个读的时候不断地摧残着我的问题：在这个世界上，在一个离你不远，你却从来没有去过的地方，在一个你也许去过但从来没有注意过的地方，还有这样的一些人这样地生活着。

这是不是真的？

我不能回答，就问连谏。她说是的。她还说，真实的世界里发生的，比小说还要惊心动魄。

《老莱》结尾的文字冷到空气都要成冰：老莱什么都没了，只剩下一个好觉，丢不起了……走在冬天的街上，老莱的心，像寸草不生的山谷。

读过这句话时，我已经在平板上把这本书的“手稿”看了六个多小时。我闭上有些酸涩的眼，歇一歇疲劳的视觉神经。但我好像还是模模糊糊地看到，生活在这“寸草不生”的山谷里的人，一个个的，都长着一张备受生活摧残的脸。这些脸委屈着，像被寒霜打过的叶子。

连谏认为，在这些“总是要活下去的人”当中，女人，特别是生活在最底层的女人，要比男人强悍得多。她们大多话少，但手勤，心肠软，骨子里硬气。连谏说，这些女人的咬牙切齿，从脸上是看不大出来的，她们只是不顾一切地活下去，她们也必须不顾一切才能活下去。

她还说，因为看透了人性的丑陋有多黑暗，她才更坚定地选择了做个好人。

“著名情感作家连谏”，被印在她的几部长篇小说的封面上。但我觉着，连谏自己是不太想认可的。如果你能读完这八部小说，你也可能不会认可。因为你看到了一个需要“重新认识的连谏”，一个有着更高写作价值的连谏。

德国小说家黑塞有一部长篇小说《在轮下》，他在其中写道：“面对呼啸而至的时代车轮，我们必须加速奔跑。有时会浮躁焦虑，但必须适应。它可以轻易地将每一个落伍的个体远远地抛下，碾作尘土，且不偿命。”

这段话里，有几个“响亮的”词语：加速奔跑、必须适应、落伍的个体、且不偿命。如果用它们来描述连谏笔下的人物，是不是这样的：他们已经没有力量加速，他们只是忍着，几千年来他们都是这么忍着。他们为了活着只能奔跑，脚步却已踉跄，奔跑得只能越来越慢。

他们已经没有时间也没有机会适应，能适应他们早就适应了。“必须”对他们来说也只剩下一个意义：“她要让儿子相信，她晚上出去是洗盘子的。”

他们从来就是落伍的个体，他们连什么叫落伍都不知道，怎么会知道为什么落伍。好像也没有人去叫醒他们，连谏想用她的故事去叫醒他们吗？

他们已经是尘土了，尘土不会让尘土偿命，真要偿命他们也只能偿自己的命，把他们碾作尘土的巨兽他们无法抗衡，你能吗？

这是一张令人绝望的浮世绘。绝望到了“不可描述”

的“冰点”之下，绝望到了“寸草不生”的幽暗山谷。

好在还有连谏这样的作家，用故事作为载体，把这张图表平摊在我们面前。至少，我们看到了，知道了，还想了一下：这是真的吗？再想一下：有什么办法吗？

更何况，连谏讲述的故事，除了具有推动阅读文本的力量，还有撞击人们心灵的力量。

正是这两种力量，压迫着我用近十个小时一口气读完了这本书。读的过程中，有那么几个瞬间，我会像一些音乐家们说得那样：“身上一阵子一阵子地起鸡皮疙瘩。”

我想你也会起鸡皮疙瘩的。只要你读，哪怕只读《老莱》这一部。

因为读了你才会看到，这个世上，还有很多很多“什么都没有了的人”，还有许许多多“不可描述的事”。他们和它们，比真实更像真实，真实得让你不敢相信这是真的，真实得似乎只有在故事中才被允许存在。

有那么一瞬间你的心头可能会一颤，产生了一点点的疼痛。这疼痛像针扎一样，细细的、浅浅的，但是尖锐得厉害。这疼痛让你看到，这些故事的残忍之下，有一粒火花，点亮了那些卑微的尘土，尘土飘浮着，弥散了开来。

就像连读心底的悲悯，辛酸地闪耀着，闪耀成一线希望。

就像故事真诚的力量，强烈地闪耀着，闪耀成万丈光芒。

陈为朋

2018年2月16日

# 目录

/ 连谏中短篇小说集

# 老莱

## 1

老莱捡了一个平板电脑，还是名牌，他知道谁丢的，也想过还回去，可一想陈胖子的嘴脸，就不想还了。

陈胖子具体是干什么的，老莱不知道，就知道他时不时来工地溜达溜达，吆三喝四的，好像他是大家伙的主子，人人都欠了他的。

一开始，老莱他们不知道陈胖子的厉害，爱搭不理的，还呛吧他，起哄他胖得都要买胸罩戴了。后来老板把他们骂了一顿。

老板说，王八蛋，你们敢骂陈胖子？知道他是谁吗？他是他妈的甲方监理！你们挺会挑大个的惹啊，只要他一句歪话，我他妈的就结不了账，我结不了账，你们也他妈的甭想领工钱！

一听得罪陈胖子会耽误了领工钱，大伙儿老实了，见着陈胖子还笑脸相迎，好像刚刚白吃了他一顿酒肉！

老莱想到这里就气不打一处来。大伙儿就这么着恭维陈胖子，他还横挑鼻子竖挑眼地在工地上找茬，都快三个月没跟老板结账了，结不着钱，老板就没钱给大伙儿发工资，老莱能不气吗？能还他吗？

当然不能！

老莱在A市东南角方向的一个工地，离市区十几里地，盖的是别墅。这地方过去是盐田，除了荒草棵子什么也不长，多少万年地荒着。这几年，房价疯了一样往上蹿，它也跟着热闹了，挖掘机、混凝土机、工程卡车轰隆隆地开进来，清淤船开进了盐碱地中间的水湾，把湾底的淤泥吸上来，喷到几公里外填洼地，填平了，十几栋房子的地界又出来了。

清完淤的水湾不叫水湾了，叫湖，荷花湖，只是荷花还没种下。房子的地基还没挖好，开发商就开始做广告了。工地上遍地基坑，挖得跟癞痢头似的，广告上漂亮得让老莱他们眼珠子直往下掉，更不要脸的是广告上吹牛说荷花湖比两个西湖都大！

西湖是老莱他们都知道的，但没见过。

在老莱心目中，西湖既然美得能让全球人都知道，当然很大很美的了，岂是把一个破盐水湾子清吧清吧的德行？

夜里，老莱睡不着的时候，就坐在湖边的栏杆上抽烟，边抽边瞅着湖面，自言自语地说，吹吧，使劲吹。

语气恨恨的。以前老莱面得很，被老婆扔了的这几年，渐渐有了脾气，对此，老莱说就好比一条狗，有主人家的时候，没啥可凶的，可如今被主人家撵出来成了流浪狗，不凶着点儿，活不了。

其实，老莱的凶，也是自己个儿想象的凶，在别人眼里，他还是个捏也捏不出危险来的面瓜。

不管是对这片工地还是对工地上的人，老莱都没什么感觉。人家说铁打的营盘流水的兵，可干建筑这行营盘也是流动的，兵就不用说了，干完这个工地去下一个，人心散着呢。尤其是到了工程后期，眼看着自己用汗水把楼房一层一层的浇高了，却没得住的份，老莱们的心，就跟在醋里泡了十天半个月的蛋皮，酸软软的，挺不是滋味。

老莱是伙夫，给全工地的五六十号人做饭。

这片工地上有好几支施工队，搞地下管道铺设的、修路的、搞绿化的……老莱他们是负责盖别墅的，几支队伍加起来，有小二百号人，就老莱是本地人，夹杂在一群出大力流大汗挣小钱的外乡人中间，还是很有优越感的。

老板说，要是他有事外出，让老莱帮他照望照望工地，为此，还送了老莱一条好烟。老莱就觉得，在老板眼里，自己到底是比那些泥腿子高档的城里人，堪委以重任。所以，他很是恪尽职守，很对得起老板的那条香烟。每当老板搂着他那鸡毛掸子女人进城，他就咬着一支烟，背着手，在工地上走来走去，看有没有人趁老板不在偷懒或是往外偷建材，为这，他挨了几次骂，才给骂明白了。原来，老板请他，是有目的的，工人的吃饭问题要就地解决，可老板带的是外乡工人，口音上一听就能听出来，怕采购的时候当地人欺生吃亏，再说他不能时时盯在工地上，总要有个人替他长长眼色，这人不能从他带的人里挑，因为他们都是同乡，不相互帮衬着偷他坑他就不错了，还帮他长眼色？想什么不好？！

于是，老板去了趟劳务市场，一眼看中了老莱。那天，老莱在劳务市场门口等零活。

虽然是本市人，可老莱没多少文化，在一家国营工厂当工人。老莱是个很知足的人，从到厂里报到那天起，他就自觉地把今后的人生和厂子关联起来了，没什么好怀疑的，可后来厂子倒了，他和大家都成了从树上掉下来的猢狲，没地儿混饭吃了，有人说不对，厂可以倒闭，可他们不能这么对咱，就招呼大家去厂里闹，去市里找，也招呼了老莱。老莱胆战心惊地说厂子又不是土豪，倒都已经穷倒了，还去闹，这不耍赖嘛！老莱不去，招呼他的人愤愤地走了，老莱没想到的是他们还真去闹了，据说把市领导都闹出来了，给年轻的小青工另安排了工作，像老莱们这些年龄偏大也没什么技术特长的，每人增加了两万块钱的工龄，买断补贴。

老莱虽然没去闹，可也有份，政策性的嘛。可领这笔钱，老莱很不好意思，总觉得占了公家的便宜，给公家干了这么多年活，也不是白干的，给发工资的，这都不给公家干了，咋还成了公家对不起他了？还得给他钱补偿？他把这话说给老婆听，被老婆骂了个狗血喷头，骂他是从小不带脑子的奴才骨头。老莱就去和老同事讲，老同事看他的眼神都怪怪的，好像老莱是从坟墓堆里爬出来的一怪物，要不就是从外星球来的。

总之，老莱就这么个人，尤其是在被老婆赶出来之前，你从来听不见他抱怨啥，在他眼里没啥公平不公平，他对这个世界唯一的要求就是我淌一碗汗，你给我一碗饭，就OK。

刚从厂里下来那会儿，老莱想找个固定工作干干，钱少点儿无所谓，只要让他知道明天早晨醒了去干什么，可他四十多岁了，一没文化二没技术，想端个安稳饭碗根本就没可能。只能去劳务市场找点儿零活，饥一顿饱一顿地挨着日子。可这样的日子老婆不想挨了，在老莱四十四岁的秋天，老婆拖着他去办了离婚手续。老莱像条丧家犬似的跟着老婆从民政局出来，一路跟到家门口，被老婆砰的一声，关在了门外。

老莱天天坐在门外哭，老婆孩子进进出出的，好像压根就没看见门口蹲了这么一人，再或者，就当他是个不招人待见的老乞丐，赖在人家屋檐底下。

后来，老莱大哥知道了，来拎起饿得面黄肌瘦的老莱就走，一路走一路骂，等走到大哥家小区门口，老莱让大哥骂开了窍，决定好好活着。

他们莱家就弟兄俩，大哥混得不错，在政府机关上班，可没儿子，偏偏大哥又是个儿子迷，曾想过让大嫂偷生，具体的办法是等大嫂怀孕，找人开病假条，去外地待上一年半载的，把孩子生下来，再带回来，对外说是捡的，虽然谁都不能确定大嫂的下一胎能不能生个儿子，可生总比不生有盼头吧？大嫂也真的怀孕了，是宫外孕！来了个大出血差点儿连命都搭上。做完手术出院，大嫂说了，大哥实在想儿子可以和她离婚，娶个年轻的妖精替他生。她不能为老莱家的香火连命都不顾。大哥长叹一口气，也就罢了，对老莱的儿子特好，逢年过节的，不忘买礼物塞钱，搞得老莱的儿子看见大伯比见着亲爹都亲。为这，老莱挺悲凉的，可有什么办法呢？人啊，只要没本事就没钱，只要没钱就没骨气……

老莱以为大哥要收留他，谁知大哥松了手，老莱坐在地上，揩着泪，像条没出息的贱狗，可怜兮兮地望着大哥。大哥厌烦地瞥着他，摔给他两千块钱，说，先租间房子住下！

老莱攥着钱，眼巴巴说，大哥，你不管我了？

大哥把他骂了一顿，说，不管你我他妈的去提溜你干什么？我提溜过来好吃还是好杀了卖钱？！说着，指着他的鼻子说他老莱活不活的他不稀罕，可他稀罕他侄！如果老莱有个三长两短，老莱前妻肯定给老莱的儿子改姓，这娘们儿能干出来，何况狠话早就放过了。

老莱这才明白，大哥对他的疼爱和看重，并不在于自己是他一奶同胞的弟弟，而是他老莱鸡巴争气，一鸡巴就弄出一儿子来，可以保证老莱家绝不了户、他和大哥百年之后，逢年过节有人给烧纸点香。

大哥给老莱找了好几份活，他都没干长，说及原因，老莱说怨不着大哥，这年头，中国什么都缺，就是不缺干活的人，什么活都有人抢，他抢不过别人还给大哥丢了脸，咳……干脆一心一意地到劳务市场找零活去了。

这一蹲，六年就过去了。老莱儿子的抚养费都是大哥给的，因为老莱挣的那点儿钱，连养活自己都困难，为这，老莱的前妻跑到他租的房子门口，跳着脚骂他，说他挣了钱都填了卖X女人的那张X了，她为儿子有他这么一个下流猥琐的爹脸红，她要给儿子改姓！

给儿子改姓！在老莱和大哥听来，简直就是孙悟空听唐僧念紧箍咒。她头天骂完，大哥第二天就溜溜把抚养费送去了，当然，钱是大哥出的，从那以后，不用老莱前妻骂，时间一到，大哥准时把钱打到老莱前妻卡上。

离婚以后，老莱是常去看儿子的，可儿子对他爱搭不理，老莱没往坏处想，想可能是前妻给儿子灌输了什么，孩子小，心底白纸儿一样的干净，懂什么？怎么能不待见他这亲爹呢？逢年过节的，老莱会在大哥家见着儿子，儿子对大哥家那只松狮都比对他好，他心有点儿凉，趁下楼扔垃圾的空，蹲在楼梯上哭过几次，可是，哭有什么用呢？有一次，他顶着一双哭得通红的眼上楼，儿子说他是不是传染上红眼病了，留在这里会传染大家的。

老莱知道，儿了嫌他在这儿碍眼，就顺水推舟着说是啊是啊有可能，就走了。

也没人留他，在那个中秋节的晚上。

后来，儿子考上了大学，是本市的，离老莱的工地不远，他骑着电动三轮车进城买菜是要经过儿子学校门口的。

每当这时，他会放慢速度，张望着学校门口，希望至少有那么一两次，和儿子有个意外相遇。可他在学校门口来回半年了，就没碰见过一次，挺失望的，觉得这是老天爷在惩罚他，惩罚他没本事，儿子连让他看一眼都不让。

老莱胡思乱想地发着呆，想起陈胖子很宝贝这电脑，在工地上晃悠够了，就找地方坐下，叼着一支烟，眉飞色舞地玩，有一次，电脑没电了，陈胖子跑到伙房问老莱有没有电源插头。

老莱就把鼓风机拔了下来。

陈胖子谢字都没说半个，连上线，一屁股坐在老莱椅子上，继续玩电脑。老莱很是愤愤，在心里攒足了力气，拿眼剜着陈胖子肥硕的后背，刚要用意念把呸字呸出去，就看见了陈胖子的电脑屏幕。

老莱瞠目结舌地叫了一声我的妈呀。

满屏幕都是光屁股娘们……

在他的惊叫里，陈胖子瞥了他一眼，快速用胳膊挡上屏幕，说，看什么看？顿了一下又补充道，我电脑中毒了！

虽然老莱没电脑，可网吧他去过几回，电脑中毒哪儿有这个中法的？他这分明是拿他当白痴乡巴佬对付！

老莱愤愤的，却敢怒不敢言。

今天，陈胖子在湖边柳树下的长椅子上睡了一觉，接了个电话，火烧火燎地跳起来就跑了。

老莱在不远处看着呢。

看见他没拿电脑。

老莱张了张嘴，想喊住他，可是，陈胖子奔跑在夏季的阳光下，胳膊上肥白肥白的肉，让老莱冷不丁儿就想起了电脑屏幕上的娘们儿，张开的嘴，就闭上了，等陈胖子钻进破桑塔纳一溜烟地不见了，才一个激灵地跑出去，抢也似的把电脑抱在怀里。

抱着电脑的老莱很不安，虽然电脑就一本厚杂志那么大，因为怕被陈胖子发现，在老莱心里，它就像一栋高楼那么醒目，根本就找不到足够安全的地方藏它。

老莱抱着电脑找来转去，觉得藏哪儿都不安全。

老莱快被自己的贪欲和恐惧给弄疯了……最后，用装菜的塑料袋，里一层外一层地裹了不下十层，找了个远点儿的地方埋了。

老莱想好了，等风头过去，他要看看电脑里的光屁股娘们。

自打和老婆离婚，他就没碰过女人，有一次接油条筐子的时候，不小心连老板娘的手一起抓住了，那肥娘们儿尖叫了一声，她男人就把刚拉好的生油条劈头盖脸地甩在了老莱脸上，夺回了装油条的筐子。老莱辩解了两句，那肥娘们儿居然还哭了，说，我都这把年纪了还能冤枉你?

老莱也生气地说，你都这把年纪了，我摸你干什么?要摸我也找个年轻的摸。

那肥娘们儿就疯了，擎着两根炸油条的细长筷子就来戳老莱，要不是躲得快，老莱脸上得给她戳俩窟窿。

生油条面又软又黏地黏在老莱脸上，老莱摘了一路也没弄干净，快到工地了，猛然想起来，油条被夺回去了，不仅大伙儿的早饭没了着落，撂一百多块钱也不是个小数目！老莱就觉得腰上有股子蛮气，拱啊拱啊地上来了，从路边捡了几块石头砖头的，往三轮后兜一扔就杀回去了。

回到油条摊，老莱也不说话，从车后兜摸出石头和砖头各一块，径直到了油条锅跟前，说，把油条给我！

炸油条的和他的肥娘们儿都吓了一跳，说，你有病啊你?

老莱说，对，我有病，还是神经病，你他妈的冤枉我刺激我了，我犯病了，你要不给我油条我他妈的就给你把锅砸了，不光今天砸，我明天还砸，天天砸！

炸油条的和肥娘们儿面面相觑了一会儿，肥娘们儿有点怯，悄悄捅了捅她男人的腰眼，说，别跟个神经病一般见识。

炸油条的就骂骂咧咧地把老莱的油条筐搬出来装油条，没好气地往老莱怀里一塞，说，滚！滚！别他妈再让我看到你。

老莱不接，说，过称。

炸油条的说，只多不少！

老莱不吭气，把石头和砖头往车后兜一扔，把油条筐往台称上一放，拽出两根油条扔回去，说，多了！

炸油条的又好气又好笑，嘟哝着老莱有病。

老莱边走边说，对，我有病，没病我能混成这德行？说着，指着炸油条的两口子，说，告诉你们，别拿我当民工欺负，我他妈的是本市人！

## 2

老莱把层层包好的电脑放进坑里，埋好，觉得还不踏实，又拔了棵小树，栽在旁边做标记，免得下次来找不到。

老莱往四周看看，往南两公里是海边，往北走半里，是山。山还荒着，用不了多久，那山就会变成这片别墅区的后花园，广告上是这么说的。

这会儿，大伙儿把那山叫野鸡场。

自从这片荒地开了工，一到晚上，那山脚下就会有女人转来转去，大都四五十岁，要啥啥没了的年纪，居然还出来卖，也有人买！

有人跟老莱说，只要二十块钱，让干什么她们就干什么。老莱表示，那么老的女人，他没兴趣。人家就笑，说谁不想搞嫩的，可二十块钱你搞得着吗？管她老嫩，好歹是块活肉。

老莱听不下去，觉得下流。翻个身，闭着眼装睡，其实睡不着的，想到了前妻。

他们是87年结的婚，那会儿，牛一点儿的人，也就是倒腾台冰箱彩电什么的，大家都差不多，就连他的老婆也和其他女人差不多，会撒娇，也会该温柔的时候温柔，该彪悍的时候彪悍得可爱，可是，日子越往后走，人和人的差别就越大，大得让老莱的老婆跟变了个人似的，老莱一直没怎么有脾气，老婆的脾气倒是大得穷凶极恶了起来，不让老莱近身，不让老莱上床，说看着老莱就恶心……老莱以为她是一时心气不顺，总有一天会变回以前的小媳妇，他等啊等啊，等得他愈来愈猥琐，老婆愈来愈嚣张，她瞧不起他，骂他为了上她的床一跪就是半天的德行……

总之，那个温婉娇俏的小媳妇老莱没等回来，等来了一个破落户泼妇。睡不着的夜里，他常想，苦日子真他妈的是个妖魔，在他眼皮底下把老婆给悄没声地吞了，给他吐出个妖魔来，吸他的血喝他的髓还要骂他龌龊。

就算这样，老莱还是觉得有老婆总比没老婆好。

屋里有老婆才像个家。

可是，妖魔老婆不干了，她不要老莱了，说看见老莱就恶心，只要老莱还睡在她床上她就瞧不起自己。

老莱就不明白了，他睡在她床上，她为什么要瞧不起自己？老莱不离。

老婆说，如果老莱不离，她就自杀，让他儿子没妈，就这么闹了一夜，披头散发的，露出了魔鬼的模样。老莱不想让儿子没妈，就答应了。后来……老莱听说，已经是他前妻的老婆勾搭了一个卖猪肉的，那卖猪肉的在老家还有老婆，就公然地和老莱老婆出双入对，邻居们说，夜里不敢从老莱家窗外走，卖猪肉的把他老婆弄得跟杀猪似的叫，很快活。

传这些话的人，边说边打量着老莱的反应，好像一群搞恶作剧的人往水面上扔石子，看这石子能激起多大的水花。

老莱总是笑嘻嘻地说，弄吧，我脱下来扔了的破鞋，随便弄。

心里，鲜血哗哗地淌。

其实，每个跟老莱传类似话的人，都被老莱用意念杀死了一万遍。

每每看着他们离去的背影，老莱就会想：我已经把他杀灭了，他已经是行尸走肉了……每次，老莱都下定决心，等下一次，谁再来跟他说类似话的时候，他一定要义正词严地告诉对方，不要跟他说这些无聊的话题，他不想听。

可等下一次来了，他又虚弱地笑着，听别人讲上了，那句话，他说不出口，不是怕伤了别人面子，更不是怕得罪人，是他想听关于前妻和儿子的消息，任何消息，只要是有关他们娘俩的。

他愿意他们活得好一点儿，他不愿意听说有人欺负他们，除了前妻被那个卖猪肉的搞得嗷嗷叫之外，当然，他也会无耻地想，前妻搞上个卖猪肉的也好，这样儿子就可以天天吃红烧排骨了。

儿子喜欢吃红烧排骨，比喜欢什么都喜欢。

想到这里，老莱就把咬牙咬出的满嘴鲜血吞进了肚子。

老莱决定，等看完了光屁股娘们儿，就把电脑送给儿子，儿子一定开心坏了，虽然大哥说儿子上大学的费用他包了，可到底给没给，给多少，老莱也没好意思问，他已经好长时间没去大哥家了。

穷是刮骨刀啊，就因为他老莱穷，大哥连个好气不给，大嫂更甭说了，一看见老莱脸就拉两米长，不去看人脸色也饿不死，何苦呢？老莱也不去了，平时挣了钱攒着，攒差不多了就给老婆孩子寄回去，不往回送是不愿意见着老婆，一见着她，老莱就想哭，明明他的女人，给他连儿子都生了的女人，怎么会和别的男人睡一块儿去了？听说儿子说，那卖猪肉的到家里去，从不带钱包，就带卖不掉的大棒骨和卖剩的零碎破肉。老莱的心，就跟刀割一样难受，给前妻打了个电话，让她别糟践自己，总有一天，他老莱会混出点儿颜色来，还会将养他们娘俩。老婆不领他情，说她喜欢，卖肉的把她糟蹋得很快活！然后咣地挂了电话。

老莱擎着话筒，半天没回过神，这一次，老婆破天荒地没骂他，让他觉得，老婆心里也满凄惶的，已经不好意思或者是没力气再或者是羞于骂他了……

还是出来干活好啊，到这工地以后，老莱就把租的房子退了，老板说这工地怎么着也得干个一两年，有工棚住，老莱就不想租房费钱了。

虽说离婚了，可在老莱心目中，前妻和孩子还是老婆孩子，退了房能省出一笔钱来，到年底领了工资，一把递给老婆，想一想底气都壮得很。

住工地上还有一个好处，没熟人跟他八卦老婆的长短了。

老莱就像一只鸵鸟，只要脑袋往沙里一扎，听不见也看不见，就当这个世界太平美好了。

所以老莱希望这片别墅永远不要建完，前提是要按时发给他工钱。

## 3

傍晚，陈胖子回来了，风风火火地找他的电脑。

大伙儿都说没看见，陈胖子就盯着老莱，说，你呢？

老莱吧嗒吧嗒地抽着烟，说，我和大伙儿一样。

陈胖子表示，别人说没看见他信，老莱说他不信，因为最后一次玩电脑是在湖边长椅上。说着，站到伙房门口，斜对着湖边的长椅，说，就你能看见。

老莱不知哪儿来的镇定，说，我还看得见运钞车往银行运钱呢，我能把钱也劫了来？

陈胖子气得像只被弄翻在地的青蛙，肥厚的肚皮一鼓一鼓地说，老莱你狡辩不是？我知道，就是你！你最好机灵着点儿，别让我发现，否则……否则我把你的手剁了。

老莱说，剁。

陈胖子有点儿困惑了，说，老莱，我冤枉不了你，这片地前不着村后不着店的，离城十几里，能进来的，不是你们干活的民工就是买房的有钱人，这边连基坑都没挖一个，看房的人过不来，活也没在这边干，老莱，你说，就这方圆三里之内，除了你，还能有谁？

老莱说，拾荒的小偷。又慢悠悠说，陈老板，我是本市人，我不是民工。

老莱从来都把拾荒的和小偷混为一谈，在老莱眼里，他们是没东西可偷的时候拾荒，拾荒是为了发现可以偷的东西的。而且老莱说得也对，就像哪儿有垃圾哪儿就有苍蝇一样，哪儿有建筑工地哪儿就有拾荒的。

老板趁机打圆场，说，陈老板，老莱说得对，拾荒的一个个都贼似的，再说了，老莱还真不是那号手脚不老实的民工，是城里人，昧人东西的事，他干不出来。

陈胖子将信将疑却又不甘心地看着老莱。

老板忙说，陈老板，您上回提的意见我已经认真修整过了，您看……是不是跟贾总汇报汇报，给我结点儿款，再不结我手下的兄弟们连饭都吃不上了。说着，看着老莱，说，老莱，你是伙夫，你跟陈老板说说。

老莱说了声可不，不是盐水煮萝卜就是盐水煮圆白菜，我这伙夫都快成做猪食的了！

老板端着一脸贱笑，说，陈老板，老莱这人真不会撒谎，您也听到了，您要能让贾总这两天给我结点儿款，我给您买一新电脑，最新款最贵的，行不?

陈胖子用鼻子哼了一声，转身走了。

老板望着他的背影，恨恨骂道，倒霉！扭头对大伙儿说，捡着也甭还这王八蛋！说完走了。

大伙也散了，没人关心陈胖子电脑的下落。

老莱全身一松，像散了架的一堆木棍儿，稀里哗啦地往地下瘫，好容易扶住了椅子把手，才算没坐到泥地里去，一颗心怦怦地狂跳着，像要从胸膛里蹦出来。

老莱觉得自己像做了贼。

还成功了。

一连几天，老莱干完活，就装作没事人一样围着埋电脑的地方转几圈，没敢把电脑起出来。有时候觉得在那一带转也会引起怀疑，就远远看着栽在旁边的那棵小树。老莱不得不承认，他也就炒个大锅菜，栽树的技术真不行。那棵小树打蔫了，他有些歉疚，从伙房提了桶水，围着小树浇了一圈，想把小树救活。

看着水咕嘟咕嘟地往土里滋，老莱吓了一跳，万一渗进电脑里呢？虽然包了十几层塑料袋，可老莱还是不放心，手忙脚乱地把电脑刨出来。一层层洋葱似的剥开了，摸着里面干爽爽的屏幕，咧嘴笑了。

老莱只玩过台式电脑，笔记本和这种平板电脑都没玩过。他找了个僻静的地方，胡乱按了半天，却怎么都开不了机，老莱就有点儿恼了，难不成自己提心吊胆捡了个坏的？他明明看见，陈胖子在丢它之前，还玩得好好的呢。

老莱生气得梆梆拍了几巴掌，扔到地上，瞅着它发狠，说，这不白担了一顿惊受了一顿怕？！

一沮丧了就想抽烟，抽到第二支烟的时候，老莱想明白了，电池没电了，夹起电脑就往伙房跑，插上电源，果然就好了，老莱乐得手舞足蹈，又怕闯进人来看见，忙找了几个编织袋挡上，又扣上一个破纸箱子，才算松了口气，过了一会儿，还是觉得不妥，掀开，关了机。

明天是周五，下午他就把电脑给儿子送去，儿子一定会很高兴吧？看在电脑的份上，儿子也该喊他一声爸了吧？周末回家应该告诉他妈吧？他老莱送了儿子一个电脑，还是有钱人玩的新潮玩意，说不准，老婆会感动，一感动就会教育儿子对他这个一天比一天老的亲爹好一点儿：不是你爸不尽心，是没能力……

老莱想啊想啊，想得心里像有杯冰冷的醋洒了，酸酸的，凉凉的。

晚上，整个工棚里热烘烘的，各种臭味混杂成一团，能把人顶个跟头，老莱穷是穷了点儿，可卫生习惯好，干净。一开始他不习惯工棚里的臭，整夜整夜地睡不着，看在省钱的份上他咬牙切齿地熬了一阵，就闻不见臭味了，不是臭味没了，是习惯了。

老莱冲了个澡，站在月亮地里晾着，不想这么早进工棚沾一身臭气。

蒜头和老张从工棚里出来，问，老莱，上山不?

老莱知道他们又要上山打野鸡了。野鸡就这样，哪儿有建筑工地哪儿就有又老又便宜的野鸡，只要工地一竣工，拿到钱的工人一散伙，野鸡们也就没了，老张说，这些老野鸡就跟候鸟似的，候鸟是根据季节迁移，野鸡是跟着建筑工人迁移，因为小区一交工，就成了城里人的天下，城里男人也花，可他不会在这么老的女人身上费银子。

当然，也不是所有建筑工人都会找野鸡的，也就老张和蒜头这号的。老张老婆两年前得肺癌死了，儿子结婚后不和他一起过，老张趁还能干得动，在各个建筑工地上漂着，说是挣点儿钱攒起来防老，其实是三天两头地往山上跑，用蒜头的话说，老张不是为防老打工，是为鸡巴打工。

老莱说，蒜头你说话含蓄点儿。

蒜头没吭声，老张倒开口了，说，含蓄什么含蓄？哪一个不是鸡巴操出来的？说着，回头比画着大家，说，说说来，哪个不是？

大家轰的一声就笑了，好像阴霾的平地里轰的一声飞起了一团苍蝇。

蒜头是个腚大头小的矮胖子，喜欢生嗑大蒜瓣就落下了个外号叫蒜头，和他的体型倒蛮相配的，都三十开外了还没老婆，索性就不要好地跟着老张作吧。

蒜头听老莱说，城里女人离了婚就很难嫁出去了，就很神往地说要开个婚姻介绍所，专门把城里的寡妇啊离婚女人啊，卖给乡下的光棍们。老莱觉得猥琐，和蒜头打了一架，蒜头骑在他身上，提着锤子似的拳头说，别他妈的以为你们城里人就比乡下人高一等，城里女人只要二十块钱，老子想怎么搞就怎么搞！要多贱有多贱，比乡下女人贱多了！

老莱突然有虎落平阳被犬欺的凄惶感，生气，生自己的气，生城里男人的气，恨他们没出息，恨着恨着，老莱就扇了自己两巴掌，真扇，扇了两巴掌还觉得不过瘾，又顺手从一边捞起一块石头来往自己头上砸，不仅蒜头，连看热闹的都给吓着了。

蒜头像被蛇咬了一样，噌地从老莱身上蹦起来，踢了他一脚，说，老莱，你他妈的想讹我不是？我告诉你，大家伙看着呢，这么多双眼睛做着证，你讹不着我！

老莱说，我不讹你。

大家纷纷扑上去，把石头从他手里抠出来。

老莱的额角破了，血淌了一脸，看上去挺吓人的，有人说，老莱，去诊所包包吧。离这不远的公路边，有家小诊所，也就量个血压买点儿常用药什么的。

老莱摇头说，不去，早死早利索。

蒜头一听更急了，连拖带拽地把老莱弄到诊所，上了药包起来，钱是他掏的，他一边掏钱一边骂老莱，想死不要紧，你他妈的别和我沾边！

从那以后，工地上不仅没人敢和老莱打架了，连嘴都不敢和他逗了，大家知道，老莱不识逗，逗着逗着就火了，跟人真干，而且一干起来就想把自己弄死。

人就这样，不怕被别人弄死，就怕别人的死和自己沾上了边，死了死了，只要一死，百事了了，可活着的就遭罪了，人命饥荒一辈子还不完。

现在，老莱像一只长着瘦弱细翅膀的大鸟，在月光底下呼扇着胳膊，跟老张他们说不去。

老张他们就走了。

老莱把身子晾干了，还是不想回工棚，想了想，电脑明天就要归儿子了，今晚得抓紧时间把光腚娘们儿看了。就往伙房去了。

工棚里人多嘴杂，他不敢往回拿。

老莱鼓捣了半天，光腚娘们儿还是没找出来，急得老莱汗珠子都滚下来了，李猛子来了，梆梆地砸着门问有没有开水。

老莱吓得一个哆嗦，电脑差点儿就掉到地上，没好气地说没。李猛子要进来自己烧，说肚子不好，想弄点儿姜末烧水喝。

老莱把电脑关了，塞在后裤腰上，起身给李猛子开了门，找出姜扔到灶台上，让他自己弄。

李猛子也没客气，洗也不洗，拿起菜刀就把一大块姜给剁了。

腰里别着电脑的老莱既不想回工棚也不想待在伙房周围，就上了山。

## 4

山脚下大约有三四个五十上下岁数的妇女，在小树林里溜达来溜达去的，见有人来，就迎上去，拉住了客，就一前一后地往山林子里钻。

老莱挺替她们难过的，可光难过有什么用？他救不了她们。

他那么愿意使用救这个字。

老张他们说过，来山上的女人，都是没嫁着好男人没养出好孩子的苦人儿，有个女人跟老张说，她晚上出来打工是为了帮儿子买房子，没房儿子连个女朋友都找不着……她们把自己干这一行叫打工，跟亲戚朋友们就说找了个晚上去酒店刷盘子洗碗的活，别人也信，五十岁左右的人了，要找活，也只能去酒店后厨这一类的地方。还有的女人还告诉老张，生意好的时候，一晚上能挣二三百。

老张一脸淫邪地说，一晚上好几百，我操！然后掰着指头数，就说三百吧，三百除以二十，老莱……

老莱已经走了。他不愿意听。在老张那儿，一晚上做十五个买卖是淫荡是淫邪，可是，在老莱心里，是凄凉是刀割，因为他想到了老婆……

老莱到了山脚下，远远看见一个女人坐在山脚下的石头上抽烟，呛得上气不接下气，咳嗽个没完。可是，老莱知道，这些女人抽烟就好比是做不正当生意发廊的灯光，只要晚上亮着粉红色灯光的发廊，理的就不是上边的那个头。

这些女人在山脚下转悠，没电她们也拉不了红灯，更不想让别人看清脸，因为离开这山脚下，她们就是街街巷巷里的普通妇女，所以她们拉不下脸来叫卖更做不到涌上前拉客，只好在黑暗中，一明一暗地亮着一根烟，以表示自己的存在和职业。

这女人白衣白裤，身子丰满，看见老莱，以为来生意了，丢了烟，热切地看着他。

老莱一阵心慌，他只是到山上找个僻静的地方，看电脑里的光屁股女人，不想在这女人身上扔二十块钱，这么想着，脚步就快了，匆匆往山上走，气喘吁吁地到了半山腰，远远看见前面有块光滑的大石头，心头一乐，就它了。三步两步蹿过去，一屁股坐下，摸出烟点上一根，狠狠抽了一口，想如果光屁股娘们儿看得有意思，干脆睡这儿行了，反正是夏天，大不了挨两口蚊子咬，这么想着，就把电脑掏出来，刚要往大石头上摆，却见眼前一个肥肥颤颤的屁股坐了过来。

那个女人居然跟上来了！

老莱居然没听见！

老莱不想看她，低着头摆弄电脑，对她看也不看地说，你跟错人了，我不是上山找女人的。

女人有点巴结地看着他，说，这大老远的，我都跟你爬上来了。

又不是我让你爬的！

女人执着地说，大哥，都不容易。

老莱说，知道都不容易还不走？我就容易了？我汗珠子摔八瓣挣地钱，撒泡尿的功夫就没了，值当的吗我？！说这句话的时候，老莱脸上带着嫌恶，他嫌恶这些女人没廉耻，活着哪有不苦的事？干点儿什么不好非要卖自己？人但凡能标上价卖了，就是天底下最贱的东西，怪不得连老张和蒜头这样的破落货都敢嘲笑她们。

女人不说话了，只是，还不走。

老莱懒得理她，继续瞎猫弄死耗子似的戳鼓电脑。

女人小心翼翼地说，你搜搜，有没有无线网络信号。说着，点了点电脑上突出来的一个小玩意，说，这是无线上网卡。

老莱没搭理她，心里说什么东西？不就是个又老又丑的野鸡嘛，让她这一点划，显得他老莱多没见过世面似的，遂装作自己早就知道了的样子，瞪她，说，干什么？

女人说，找信号上网啊。

老莱说，我上网干什么？

女人意外地说，你不上网啊？那你抱着它上山干吗？

老莱一下子就塞住了，支吾了一会儿，说，我显摆！

女人倒也大方，说，那……我歇口气就下去。

老莱心想你什么时候下去，该我什么事。又去戳鼓电脑，女人小心地看着他，问，你有孩子？

老莱瓮声瓮气地说，有。

女人说，你看，这儿有视频，上网就可以和你孩子说话了，你看你孩子你孩子看你，就像看电视似的。

老莱不服气地说，知道得还不少。

女人说，经常和儿子视频。

老莱说，你也是儿子啊？

女人嗯了一声，说儿子在北京读大学，原本以为儿子毕了业，她就不用干这营生了，可儿子要考研，等儿子毕了业，还要买房结婚，看样子啊，三年五载的她是逃不出来了……

老莱愣愣地看着她，说，就不能干点别的？他想起了自己的老婆，万一他的儿子也要读研呢？万一她也要帮着儿子买房娶媳妇呢？

老莱害怕了。

怕老婆被千人万人地糟践是一回事，再就是他不愿意儿子变成那样的人，一个躺在老妈卖身钱上过活的男人还叫个男人吗？不叫！连人都不是！

老莱决定，明天给儿子送电脑的时候，不管他愿不愿意，他都要和他好好谈谈，他得提醒提醒儿子，男人就要靠自己。

别人害怕了会怎么样老莱不知道，可只要他害怕，嘴里就要弄出点儿动静，譬如说刚离婚那会儿，他坐在家门口哭，就是因为害怕，和老婆过了那么多年，她突然不要他了，老莱就不知道该往哪里去了，觉得自己像个孩子被丢在了黑茫茫的旷野里。

老莱从没像现在这么害怕过，怕儿子也变成一个躺在老娘卖身钱上过日子的蛆。

不是其他什么寄生虫，是蛆，肮脏的、恶心的、令人厌弃的、百无一用的蛆虫，来这个世界一遭就是为了迎接唾骂的。

这次，老莱没哭，在陌生女人跟前他哭不出来，他就想说话，那些话就像胶带，黏着他内心的恐惧和坏情绪，滔滔不绝，说什么不重要，重要的是他的惶恐害怕都倒了出来，倒在了这个湛蓝的荒山上，钻进了树林子里，他神经病似的对这个陌生的女人倾倒了自己的一切，父母、妻儿、离婚、现在……

女人说她姓马，叫马文文，不是无业游民也不是下岗女职工，在一家国营单位干打字员，所以，电脑玩得特溜。

老莱就奇怪了，挺体面的工作啊，你怎么还干这丢人现眼的事?

马文文叹气，说，不干这个谁帮我供儿子念大学。

你男人呢?

死了。

说这俩字的时候，好像说的不是自家男人，像是说邻家的一条狗一只兔子。老莱想，或许他的老婆也是这么和别人说自己的。这么想着，就瞪了她一眼。

马文文说，我教你上网吧。说着伸手来拿电脑。老莱往后一闪，好像怕她抢了去似的，说，万一你抱着跑了呢?

马文文说，我没那么下作。

老莱就冷笑，说，城里女人的脸都让你们丢尽了，你还好意思说自己不下作?

马文文定定地看着他，说，我的工资连毛加屎都算上才一千六，我儿子的学费一年小一万，还有生活费，考上研究生不要学费了，可我儿子得谈恋爱了，谈恋爱是全天底下最费钱的景儿，等谈差不多了，要结婚吧，要买房吧，我不偷不抢不拐不骗，我就卖我自己身上的零件，我碍着谁了?

老莱不得不承认马文文说得是，可嘴上却不愿意承认，就嘟哝说，谁不在给儿女攒钱，想攒钱就非得卖身啊?马文文说她跟邻居们说自己晚上去酒店刷盘子洗碗。

老莱说，就是嘛，你可以去刷盘子洗碗。

马文文说，从晚上六点刷到十二点，才挣二十块，好干点儿什么？

嫌少啊？老莱瞪着她。

杯水车薪。马文文幽幽地说。在这里她一晚上可以挣一二百。

老莱说不出话，他不能说干干净净挣的二十块就比脱裤子挣的二百块抗花。

马文文说她是个要强的人，不想等儿子结婚以后，说她这当妈的没帮衬他，她是吃苦吃过来的人，吃点儿苦没什么，只要孩子过得好就行。

老莱听得怅然，也汗颜得很，又想起了儿子，觉得欠了他很多，觉得自己就是个十恶不赦的无赖，对儿子欠下了一辈子都还不上的债。遂点了支烟，狠狠抽了一口。

马文文小心翼翼地说，把电脑借我玩会？

老莱说，不挣钱了？

马文文说想和儿子聊会儿天。

老莱就把电脑递给了她，三下五除二，马文文就上了线，跟儿子聊上了，马文文还让儿子开了视频，看着儿子傻笑个没完，说自己在山头公园健身呢，借了朋友的电脑和他聊会儿。老莱好奇地凑上前去，说这么神奇啊？

马文文一把把他推到一边，和儿子说，缺钱了就和她说声，别委屈着自己。她儿子说想换个笔记本电脑，原来那个配置太低了，和她视频的时候老是卡机。马文文说好，等国庆节回来就领他去买。

老莱在旁边撇了撇嘴小声说，你都过成这样了，还把儿子当公子哥宠啊？

马文文剜了老莱一眼，和儿子说邻居喊她回家了，就挂了线，把电脑还给了老莱，从口袋摸出两块钱往老莱手里塞，老莱一闪，说，别，我要你的钱干什么？

马文文说借他电脑上网，用了他的上网卡流量。见老莱执意不收就强调说这钱干净着呢，是工资，今晚还没开张。说着，拿火辣辣的目光看着老莱，老莱让她看得有些不自在了，说，别勾引我，我老婆很漂亮。

马文文说，漂亮有什么用？人家不要你了。说着把一条胳膊搭在老莱肩上，歪头看他，笑，极尽勾引之能。

她戏谑似的怀疑，让老莱自尊很受伤，他一把扒拉下马文文的胳膊，说，她不要我了我也不要你！

马文文说，好吧。起身往下走，边走边说，我欠了你的。

老莱冲她背影哼了一声，突然想起来，看她对电脑的这个熟法，肯定能找到那些光屁股娘们儿在哪儿，他张了张嘴，嗨了一声，马文文就转过身来，笑着说，后悔了吧？

老莱说，屁——！

马文文极不要脸地说，是不是没带钱？我看你也不像个混账的，可以先赊着，等下次一起给。

老莱还是说屁。

马文文说，你屁起来没完了啊，那你叫我回来什么意思。

老莱指了指电脑……可是，关于请教光屁股娘们儿怎么往外弄的事，他还是没好意思说。马文文笑着说，行了，你就别遮遮掩掩了，第一回干这事吧？第一回都不好意思。说着，就主动把上衣掀上去，一下子蒙在自己头上，说，这样行了吧？我看不见你。边说边解开了腰带。

老莱摆着手说，别，我不是这意思。

可是，马文文像匹发情的母马，上身伏在石头上，圆圆的屁股高高地翘在幽蓝色的夜里，闪着白白的光芒……

老莱一阵眼晕，心慌意乱地扶着一棵树站稳了，老半天才缓缓睁开眼，马文文依然撅着屁股趴在那儿，嘴里嘟哝着，要不要我帮帮你？

老莱半天没动静，她以为老莱像有些男人似的，因为长期在外面漂着没碰过女人，一见着女人反倒不行了。

老莱有点儿怒，也有点儿可怜马文文，闭着眼走过去，站在马文文身后，他身体里有一团流火正在跳跃着寻找出口，他甚至闻到了马文文身上的女人气息，让男人一闻见就亢奋的气息，淡淡的。

老莱站在马文文身后，久久地站着，然后，艰难地弯下腰，提着马文文的内裤和裤子，缓缓给她拉上。

马文文噌地就站了起来，说，你……

老莱说，我给你钱。说着，从口袋里摸出二十块，放在石头上，抱起电脑，往山下走去，那一刻，老莱感觉自己前所未有的伟大。

马文文愣愣地看着他的背影，突然愤怒地说，妈个X我又没卖，我凭什么拿你的钱？你拿老娘当乞丐啊？说着，也顾不上扎腰带，三步两步地追上去，把钱塞到老莱口袋里，说，我用不着你可怜！

老莱什么也没说，继续往下走，走出了好远，见马文文还站在原地，两手捂着脸，肩膀一抽一抽的。老莱就站住了，大声地说，马文文！我知道马文文不是你真名！你是个好女人，我没瞧不起你！

马文文就在山上骂，我操你妈！你有什么资格瞧不起老娘？

老莱突然有点儿喜欢马文文了，尽管他知道马文文不是她真名，干这一行的女人都有无数个假名。他没还嘴，冲马文文笑了笑，下山了。

既然她说她叫马文文，那就叫她马文文好了。

## 5

那一夜，老莱没睡着，有点儿后悔了，干吗不睡马文文？难得马文文允许他赊着，相互不认识，连真名都不知道就让赊，这跟白送有啥区别？

老莱扇了自己一巴掌。

睡他旁边的蒜头听见了，问是不是有蚊子。

老莱觉得，马文文白让他睡他没睡，自己就是干了件伟大的事，忍不住想炫耀一下，就跟蒜头说了，当然，他没提电脑更没提马文文跟他借电脑的事。

蒜头咣的一声就笑了，把睡着的人笑醒了一片。

蒜头拉开灯，开始给大家讲老莱的艳遇。

老莱就恼了，觉得一件很爷们儿的事，却让蒜头给搞成笑料了，他没辩解什么，一声不响，起身就往外走，大伙一愣，有人趴在门上往外看，回头说，不好了，老莱往伙房去了。

老莱往伙房去能干啥？还不是抄菜刀找蒜头拼命？

蒜头也怕了，在老张的催促下，骂骂咧咧地出去避风头。

老莱进了伙房，拖开编织袋，铺好，躺上去睡觉。明天要见儿子了，他不能和蒜头打架，万一打挂了花，让儿子看见不好，可如果待在工棚里，非打不可。

躺在编织袋上，蚊子嗡嗡地在耳边飞，烦得很，就坐起来抽烟，隐约中，听见有人从远处蹑手蹑脚地走过来，老莱猜，可能是蒜头过来窥探虚实，就掐了烟，起身，拿起菜刀，在磨刀石上霍霍地磨开了。

蒜头蹑手蹑脚到了门外，从门板上的缝隙里往里一看，魂就飞了，嘴里却怯怯地说，老莱，我操你妈老莱，你磨刀干什么？想和我玩命不是？

老莱不吭声，把刀磨得更响了。这时候，蒜头是不敢随便闯进来的。老莱知道，在这样的时候，谁能沉住了气谁就占了上风，嘴这烂玩意，从来就是成事不足败事有余，不但祸事从口出，衰相也从嘴里漏。只要他沉住了气不吭声，用不了多久，蒜头就得跟他讨饶，蒜头这种鸟人，别看整日家谁都不怕，嗓门比谁都高，也就个架势，还是稻草把子架势，一捅就散堆的货，糊弄别人行，可糊弄不了他老莱。

果然，在老莱霍霍的磨刀声中，蒜头一个跟头扑进来，说，老莱，你消消气，你好心好意跟我说事我不该犯贱，老莱，你消消气。

老莱还是霍霍地磨刀。

蒜头讨好地掏出一盒烟，递给老莱一支，说，老莱，抽支。

老莱看也不看他，继续磨刀。

蒜头把烟点上，抽了一口，塞到老莱嘴唇间，说，老莱大哥，你大人不见小人怪，和我这庄户老粗计较个啥？明天，不，等天亮了，我买条烟当着兄弟们的面给老莱大哥赔礼道歉。

老莱狠狠抽了一口烟，噗地吐到地上，说，赔你妈个头！趁老子心情不坏，麻溜地给我滚远点儿！

蒜头说，老莱大哥，你不生我气了？

老莱说，狗咬了人，人还非得咬狗一口？！

蒜头打着拱，屁滚尿流地退了出去。

老莱拿起菜刀试了试刃子说，妈的，切菜省劲了。

## 6

老莱是傍晚去学校找儿子的，等了半天，儿子才从楼上下来，胳肢窝里还夹了本书，一副学习很上进的样子。

老莱腆着笑脸迎上去，说，浩浩。

儿子的表情，简直像面瘫病人，冷冷地板板地说，干吗？

老莱哆嗦着把包了好几层的电脑递上去，得先讨儿子开心了，儿子才有耐心和他说话。

儿子一脸疑惑地接过来，问，什么？

电脑。说着，老莱把塑料袋一层层地剥开，说，看看，喜欢不。

不时有人经过老莱父子身边，和儿子打招呼，有比较熟的人问儿子，这谁呢？儿子顿了一下，看也不看老莱，说，给我送点儿东西的。

老莱心头一凛，看着儿子。

儿子看着一旁的树梢。

老莱就觉得有砣冰，重重地砸在心上，沉甸甸的，冰凉坚硬，他想哭，可他还是笑了，说，浩浩，看看。

儿子扫了一眼，说，怎么是旧的？

老莱语无伦次地说，捡的，所以是旧的。

儿子像怕烫着一样，飞快地把电脑塞进老莱怀里，往后闪了闪，说，你说捡的我就信了？是偷的吧？你偷了东西送给我？亏你也想得出来，万一人家找过来呢？我怎么说，说是你偷了送给我的？那我成什么了，我不成没良心的东西了？买不起电脑逼着老子去给自己偷？！说着厌恶地瞅着老莱噌噌就走，边走边说，我去图书馆看书了！

老莱捧着电脑追在身后，喊，浩浩，真是捡的。

我大伯给我买了，比你这个好多了！儿子气哼哼地说着，走得脚不沾地。

老莱亦步亦趋地追上去，用六七十年代电影里汉奸追鬼子的一身贱相，脚步细碎地亦步亦趋着说，浩浩，我捡也捡了，你不要我咋办？

儿子头也不回地说，扔了！

老莱有些凄凉地说，浩浩，你跟爸说实话，你真有了？

儿子头也不回地继续走。

老莱跟在身后絮叨，浩浩，爸爸没别的意思，就是捡了这个电脑，我留着也没用，你也知道，爸穷，没出息，也给不了你啥，就想送给你，让你高兴高兴。

儿子突然站住，说，看不见你的时候我挺高兴的。

老莱瞠目结舌地看着儿子，一句话也说不出来。

别人的爸爸是骄傲，我的爸爸是一块灰。儿子说着指了指自己的脸颊，说，一块灰！让我羞耻的灰，不是因为你穷，你懂不懂？

老莱不懂。

儿子转身走了，很悲壮。

老莱追了两步，说，你妈怎么样？

儿子头也不回地说好着呢，在饭店洗盘子。

老莱想问她和那卖猪肉的拉倒了没，又觉得问不出口，就小声说洗盘子能挣几个钱。

儿子白了他一眼，说，我妈白天卖煮玉米，晚上去饭店洗盘子。

晚上去饭店洗盘子？老莱心里轰的一声，想起了马文文说过的话，马文文说干她们这行的女人，对外都说找了个晚上去饭店洗盘子的活。

老莱急急地追上去，一把扯住儿子的T恤，说，浩浩，别让你妈去饭店洗盘子了，咱男人不能靠别人，得靠自己，你妈一个女人养不了你一辈子……

儿子一字一顿地告诉老莱，他没打算让妈养着他，从上大一开始他就没花过家里一分钱，也没花过大伯半分钱，他勤工俭学，他打短工，他做家教，挣的钱够养活自己的了。

老莱又惊又喜，问，是不是伯母不让大伯给钱了，儿子说，别凡事就往别人不好上想，人还有样东西叫自尊！我也有自尊，是它不让我要的，我是个男人！

老莱呆呆地看着儿子，突然往地上一蹲，眼泪唰地就掉了下来，张着嘴巴，啊啊地哭出了声。

儿子被他哭得有点儿手足无措。

老莱摆摆手，说你走吧。

然后，五十岁的老莱，蹲在大学寝室的楼下，像个孩子似的，嗬嗬地放声大哭，他哭得没有悲伤没有绝望，只有骄傲。

他为儿子骄傲。

他甚至自作多情地原谅了儿子对自己的疏离，他愿意认为，儿子对他还没大伯家那条松狮好，是因为儿子受了大伯的恩惠，做人总要知恩图报嘛，他甚至体谅地认为，儿子借口他得了红眼病撵他走，是不想看到他在大伯一家面前卑微的可怜相。

老莱从没像这天这么开心过，回去的路上，他买了一瓶小二锅头，晚饭的时候喝了，喝得晕乎乎的。

喝晕了的老莱慈眉善目，看着谁都想笑，他很想跟所有的人卖弄卖弄自己的儿子，但他还是管住了嘴巴，对这些就知道淌汗拿钱、活得跟畜生没什么区别的人来说，他们懂得啥叫骄傲啥叫尊严？还不跟听天书似的？

可是，幸福和快乐是需要分享的，分享不出去，它会像痛苦一样把人憋挠得坐卧不安。老莱就想到了马文文。

马文文是城里人，也有个儿子。

可是，他怕马文文误会他是找她那个的，就夹上了电脑，他可以装作向马文文请教怎么上网，然后呢，闲聊似的把儿子炫耀一顿。

嗯，就这么定了。

老莱从伙房里翻腾出电脑，就上山了。

他在山下溜达了几圈，没看见马文文，心想她可能有生意，就找了块石头，坐下抽烟，没多一会儿，就见老张从树林子里出来了，一边扣腰带一边哼着小曲儿。老莱怕他看见自己，忙把烟掐了，把背哈得深了些。还好，老张没看见他，哼着心满意足的小曲儿下山了，老莱把掐了的烟点上，在心里祷告他刚才搞的不是马文文。

偏偏是。

马文文今天穿着一套廉价的花连衣裙，拿着一个矿泉水瓶子从树林里出来，远远看见了老莱的烟头，以为又来生意了，往这边走过来。

老莱装没看见她，心里琢磨着怎么和她打招呼。

走近了，马文文才看清是老莱，就没好气地说，找我？

老莱忙站起来，啊了一声，微微抬了抬手里的电脑，说，想让你教教我怎么上网。

马文文说她还要做生意，没时间。

正说着，山下又走过来几个民工，马文文连声再见也没说，撇下老莱就迎了上去。

远远地，老莱听他们嘀咕了一阵儿，马文文就和一个男的进了树林。等在外面的两个男的看见了老莱，大方地走过来打招呼。

老莱懒得理他们，老觉得他们像肮脏的畜生，花钱找女人的时候尤其像，可他们没看出来老莱的懈怠，依然兴致勃勃地问老莱看没看见其他女人，老莱说我不是嫖客。

两个男人就轰的一声笑了，说爷们是上山找乐子的，不和这蠢驴一般见识，就走了。

一直到十点半，马文文就没闲着，她把男人们一个个送出树林又一个个领回去，等她坐在老莱身边时，已经累得连句话都说不出来了，软软地瘫坐在老莱背后，有气无力地说，你让我靠一会儿。

老莱满肚子的兴致勃勃早就化作了鸟兽散，他不想再卖弄儿子了，在这个为了儿子把尊严当成擦脚垫的可怜女人面前，再谈儿子的高度尊严带给他的骄傲，是对这个女人的嘲讽和奚落。

马文文说，我知道你瞧不起我，我这么做就是不想让人瞧不起我儿子。

老莱从口袋里掏出喝剩的半瓶二锅头，说，来口？

马文文接过来，抿了一口，辣得咳了起来，坐直了，看着老莱，说，今晚到此为止，不卖了。

老莱说，好。

马文文说，你和别的男人不一样。

老莱说，我是个没用的男人。马文文说她不是这意思，她觉得他比别的男人有良心，说着，摸出电脑，说，能让我上会儿网吗？老莱嗯了一声，又说今晚来找她，就是想让她教他学上网的。

马文文说，这还不好说。

那天晚上，马文文教他学会了上网。老莱坐在一块平整的石头上，马文文背对着他坐着，软塌塌地靠在他怀里，一步一步地教他学上网，教了好几遍，老莱还是不会，马文文火了，噼里啪啦地骂了他一顿，骂他蠢，骂他精虫上脑还不承认，骂着骂着就往旁边一歪，把裙子往上一掀，让老莱赶紧地把肚子里的那点儿邪火泄干净了，脑子还能清醒点儿。

老莱就恼了，觉得马文文把自己当成赚便宜的下三烂了，在这世界上，谁都可以当他是下三烂，但是一个一晚上接七八个十来个最下三烂嫖客的妓女马文文不行，这是对他最大的侮辱。老莱抄起电脑就要走，被马文文一把抓住了，说，我操！我白给你当了一晚上老师，你拿什么报答我？

老莱恶狠狠说，我不是鸭子。

马文文就笑着骂他，说就老娘的魅力，还用得着花钱找鸭子？只有他们花钱找老娘的份！说着，劈手夺过电脑，说，借我电脑用用，跟我儿子聊会儿天。

老莱象征性地挣脱了一下，说，你家没电脑啊？

马文文边开电脑边说，我穷人，买不起，想上网了我去网吧上。说完，冲老莱妖妖地莞尔一笑，说，你可以记着账，两块钱一小时，等攒够了十小时，你就睡我一次，咱俩就扯平了。

老莱悻悻而不屑地说，我怕得病。

马文文呸了一声，说她用安全套。

老莱在心里默默地数算了一下，马文文出门做生意，每天晚上至少要带一盒安全套……就瞅着马文文说，去批发的吧？

马文文说，什么？

老莱说，那个呀……你一晚上就用那么多……总不能天天买吧？

马文文噼里啪啦地打着字，不理老莱。

老莱看见马文文拒绝了儿子的视频邀请，说今天这电脑的视频头坏了，不能看了。老莱说，你怎么撒谎。

马文文扭头看着他，说，就我这张脸，能给儿子看吗？

是不能，马文文一脸的憔悴。

就这么着，老莱和马文文熟了。

晚上无聊的时候，老莱会去山脚下等马文文，等她忙完了，和他聊会儿天。有时候，马文文也会突然犯懒，说不干了，和老莱找个僻静点儿的地方聊天，聊天的时候，马文文会躺在老莱的怀里，老莱不得不承认，马文文不难看，细看还是很漂亮的，眼细长，都快五十了，睫毛还又长又密的，皮肤也不错，稍有点儿松弛，但还没显出老态来，尤其是一对胸，软软的，弹性十足。马文文喜欢背靠在老莱怀里聊天，让老莱圈着她，当然，那些男人和女人会做的事，他们也会做。

老莱没提过给钱，马文文也没要过。

老莱觉得自己很卑鄙，可是，又怕给钱会伤着马文文。

马文文喜欢给他出主意，告诉他什么是女人的软肋，怎样才能把老婆从那个卖猪肉的手里抢回来，每一次，老莱就被鼓舞得热血澎湃，好像从马文文怀里跳起来就能把老婆夺回来，可是，　离开马文文他就蔫了，他拿什么夺？上无片瓦下无立锥的。

下次见着，马文文就问他行动了没，老莱总说忙，没顾上，马文文就骂他尿泡，看着鼓好大的个儿，屁用没有。

不知为什么，被马文文骂，老莱觉得很受用，他也问过马文文，她男人怎么死的，马文文改口说没死，在监狱里。老莱很意外，问，怎么进去的？要坐多久？马文文说，他杀了人，判了个无期，这辈子出不来了，她没指望了才只好卖自己。老莱说那你可以改嫁啊。马文文用嗤笑的眼神看着老莱，说，就你们男人这自私的德行，要了我就得替别人养儿子，替别人的儿子攒钱买房娶媳妇，谁干？

老莱想了想，也是，条件好的男人用不着娶马文文这号的，条件不好的不敢娶她这号的，因为娶的不仅是一老婆，还是一窟窿啊。老莱鼓起勇气，说，你要不嫌弃，就嫁给我吧。马文文笑得前仰后合，说，老莱，你他妈的也真敢说！你每天晚上看着男人花二十块钱操我，一晚上操十来遍，你还想娶回去当老婆，你他妈的是不是个男人啊？

老莱说，等你是我老婆了，就不让你那样了。

马文文从他怀里滚出来，说，去你妈的，让你操有什么意思？又操不出钱来。

老莱就觉得脸上火辣辣的，说，我挣了钱都给你。马文文说，要是你能挣着钱，你老婆能跟你离婚啊？人家不要的垃圾货你还想当宝奖给我啊，去你妈的！

老莱万万没想到，在马文文眼里，自己居然是垃圾货色，因为这，好几天没上山找马文文。每每看见老张和蒜头披着夜色打着呼哨从山上下来，老莱就气不打一处来，忍不住就想去摸菜刀。

搞得老张直跟蒜头抱怨，嫌他得罪老莱，老莱连他也忌恨上了。

老莱摸出菜刀来却不劈人，就着月光，在石头上霍霍地磨啊磨啊，磨得寒光闪闪。

本来，蒜头承诺的那条香烟并没打算兑现，可见老莱每天晚上恶狠狠地磨刀，就有点尿裤子了，去买了条哈德门，趁打早饭的时候给老莱塞到了怀里，说，老莱大哥，咱俩的账清了。

老莱不动声色。

老莱不动声色的时候，很有黑社会老大的范儿，尽管他只有一米七二的个头，尽管他身板也没多壮，但是，因为马文文，老莱的眼里有了煞气。

有了煞气的老莱就想起儿子说，他的老婆，也就是他的前妻，晚上到酒店洗盘子去了，他觉得这口气他不能吞下去。

儿子这么争气有这么高的自尊，他更不能由着老婆往他脸上抹黑。

## 7

老莱是傍晚回去的。他先是站在一棵树后，看着老婆大着嗓门吆喝着卖煮玉米。老婆还是原来的样子，没胖也没瘦，但眼角的皱纹更明显了。

老莱带着微微的心酸把老婆从头看到脚。老婆穿花衫花裤，人造棉质地的，就是老太太夏天喜欢穿的那种人造棉套装，二三十块一套，既凉快又舒服，可就是不漂亮，要形没形要款没款。

老莱想起了过去，刚见老婆时的光景，她还是个水灵灵的姑娘，白底小碎花的连衣裙，脑袋后扎着长长的马尾刷子，眼睛干净得像刚下完雨的蓝天，可现在呢，像灭了火的锅炉炉膛。

老莱悄悄擦了擦泪，看着老婆把一桶玉米卖完，眼神贪婪地蘸着唾沫一张一张地数肮脏的票子，对比着回忆中的老婆，老莱突然想号啕大哭一场，可是，他不能，只能任凭泪水刷刷地往下滚，等他擦干泪，老婆已经走远了，拎着那只脏乎乎的桶。

老莱忙远远跟上，他想知道老婆到底在哪家饭店洗盘子。

为了防止被邻居认出来，老莱弄了顶脏乎乎的太阳帽扣在头上，站在楼下，等老婆出来。

这是一栋上世纪七十年代末建的楼，那种走廊在外面的筒子楼，邻居之间声言可闻，老莱家住一楼。

老莱点上一支烟，盯着曾是自家的窗户，他看见窗帘拉上了，看见老婆出来了，连衣服都没换，匆匆往外走。老莱忙闪到一边，等她走远了，才跟过去，大约转了两个街角，他看见老婆进了家医院，老莱就迷糊了，到医院干什么？难道她病了？

后来才知道，老婆在这边做夜间陪护，伺候的是一对八十多岁的老两口，老太太得了癌症，老爷子得了脑溢血，老莱老婆的活就是及时给他们喂水喂药，擦洗身子换尿布，吸痰抠屎……也就是说，睁着眼一夜不睡。这些是邻居告诉老莱的。

邻居说老莱老婆不容易，言下之意希望老莱回来，帮她撑这个家。老莱叹了口气，说，不是我不回来，是她不让我回来，对了，那个卖猪肉的呢？邻居说那人的乡下婆娘知道了，上门把老莱老婆打了一顿，就散了。

邻居还说，离婚的事，老莱老婆已经后悔了，说当年离婚是盲目乐观了，以为和老莱离了能找个更好的帮她拉扯儿子，没承想更好的没找着，更惨的倒落在自己身上了。老莱儿子考上大学那年，大嫂也来打过了，说儿子是老莱弄出来的，凭什么让大哥养？就算大哥尽兄弟情分帮老莱养，可总得有个头啊，老莱儿子都十八岁了，就算夫妻离婚给孩子抚养费也给到头了，何况是大伯！除非老莱老婆承认儿子是大哥弄出来的，结果，话音刚落地，就让老莱儿子给叉出去了，从那以后，母子俩和老莱大哥家断了关系。

老莱一直默默地抽着烟。

邻居说，咱男人就得大人大量，你主动点儿，回来吧。

老莱说，我想想。然后又茫然地看着邻居，说，就我这德行，回来有什么用？

邻居也茫然了，是啊，就他老莱，又不是功成名就的荣归，回来，能带回来什么呢？人就这么贱，老莱不在，老婆没指望，老莱要回来了，老婆肯定会指望着老莱改善改善家里的生活条件，可老莱没这能力，她肯定会失望，她一失望，这日子就过成了鸡飞狗跳。

从邻居家出来，老莱在街上溜达了一圈，就回了工地。第二天刚吃完早饭，老莱正打算去买中午的菜，老远就看见一个熟悉的影子，歪歪扭扭地走在没修整好的工地上，还没看清脸呢，就从身形上看出来了，是老婆。

老莱有点儿心慌，想找个地儿躲起来，刚转身，就听老婆喊上了，老莱！老莱！

没辙，老莱只好停了下来。

老婆气喘吁吁地跑过来，一把抓住老莱的胳膊，喘着粗气，说，你怎么在这么个破地方上班？好像他们从来就没离过婚，好像昨天夜里他们还睡在一起……老莱突然有点儿腾云驾雾的晕，说，你怎么找过来的？

老婆拿手背擦着汗说邻居告诉她的。

老莱说进屋说吧，自己先进去了，老婆跟进来，上下地看着，说，你当上伙夫了啊？

老莱在嗓子眼里嗯了一声，给她拖了把凳子，老婆也没客气，一屁股墩下去，说，有没有水？老莱端起自己的水杯，说，就一个杯。

老婆一把夺过来，咕嘟咕嘟喝了。老莱知道，老婆喝的不是水，是个态度，给他老莱看的态度，只要他愿意，他们又是两口子又是一家人了。

老莱没吭声，这一次，他得有点儿抻头，马文文说了，男人和女人在一块，总要有个犯贱的，谁先犯了贱谁就让对方骑到脖子上去了，老莱想，以前自己犯的贱太多了，所以老婆才拿他不当回事，这会儿他得拿拿劲。

老婆瞪着他，说，你恨我吧？

老莱在嗓子眼里说不恨。老婆不置可否地抽了一下鼻子，擦了擦眼睛，好像擦泪的样子，其实没泪，眼珠子干得都可以当抹布用。

老婆说，当初离婚，我是为了孩子。

老莱短短地嗯了一声，觉得声音里漏了一点儿怯，忙刹住了嗓子，点了根烟，想把表情绷住了。

老婆觉察出了老莱的抗拒，抽了一下鼻子，泪真下来了，说，我容易吗，年轻那会儿我要模样有模样要身材有身材，多少比你好的我没跟，偏偏跟了你，为了给你们莱家生儿子我差点儿死在产床上，我容易吗我？

是啊，儿子出生的时候太胖了，从凌晨折腾到另一个凌晨愣是没折腾出来，老婆眼看着就要没气了，医生一剪子下去，才把儿子剪出来，整整一个月子，老婆只敢拿一半屁股坐，因为天热，侧切的刀口发炎了，疼得她翻个身都跟杀猪似的惨叫……想到这里，老莱的心抽了一下，他绷不住了，使劲儿咳嗽了两声。

老莱老婆这会儿真哭了，眼泪蛋子簌簌地往下滚，说，老莱，你回家吧。

老莱没吭声。

老莱老婆使劲擦着眼，说，我这辈子是没指望了，只能烂在你这口破锅里了。

老莱心里挺不舒服的，心想，噢，原来是指望不上别人了，才往我这筐里划拉啊，你当我是什么？垃圾筐？心里这么想着，嘴上没说表情上却有了。

老莱老婆被他的表情激怒了，说，老莱你是不是以为我没人要？我告诉你，那个卖猪肉的就要回家离婚和我过，可我恶心他一身生猪大油味，别看他是个卖猪肉的，钱可不比一个处长挣得少！

老莱不吭声，任由她说，心想你倒想嫁给猪处长，可猪处长的老婆不把你拱到猪圈里沤肥才怪呢。一想到卖猪肉的老莱就来气，一生气他就更不吭声了。

老莱老婆再也敛不住性子，噌地站起来，指着老莱的鼻子，说，老莱你给我说实话，你是不是有相好的了？

老莱忙说，没……没有……

老莱老婆拿鼻子哼了一声，说待会儿就去找儿子通个气，她要和老莱复婚。

自由了六年，老莱也有点儿脾气了，说，你干什么呢？你说离婚就离婚你说复婚就复婚，你当我是啥？我就是条流浪狗你想领我回家也得看我愿不愿意啊。

老莱老婆还真让他吓了一跳，旋即又火了，说，老莱！你肯定有相好的了！

老莱本来想说咱俩离都离了，我有没有相好的干你什么事？可话到嘴边竟变成了我吃饱了撑的啊，我连自己都养不活呢，我弄什么相好的？

老莱老婆将信将疑地问，没骗我？

老莱拎起包，说，我去买菜了。

老莱老婆跟出来，说，我和你一块去。

坐在电动三轮后兜上的老莱老婆，开始骂骂咧咧地说大哥大嫂，老莱一直没吭气，她捅了老莱一把，说，我说他们你不愿意了？

老莱说，大哥大嫂不欠我们的，人家帮你还帮出罪来了？

老莱老婆噘噘嘴，说，觉悟还挺高。又说，你要没相好的，下礼拜咱俩就把复婚手续办了。老莱说，复什么婚，想过搬到一块过就是了。老莱老婆说，不行，能合法同居干吗要非法同居？

到了农贸市场，老莱老婆帮着老莱买好了菜和肉，临了，各种各样的挑了些好的，塞进袋子里，讨好地冲老莱笑笑，说反正回去你们老板又不能挨样过过秤。

老莱有点儿辛酸，小声说早点儿回去吧，等我领了工钱就回家。

老莱老婆点点头，拎着袋子吃力地往公交车站走去，老莱看得难受，推着车子追上去，抢过袋子，放到车兜里，送到了公交车站才说护工的活就别干了，真把身子累垮了，挣那点儿钱还不够看病的。

老莱老婆点点头。老莱摆了摆手，骑上电动车，突突地去了。

一连几天老莱没上山。

不知怎的，觉得没脸见马文文，其实，他没承诺马文文什么啊，人家马文文也不稀罕他。

其间，老莱老婆又来了几趟，搞得工地上的人都知道老莱要和老婆复婚了，有天晚上老莱老婆还住下了，当然是在伙房里睡的。那天晚上，老莱还是很兴奋的，老婆的身体虽然很熟悉，可毕竟阔别多年了，再次搂在怀里，那种激动不亚于游子回到阔别多年的故乡，他突然觉得自己很累了，再也不想走了，就这里，就这个曾经抛弃过他的女人的身体，就是他最后的家园了，他有些感动有些伤怀，还趴在老婆肩上悄悄流了一顿鼻涕眼泪。

当他的鼻涕眼泪落到老婆肩上时，老婆拍了拍他的后背，什么也没说。

真好。

可是，他得给马文文说声，不能一声不响地就这么闪了，却又苦于分不出身，老莱老婆可能是觉得当年甩老莱做得有点儿过分，也不去做护工了，一到晚上就来了，又是给老莱洗衣服又是给他泡茶的，把老莱给缠得晕头转向，哪儿也去不成，晕乎乎地就把办复婚手续的日子给定了，老莱又把电脑给了老婆，老婆给乐得啊，简直是手舞足蹈，第二天一早，跟老莱去买油条时就抱在了怀里，老莱说她烧包，生怕别人看不见，老莱老婆找了几个编织袋包起来，说要给儿子送去。老莱一愣，说大哥不是给他买了吗？

老婆怒怒地说，大哥连分学费都不掏，能给买电脑？老莱想了想也是，说这孩子，怎么跟我撒起谎来了？老婆怏怏地说儿子给她电话了，以为这电脑不是正道来的，让她劝劝老莱，他已经长大了，能自己养活自己了，有钱有有钱的过法，穷有穷的过法，别让老莱走了歪道，他跟老莱撒谎，主要是怕老莱惦记着他缺这少那的去做蠢事。

老莱听得心里热乎乎的，说，这么好的孩子是咱俩养出来的？

老莱老婆说，别人的！

老莱傻笑了一下。老莱老婆又说，别嫌儿子对他不好，就他这爹当的，有什么资格让儿子对他好？前几年，儿子说去大伯家过年过节难受，不是因为自己父母离婚了也不是因为自己家穷，而是看着老莱在大伯家一副贱兮兮的样子，他的心就跟抽了筋一样地难受。

老莱也觉得自己贱得很。老婆嘟哝，贱有什么用？能换来别人的待见还是别人的可怜？切，我算看明白了，你在人前把自己作践得越贱，人家就越不拿你当人！贱换不来饭吃，只能换来白眼球，你听到了没老莱？

老莱说听见了听见了，买油条的时候特意要了几个糯米团子和茶蛋，单独装在一小袋里，说，去吧。

到底是夫妻。从老婆抱着电脑上电动车的刹那，老莱就猜到老婆等不及了，肯定是早饭都顾不上吃就给儿子送电脑。

把老婆送到公交车站，老莱说，今晚你就别过来了，大老远的，还要转车。

老婆说，那你回家吃晚饭吧，我给你做点儿可口的，看你瘦的，跟螳螂似的。

老莱说好，觉得女人真是奇怪，她不想跟你过了吧，恨不能把你当破罐子破盆扔出去，一旦跟你过了吧，吵归吵骂归骂，吃穿上还真把你当祖宗伺候着。

晚上，老莱回家吃饭，一进院子，发现不过六年而已，相识的街坊邻居已经不多了，这房子太破旧，但凡有点儿条件的，都买房搬走了，这老房要么是卖了要么是租出去了，租给进城打工做买卖的乡下人，譬如说那个卖猪肉的。

最好是认识他的人都搬了，这样他就不用红着脸和熟人打招呼了，虽然要复婚了，可也没多光荣，老婆和卖猪肉的睡了，全院没个不知道的。这么一想，老莱就有些不快。

老莱没质问老婆为什么要跟个乡下进城卖猪肉的人睡到一块去，提都没提，一提自己就难受，老婆也舒服不了，何必呢。

那天晚上，老婆给老莱炒了俩菜，打了一塑料袋散啤酒，两人喝得泪水长流，老婆留他住下，老莱想起卖猪肉的在这张床上睡了好几年，心里毛刺刺的，借口说明天一早还得给工人们弄早饭，明天一早往那边赶，怕是来不及。

老婆也没强留，又叮嘱他别忘了大后天去办复婚手续。

回到工地时，已经九点半了，老莱站在山脚下，想到底去不去找马文文呢？他得跟她说声，最近没来，是因为要和老婆复婚，不是因为要跟她结婚她不答应，他就小家子气得翻脸了。

老莱转到马文文经常站的地方，左右张望着，没见着她的影子，心想，难道收工走了？正惶惑着，就见马文文从树林钻出来，劈头就问，这几天死哪儿去了？

老莱心里热乎乎的，觉得她骂得很亲，像老婆骂自家男人那么自在那么热乎，他拿不准该怎么说跟老婆复婚的事，就傻傻地干笑着。

马文文睥睨着他，返回树林，从一块石头后拎出个小布包，掏出一瓶水冲老莱擎了擎，说，从家里灌的白开水。

老莱摇头表示不喝。

马文文喝了一大口，咕噜咕噜地漱口，噗地吐出去，说，今晚碰上一个不要脸的，就花二十块钱居然还想玩全套，我操！老娘不干，不挣他的赃钱。

老莱说，马文文你以后别跟我说这些了，我不想听。

马文文不管不顾地往下讲，没承想这王八蛋腰里别着刀！又喝了一大口水，恶狠狠地漱口，吐掉。

老莱一听这，紧张了，说，别着刀？这不强奸吗？

马文文说是菜刀，锋利锋利的菜刀，那矬子拿菜刀架在她脖子上，逼着她做了全套的活，钱也没给，以后她不能在这地儿靠活了，这矬子尝着甜头以后会常这么干的。

老莱忙问那人长什么样。马文文大体描述了一下，老莱就明白了，是蒜头，而且蒜头拿的菜刀是他老莱的！

老莱说报案吧。

马文文说老莱的脑子让猪啃了，妓女让流氓打劫了，本身就是狗咬狗一嘴毛的事，去报案？这不成心自己往监狱里闯嘛。又问老莱是不是认识这人，老莱还没来得及开口回答，马文文又说，认识你也不许给我报仇，我不稀罕！

老莱说别走了，那人不会再找你麻烦了。

马文文问为什么。老莱说，我说不会就不会。马文文又问他是不是认识那个矮矬子，老莱点头，说，我说说他就行了，这土鳖怕我。马文文惊喜地说，你还有这本事啊老莱？说着一脸景仰地看着老莱，问这几天怎么没见他来。老莱没吭声。马文文就笑着说，老莱你该不是爱上我了吧？

老莱让她看得有点儿不好意思了，点烟，烟真是个好东西，淡淡薄薄的一层烟雾，在人需要的时候，成了树林，把不自在隐了进去。

老莱低声细气地说，我回家了。

马文文噢了一声，好像有点失望，说，回家？哪个家？

老莱说，我老婆的家。马文文噢了一声，说，不是离了吗？又说，旧情未了啊？老莱讷讷地说，怎么说也是我儿子的妈，她替我养着儿子呢。要复婚的事，他还是说不出口，觉得一说出来就像要向马文文示威似的，挺损。

马文文又噢了一声，干脆地说，行了，别跟我一脸忏悔的德行，我又不是你女朋友，你跟我交个底，你到底能不能治得了那矮矬子？你治得了还好说，治不了我赶紧另打算。

老莱说，别的包票我不敢打，就这事可以。

马文文嗤之以鼻地说，我没别的包票让你打。

老莱怏怏地说了句，你不也没离婚吗？

马文文就恼了，说，老莱你什么意思？我逼着你赌咒发誓把我娶回去了？

老莱就不吭声了。

马文文说，什么鸡巴玩意？！转身下山了。

老莱就觉得，女人真麻烦，你不知道为什么她们就翻脸了，他没精打采地往工棚走，走着走着，就想明白了。马文文突然发火，是因为吃醋，吃他老婆的醋，要不就是她觉得自己被愚弄了，老莱说要和她结婚，她没答应，这才几天啊，老莱就调转方向回去追老婆了。这么想着，老莱还是很开心的，觉得马文文对自己有那么点儿意思才会这样，就想，不能让她瞎猜摸着忌恨他，得和她说明白，他不是在她马文文这儿受了打击就跑回去求前老婆，是前老婆求着他。

嗯，就这么定了。

老莱进了工棚，大家正围着蒜头，听他眉飞色舞地吹牛他怎么一分钱不花就玩了一场爽的，本来，老莱还想把他拎出去训一顿就了事，可眼见着更多的人被蒜头煽乎得像蹲在水塘边等虫吃的青蛙，就怒了，想这土鳖忒缺德了点儿，像马文文这样的女人，哪个不是一肚子的辛酸泪，这些土鳖居然拿这些可怜的女人当土豪打。

老莱坐到铺上，点了支烟，说，蒜头，你甭得意，今晚没花钱你以为就赚着大便宜了？你以为这些站街女人都是孤军作战啊？

蒜头一愣，问，老莱，啥意思？

都在黑社会那儿挂了号的，黑社会的保护费是白收的啊？老莱故意把腔调拖得不疾不徐。

蒜头真有点儿怕了，结结巴巴地道，老莱大哥，你……你的意思是她会让黑社会来报复我？

老莱说，还用报复啊，俗话说盗亦有道，你赖谁的账也不能赖这些女人的账，她们容易吗？黑社会蛮是蛮了点儿，可讲的也是义气，你小子就小心着点儿吧，别怪我没提醒你。

蒜头慌忙说，我这就把钱给她送了去。

老莱在心里暗乐，觉得差不多了。这些怂包，一吓胆就破了。就说，你明天晚上去送也来得及。

在大家意犹未尽的哄笑声中，蒜头蹿了出去。

老莱本想喊住他，跟他说去了也没用，马文文已经走了，可一转念，觉得有点儿不妥，万一人家问你怎么知道马文文走了？你认识她吗？你们俩什么关系？到时候，他怎么回答？

所以，就算了。

蒜头再也没回来。

## 8

第二天，有人在山根下的一个水湾里发现了蒜头，浮在水面上，像泡涨了的猪。那个水湾不大但很深，据说是当年的采石场留下的，在湾边上还丢着一只拖鞋，是蒜头的。

整个工地上炸了锅。

老张他们嚷嚷着要报警，说肯定是那个野鸡告诉了收她保护费的黑社会，他们把蒜头给扔到水湾里淹死了，是谋杀！

老莱就慌了，恨不能一顿巴掌扇死自己，扇自己昨晚的嘴贱，忙冲上来说什么谋杀不谋杀的？肯定是天黑看不清楚，他又被什么绊了一下才栽到水湾里去的，什么黑社会白社会，那是他瞎编着吓唬蒜头的！可没人听他的。

有人打了110。

老莱一屁股坐在地上，说完了完了。

他想告诉马文文，今晚别来了，又不知道马文文的电话号码，甚至都不知道她的真名！这可怎么办？

老莱都快急疯了。

没多久，警察就来了，在水湾周围拉上了警戒线，又挨个人做笔录，笔录内容基本上都是众口一词，蒜头昨天晚上坑了一个站山的野鸡，让保护野鸡的黑社会给收拾了。只有老莱不这么说，老莱颠三倒四地说没黑社会，他是顺口胡说八道的，蒜头肯定是慌不择路，一不小心自己掉水湾里去的。

中午，老莱把饭烧煳了，也没人怪他，大家吃着烧煳的饭讨论着蒜头的死，似乎比谴责老莱更有意义。

老莱知道蒜头的死不关马文文的事，可他怕到时候就算马文文浑身上下都是嘴也说不清楚，就算她说得清楚，肯定也得去坐牢，谁让她干的这活违法呢？

老莱的心，慌得像奔跑着一万只兔子。他不过就想在马文文跟前逞逞能，让她觉得他老莱不是那种响屁都放不出来的窝囊废。当然，他也没打算把蒜头怎么着，前阵磨刀磨的，蒜头有怕他，他本来想让蒜头怕个厉害的，拎着磨好的菜刀，把蒜头架到一个旮旯里说说狠话，让他以后别干缺德事了就成，可他没承想蒜头能把无耻当光荣跟大家伙卖弄，他不信口胡编两句镇住这帮子蠢蠢欲动的王八蛋们行吗？那以后马文文这类苦女人就更没活路了。

可他没想到蒜头这么不经吓，也没想到他这么不经死，还没见着黑社会呢，就把自己弄死了，死就死了吧，也不能把马文文往坑里拖啊。

老莱兀自嘟哝着，扇了自己几嘴巴，说，让你嘴贱，贱出祸来了吧？

老莱去找老张说，真没黑社会，他觉得蒜头欺负马文文这样的苦女人有点儿没天良，是故意编出来吓唬他的。老张不信他的话，就信黑社会弄死了蒜头，说警察早晚会抓着那个站街女，把给她撑腰的黑社会也逮出来一窝端了。

老莱一听警察要抓马文文，更是慌了，连晚饭也没吃，揣着一肚子怦怦直跳的兔子就往山脚下去了。

马文文肯定还不知情，他得去拦着她，告诉她蒜头死了，警察要抓她？还不把她吓坏了？对，就说他老莱吹牛逼了，其实他是个怂包软蛋，压根就镇不住蒜头，据说蒜头打算天天晚上来白揩她的油，想要过安生日子呢，她就赶紧换地方吧。

老莱知道，这么说马文文肯定会瞧不起他，说不准还会骂他，咳……瞧不起就瞧不起吧，骂就骂吧，总比眼睁睁看着她往监狱里投要好。

老莱朝着马文文来的方向走，走出去都快二里地了，还没见着她影子，老莱的心就渐渐焦上了，心越焦就越慌张，觉得不对，转头往回走，还没到山脚下，远远地，就看马文文和一男人正往树林里去。

老莱想喊她，又怕别人听见，只好撒丫子往前追，边跑边看左右有没有便衣状的警察潜伏在这儿。

还好。

老莱拨开树丛，往山上去，荆条子和小树枝丫被他推开后又弹回来，噼里啪啦地打在脸上、身上，老莱顾不上痛也顾不上这会儿去找马文文不方便，像是雀跃的老兔子一样在没路的山上又跳又跑的，终于，他在一块大石头旁找到了马文文。

马文文扶着一棵树，屁股高高地翘着，一个老莱不认识的男人正忙活得要命，马文文很配合地发出了轻而浅的叫声。

老莱顾不得许多，大喝了一声，马文文！

陌生男人登时就吓傻了，马文文也傻了片刻，很快就镇定了，一把推开男人，提上裤子，说，王八蛋，你吓死我了，找死啊？说着推推吓傻了的男人说，没事没事，熟人，今儿就到这儿吧，我不收你钱了。

男人不干了，三下两下的就扎上了裤子，二话不说，从地上捞起一块石头就往老莱身上砸，一边砸一边说，鸡巴操的玩意儿，挑这时候喊，你成心想毁我是不是？

老莱一躲，石头砸空了，也顾不上多说，拉着马文文就往一边去，说这地方你不能待了，赶紧走！

马文文见他紧张得都语无伦次了，估计是发生了什么事，还不小，也顾不上多说，任由他拉着顺着林子往一边跑。

陌生男人以为碰上了吃醋打截乎的男人，刚刚这女人还挂在他鸡巴上，就这么让老莱给生生抢走了，忒没面子也忒窝囊，那泡没射出去的热精就化作了一团邪火，拱啊拱啊地就上了头钻了胆，折了一棵枯死的小树就追上来，照着老莱劈头盖脸地抽。

老莱让他抽恼了，反手夺下小树就和他抱成了一团，两人在地上滚来滚去地相互掐着打着抽着耳光，马文文在一旁看得团团转，插不上手，唯一能插上的就是嘴，问老莱到底是怎么了。

老莱气喘吁吁地说蒜头死了，让马文文快走。

马文文说，什么蒜头葱头的，他死他的，该我什么事？

老莱说，你先走，等我以后告诉你。

马文文倔劲上来了，我一不认识他二没杀他我走什么走？说着，伸手来拉老莱，说，滚回去和你老婆复婚吧，别耽误我做生意。

男人一个骨碌就翻身把老莱压在了下面，两手死死地掐着老莱的脖子，两眼凶光灼灼地盯着老莱骂骂咧咧，老莱拿脚蹬他拿手挠他，可这男人的两手，就跟咬着了肉的王八嘴一样，越掐越紧……老莱的脸紫了，白眼球一翻一翻地，嗓子里发出咝咝的声音，断断续续地嘶喊，快跑，警察会来抓你的……

马文文吓得疯了一样大哭大喊。

一阵湿热在裤裆里散开，老莱尿了。他知道，完了，他要死了，吊死和掐死的人，临死的征兆之一就是尿裤子。老莱脑袋一歪，眼睛就闭上了。

## 9

老莱是被打活过来的。

马文文抱着他的脑袋，耳光噼里啪啦地扇在他脸上，老莱缓缓睁开了眼，嗓子咕噜咕噜地响了一阵儿，说，我没死啊？

马文文说，没。

老莱呼呼地喘了几大口气，坐起来，去看马文文，就见马文文两眼惊恐满脸是泪，老莱以为马文文是担心他会死给吓成这样的，就活动着脖子，说，放心吧，我命贱，死不了……话还没说完，嘴巴就合不上了。

他看见了那个男人，脸朝下趴在地上，后脑勺生生把一块石头给吞进去了一半，好像硕大的人肉镶嵌了块石头。老莱磕磕巴巴地问，这怎么了？啊？这人脑袋上怎么长了块石头出来？说着，撅着屁股爬起来，一副随时要跑的架势。

马文文抽打着鼻子，说，我要再不砸他，你就让他给掐死了。

老莱嘴里胡乱应着，按说他应该感谢马文文的救命之恩才对的，可他一句囫囵话也说不出来，只说，死了？不能吧？过了一会又说，死了，肯定死了，石头砸进去半个脑袋。

他围着男人的尸体转来转去，像寻找机会下口的猎狗。他跟马文文说，别说是你砸的，我就说他自己摔的，摔在石头上，那石头就穿到他脑袋里去了。

马文文哭着说，谁信啊，老莱你赶紧想想办法，别说这些没脑子的蠢话。

老莱说，人是你砸死的，咋让我想起办法来了？

马文文一下子就愣了，泪眼婆娑地看着老莱，老莱慢慢低下了头，觉得自己很不男人，小声说，我没推卸责任的意思，也不会让你一个人扛，就是有点儿害怕。

马文文出溜出溜地抽着鼻子，说，老莱你走吧，人是我杀的，我不能让你帮着我扛。

老莱觉得自己得有点儿担当，就说，如果不是我上来找你，你能砸死他？说着，又把用黑社会吓唬蒜头，蒜头半夜上山来找她掉到水湾里淹死的事说了一遍。

马文文生气地说，老莱你妈逼你不吹牛能死啊？你跟我个卖X的逞什么能吹什么牛逼？我一给不了你钱二给不了你好处，你别他妈的大包大揽，我换个地方卖不就行了！说着踹了老莱一脚，说，老莱，我告诉你，如果警察把我抓了去，我儿子知道了我现在干的勾当，我他妈的就拿刀剁了你！

现在，老莱只剩了愧疚。他痛恨自己，比任何时候都痛恨。时光不能倒流，一切都不可逆转地发生了，老莱掏出烟，递给马文文一支，马文文啪地给他打掉了，怔怔看了他一会儿，又捡起来，点上，抽，边抽边哭，边哭边咳嗽，什么也不说。

老莱让她哭得心碎，觉得这事责任在他，就说，马文文你别哭了，我想好了，你走吧，我去自首，就说是我砸死的。

马文文不哭了，看了他一会儿，说，你为什么要砸死他？

老莱顿了一下说，我看他不顺眼。马文文就虚弱地哭着说，我操！谁没几个看着不顺眼的人？能都去砸死啊？老莱又安慰她说，那我就前半部分实事求是后半部分撒谎，我就说他快把我掐死了，我就手摸起一块石头砸到他头上了，这样的话，我就是正当防卫，不会判我有罪的。

马文文说，那我呢？矮矬子的死我能摘巴清楚了，可我呢？我是野鸡，五十岁了因为做野鸡去劳教了，你还让不让我儿子做人了？

老莱说不出话，是啊，他能说什么？无论怎么说，他把马文文给毁了，老莱咳了一声，说，马文文你跑吧。

马文文说，我不跑，我跑了我儿子怎么办？有个站街还杀人的妈，我孩子就甭想在这世上混了。说着马文文伸手从老莱口袋摸了一根烟出来点上，说，老莱你帮我撒个谎吧。

老莱说，行。又问，什么谎？

如果我出事了，你帮我想想办法，别让我儿子知道我干了什么，成不？

老莱说，我尽力。

马文文就跳起来，说，我操你妈老莱，什么叫尽力？你这不是放屁吗？

老莱说，那我保证，我发誓，不管怎么着我把你儿子给糊弄过去，我就说你是我女朋友，是我情人，可以吧？你来山脚下找我，让这个王八蛋男人盯上了，他想占你便宜，正好被我看见了，然后我们打起来了……他就死了。

马文文泪眼婆娑地看着他，突然扑哧一声就笑了，说，老莱行啊，瞎话张嘴就来。

老莱讪讪地说，逼急了嘛。

马文文说，行，就这么定了，是你相好的也比当站街的光彩，我儿子也能理解。

老莱说然后呢？

马文文说再想想，坐到老莱旁边，和他肩并着肩，脑袋搭在他肩上，说，老莱，我累了，咱睡一会儿吧，睡醒了就有主意了。

老莱说，好。伸胳膊揽了揽马文文的腰。两人脑袋抵着脑袋，老莱又惊又吓折腾了大半个晚上，真困了，没多久就迷糊过去了。

醒过来时，已经是下半夜了。

马文文不在。

老莱以为她回家或是跑了，心里有点儿发紧了，希望这是个梦，可是，脖子还有点儿疼，尿了的裤子还湿漉漉的，不是梦。

他轻声喊，马文文！

山林里的风抚弄着叶子，唰啦啦地响。

老莱掏了掏口袋，发现口袋里多了不少东西，钱，还有一张纸，是超市的小票单，皱巴巴的，残破得很，反面上写着一个名字：周家惠。然后是一个地址，地址下还有一行字：老莱，我知道你是个好人，我也知道你是想帮我，可是，这次你真帮不了我了，我既不想做逃犯也不想让儿子知道我是干啥的。我不能去自首，一自首老底就兜出来了。老莱，你的那个瞎话编得很好，谢谢你让我当你的女朋友，我就着你的瞎话再往下编编，我在山上等你，那人看见了，跟我耍流氓，我和他打起来了，一失手把他砸死了，你到的时候他已经死了，你一直在劝我去自首，我拖延时间不去，趁你睡着的时候，吊死了，我口袋里还有份遗书，是给警察的，你别动。

老莱眼泪哗哗地往下滚，嘴里叫着马文文。

马文文没走远，老莱在二十几米开外，找到了她。

马文文已经死得硬邦邦的了，挂在一棵松树上。

老莱抱着她大哭，大叫着马文文，他还是叫她马文文，尽管他已经知道她叫周家惠。

## 10

老莱打了110。

在派出所，老莱说他和马文文是恋人关系，打算结婚。

一个男警察说，看来这个女人问题不少，你同事说她是个站街，你说她要和你结婚，她有老公和你结什么婚？我看是诈骗吧？然后问马文文有没有骗他钱财什么的。

老莱就愣了，说她老公不是在监狱里吗？

男警察用鼻子轻轻笑了一下，那意思是，看！上当了吧？

老莱有点儿蒙，说她骗我干吗？我没钱，也给不了她啥好处……

正说着，另一个警察抱着一本笔录进来，对给老莱做笔录的警察说调查清楚了，周家惠确实是个从事性交易的女人。

老莱几乎要跳了起来，说，谁说的？

警察说，很多人，工地上的很多人都认识周家惠。

老莱知道瞒不下去了，就把事情的原委说了一遍，哀求说，马文文其实不是个坏女人，她也是没办法，她不怕当杀人犯，就怕儿子知道她是个站街的，警察同志，她站街这段你能不能不写？就写她和我谈恋爱谈的，引出来这么些事……老莱喃喃说，她以为死了你们就不会追究她是干什么的了，她儿子也就没机会知道了，她要早知道是这样，还死什么死啊……说着说着，老莱老泪纵横。

负责做笔录的年轻女警眼里汪着明晃晃的泪去看她的领导，想从他的表情上征求意见。

她的领导摆了摆手。

老莱忙千恩万谢。

那人知道老莱领会错了，就笑笑，没解释，让老莱签完字就走了。

事后，老莱才知道，那警察领导摆手的意思是人命关天的案子要实事求是，不能感情用事更不能听老莱的摆布。

马文文尸体停在火葬场的冰棺里，没家属签字火葬场不给烧，人死了，总得入土为安，老这么停着也不是办法，老莱就去了一趟马文文的家，顺道把马文文塞在他口袋里的钱给他男人。

老莱一敲门，门自己就开了，是虚掩着的，根本就没关，房子很小也很破，一房一厅，厅里有个男人正坐在椅子上发呆，听见门响，抬头，用冰冷而抗拒的目光看着老莱，说，找谁？

因为和马文文的关系，老莱多少有点儿尴尬，连马文文的男人是坐在轮椅上的都没注意到，就说马文文的朋友，她都走这么多天了，是不是让儿子回来见一面就签字火化了？

马文文男人定定地看着他，一口唾沫啐到老莱脸上，说，你谁？！

唾沫很臭，很多天没刷过牙的恶臭。老莱擦了一把，说，你他妈的让老婆卖身养着你，还有脸横啊？！说着推了他一把，随着这一推，马文文男人的轮椅骨碌碌地就滑到了房间的另一端，要不是老莱拉得及时，就撞墙了。

老莱错愕地看着他，两条腿从大腿根那儿没了，登时，老莱就泪奔了。

推着马文文男人去殡葬馆的路上，老莱知道了马文文所有的真实生活画卷。马文文的男人十年前在车祸中失去了双腿，马文文单位效益不好，上班没事干也发不了几个钱，但还是要去，她索性找了个给中文网站搞文字录入的活，儿子高二的时候，马文文开始晚上去酒店洗盘子……

老莱说，马文文最大的愿望就是让儿子相信她真的在酒店洗盘子。

马文文的男人嗯了一声，说会的。过了一会儿，又说马文文比世界上洗得最干净的盘子都干净。老莱说对，比洗得最干净的盘子都干净。马文文男人说马文文比周家惠伟大。老莱一点头，泪就砸了下来。

老莱没复成婚，他和马文文的事，让老婆知道了。

老莱老婆说老莱没本事不会挣钱她认了，就图老莱个本分才想和他复婚的，没承想他还搞了个站街的，忒下作，老莱再也没什么让她好图的了。

老莱也没勉强，春节的时候领了工钱，去买了个平板电脑，还给了陈胖子，跟他说了抱歉，陈胖子很吃惊，说，老莱，果然是你啊，旧的呢？

老莱不好意思地说让老婆拿去送给儿子了。

陈胖子眼神复杂地掂量着新电脑，说，老莱，你没幺蛾子吧？

老莱摇摇头说，就想睡得踏实点儿。

老莱什么都没了，只剩了一个好觉，丢不起了……走在冬天的街上，老莱的心，像寸草不生的山谷。

# 布衣街

## 1

这个人居然也姓汪！老汪很生气。就因为他也姓汪，老汪都不想姓汪了，就好像千珍惜万呵护的一宝贝，被人扔上了一兜屎！

倪红笑，说就算没布衣街的汪道泉，汪这个姓也高档不到哪儿去，摇头摆尾的，满街是呢，见着车轱辘和电线杆子就流氓见着花姑娘似的，死皮赖脸地往上蹭。

老汪知道，她说的满街汪，是狗。晚饭后散步，是老汪两口子每天的必修功课，遇见遛狗却不给狗拾粪便的人，倪红就撇着薄薄的嘴唇说，真让你们家的这些亲戚烦死了。

自从娶了倪红，老汪就添了很多莫名其妙的亲戚，比如苍蝇，比如蚊子，比如被称作汪星人的狗。

老汪家住一楼，不管怎么严加防范，每年夏天，苍蝇蚊子总会钻进来几只，倪红就大呼小叫，让老汪显身手。老汪反应虽然够快，可总不忘摆个郑重其事的pose，结果，苍蝇和蚊子都趁他摆pose的空儿飞走了。倪红就气，说苍蝇蚊子是他亲戚，不管遭她多少数落和白眼，他都像不肯杀生的犟佛陀，决杀不死任何一只，到最后还得倪红亲自上阵。久了，家里再进来苍蝇蚊子，倪红就会懒洋洋地瞅他一眼，说你亲戚来了。

老汪还当真了，跳起来去开门，对着空荡荡的大门口探头探脑，问人呢？倪红就指指停在某个地方摩拳擦掌的苍蝇或是一动不动扮僵尸的蚊子。

一开始，老汪挺生气，斗鸡似的看着倪红。倪红也斗鸡似的看着他。不一会儿，老汪就蔫了。倒不是怕她，而是想想一旦吵起来，倪红的两片嘴唇就像刀剁白菜，刀刀不落空地口水四溅，老汪心脏上就呼啦啦长起了一片巴掌长的头发，又慌又痒，让他恨不能像个市井怂蛋似的，全然不顾形象，一屁股坐地上，满脸抹冷汗。不吵，就只能忍了，久了，觉得这也没什么，再久了，就习惯了。不管什么场合，只要有人说到亲戚这俩字，他就会下意识地满墙满天花板地看，大家就奇怪，以为哪里有异常，被他不经意间发现了。

现在，我们把话说回来，说说那个被老汪认为他也姓汪是对汪姓的玷污的汪姓人，是布衣街的老住户，叫汪道泉，比老汪大八岁。

他一身汗馊味地闯进老汪的办公室，梆梆地拍着自己的胸脯，说，兄弟！咱一笔写不出俩汪来！昂——？你说你怎么能这么坑我？

把老汪说愣了，问，我们认识吗？

汪道泉的表情，就更是悲愤了，盯着老汪看了足足有一分钟，目光里好像含了把刀子，秒秒钟都在悲怆地逼问老汪你为什么要坑我。老汪让他看得心里发毛，也有点儿生气，觉得他目光咄咄逼人，不仅没礼貌，也毫无修养可言，就往后闪了一下，皱了皱鼻子，表达自己的不满和不屑，说，我们素昧平生，您这话也说得没头没脑的，我真不明白我到底是哪儿坑了您了？

老汪自诩有修养，和人说话，一般不会打白声，无论什么，都有个称呼，可眼前这个男人，一脸的粗莽、一身的汗馊味和一腔的咄咄逼人，让他无论如何也想不起来该使用什么称呼，按青城称呼陌生男人的惯例，要么是师傅要么是先生。师傅这俩字里透着亲昵和信任，他不愿意对眼前这个惹他烦的男人用，至于先生，那必是称呼体面人的，老汪又觉得他压根就配不上这俩字。

汪道泉越发生气了，但没和他争执，而是埋头从拎来的无纺布手提袋里翻出一份报纸，往他桌子上一拍，指着副刊上的一篇文章，说，这你写的吧？

老汪瞄了一眼，一丝骄傲油然而生，故意拖着长腔嗯了一声，拿起报纸，盯着文章一目十行地扫了一遍，抬头看着汪道泉，问，这篇文章牵扯到您家隐私了吗？

汪道泉愣了一下，显然理解起他这句话来，有点儿吃力，说，啥隐私？

老汪很有修养地说，就是有没有牵扯到你们家的事，尤其是不愿意让外人知道的事。

汪道泉的眼睛，就红了。这让老汪有点儿怕，情不自禁又去看文章，他半个月前写的，上周发在本地报纸人文副刊上，文章内容是说布衣街的，认为布衣街作为老建筑，是青城这座城市的人文历史的重要组成部分，不仅不应该被拆掉，反而应该妥善保护起来。

说到布衣街，我必须跟读者朋友们交代一下。布衣街是青城市建埠时就有的十几条街道之一，西临繁华的商业街中山路，东临外国资本家们的别墅区，整条街都铺着硕大的青石板，两侧的建筑，都是圆弧形的石拱门，进去后，是一百平方左右方方正正的院子，被两到三层的木质老楼圈在其中，木质走廊外侧有半人高的朱红栏杆，都朝着院子的方向。当年，打扮得花枝招展的姑娘们，就倚在上面，甩着香气四溢的手绢招徕踏遍里院觅春的男人。

是的，这种格局的建筑，青城俗称里院，大约就是院子被圈在房子里面的意思吧。布衣街两侧，都是这样的里院，在当年，这是青楼一条街，类似北京的八大胡同。1949年以后，政府取缔妓院，把里院的房子分给了劳苦大众，一晃六七十年过去，这些木质老楼大都年久失修，经常有人上着上着楼，咕咚一声，朽烂的木楼梯断了，人顺着楼梯漏了下去，再要么半夜里，随着咣的一声闷响传出来的是人的惨叫，那是睡着睡着觉，天花板掉下来把底下的人砸着了，好在天花板是抹在木料上的一层搅拌着稻草的石灰浆，也没多重，砸不死人，只是半夜给惊一下子，也挺要命的。据说有对结婚没多久的小夫妻，夜里正行着事呢，被掉下来的天花板捂在了里面，因为受了惊，生龙活虎的一大小伙子，打那以后就不行了……总之，因为布衣街的老楼过于破旧而生出事来的典故多得一时半会儿说不完。

汪道泉就是里院的老居民之一。现在，他再一次拍着自己的胸口，说，我也姓汪，看面相，我比你大，你叫我老汪行了。

老汪的目光，从最是眼角的角落喷射出来。想，他也姓汪，也习惯于被别人称为老汪！心里就很是不忿，就好像汪道泉也被人叫作老汪，就把老汪这个称呼给玷污了。这感觉就像他在网上看见一个希腊人不知从哪里淘了个中国的搪瓷痰盂，却不知是干什么用的，就用它来装水果摆在客厅里。老汪盯着那张图片笑了半天，想，如果有人告诉他这个其实是痰盂以及它在中国的用途，这个希腊人一定会倒胃得很吧？

老汪在心里悻悻想，老汪，你也配，叫阿汪还差不多。

这么一想，老汪就解气得很，莫名其妙地就想到了现在流行把狗叫作汪星人，就把阿汪和汪星人联系到了一起。

毫无疑问，他瞧不起汪道泉，憎恶他也被别人叫作老汪。

汪道泉说他五十二岁，已经上下三代人住里院了，早就住够了，上厕所要排队，洗澡只能拎桶水在家擦洗，他想住套房已经想了二十多年了！你老汪怎么能站着说话不腰疼地还说里院有多么好、多么值得保护呢？

老汪就鄙视得很，说，你知不知道布衣街对青城的重要性？

汪道泉显然答不出，愣了一会儿，才理屈词穷似的说，那你倒跟我说说它有多重要。

老汪说，布衣街对青城的重要性就像秦淮河对南京的重要性。

汪道泉眨了眨眼睛，显然不明白秦淮河和南京之间到底有什么干系，就梗了梗脖子，说，我就知道我爹临死的时候还抓着我的手叮嘱我，等他死了，火化了，把骨灰盒放家摆着，等拆迁分了新房抱着他挨个房间转转再下葬。他爹活着的时候就听说布衣街要拆迁，就伸着脖子等啊等啊，都把自己等出了肺癌，等进了医院，等到肺癌转移了，他还在忍着浑身骨头被刀砍一样的疼等啊等啊，也没等来新房，汪道泉想想都觉得凄惶。这一晃，又是小二十年过去了，布衣街不拆，他就分不到新房，分不到新房，他爹的骨灰盒就得在家摆着，他看着就窝心，觉得对不起他爹。

老汪听得也有点儿心酸，但又觉得汪道泉固执愚昧，人走都走了，看不看新房有什么意义呢？但也知道，这么想想可以，要说出来，就是对汪道泉家老人的不敬，就木木地笑了一下，说，你真是个大孝子。

冷不丁儿被人夸了，汪道泉也很高兴，把手伸出来，冲着老汪说，兄弟，咱一家人不说两家话，我今儿来找你，就一件事，不为别的，就当是为了让我家老爷子早日入土为安，你也别在报纸上写文章劝政府不要拆布衣街了好不好？

老汪定定地看着他，心里的冷笑又浮了上来，觉得汪道泉这么说，既好笑也太不了解他老汪的为人。不管怎么说，他老汪也算是个文化人，还是个有原则有风骨的文化人，岂是三两句好话就能让他放弃原则的？就用鼻音很重的声调说，这恐怕不行。

汪道泉有点儿急了，显然，他没多少文化，肚子里能搬到台面上说的字词不多，就急急地说，兄弟，你姓汪我也姓汪，咱一笔写不出俩汪来，你说你为难我能得啥好处？

老汪就更烦了，好像极不情愿地又被汪道泉用言语给划拉到一个烂杏筐里，自觉辱没得很，忙摆摆手，不耐烦地说，我们能不能不说我们一个姓的事？天下姓汪的人多得很，总不能都一个德行不是？

汪道泉这才听出来，其实，老汪不仅不以和他同姓一个汪而感觉亲近，还很不情愿，就像《阿Q正传》里的赵老爷很讨厌阿Q也姓赵一样。

汪道泉读书不多，但崇拜鲁迅，觉得在这世界上，再也没有比鲁迅更伟大的作家了。尽管如此，关于鲁迅的文章，他所读过的，不外乎是中学语文课本上的那几篇《阿Q正传》《孔乙己》《少年闰土》以及《祝福》。年轻恋爱那会儿，他想在还没成为他老婆的马翠翠面前表现得有点儿文化，想去买几本鲁迅的书回来读读，可从新华书店门口走了好几趟，还是没进去。不知为什么，站在书店门口，就觉得两只脚有一千斤那么重，怎么也迈不上台阶。还好，后来成了他老婆的马翠翠只喜欢织各种各样的毛衣，对鲁迅并不感兴趣，他也就彻底放下了扮文学青年的念想。再后来，有了儿子，光尿布奶粉就够他忙的，就更顾不上其他了，闲来无事，心情也好的时候，偶尔会想起课本上的阿Q和孔乙己，悄悄地笑一会儿。为这，他还挨过马翠翠的骂，因为他蹲在角落里，一个人，莫名其妙，笑得那么诡异，以至于马翠翠说他看上去就像刚刚成功偷吃了卤肉的癞皮狗。

一想到老汪就像赵老爷厌恶阿Q也姓赵一样厌恶他姓汪，汪道泉心里就堵得慌，可老汪又没把这话说在明处，如果他发作，反倒像闲得嘴痒的泼妇满大街捡骂一样可笑，就忍了，定定地看着老汪，说，我儿子二十七了。

老汪噢了一声。心想你儿子就是七十二了和我有什么关系？遂没吭声，盯着电脑屏幕浏览网页，一副不想和汪道泉说下去的模样。

汪道泉继续说，我就是个公交车司机，我老婆是公交车卖票的，现在公交车都无人售票了，她早就下岗了。

老汪还是噢了一声，心想，你就是个开飞机的和我有毛线关系？继续翻网页。

汪道泉说，我们一家三口住两间房子，加起来不到三十平方，没有厨房没有厕所没有上下水。汪道泉似乎看穿了老汪的懒得搭理，索性也不给他留接话的空档了，说，我儿子谈了好几个女朋友，全是因为我们家没房拉倒了。

在城市里，男人没房就没女孩子愿意嫁，这不是新闻，老汪也知道，除了鄙视女孩子太势利，老汪对因此而娶不到媳妇的男人也没多少同情，觉得他们没房子，房价高固然是原因，可更重要的原因还是自身不够优秀不够努力。老汪的侄子就是活生生的例子，从农村考大学留了城，莫说买不起新房，连被汪道泉嫌弃的老房子都没有一平方，还不照样有的是姑娘喜欢？这是因为老汪的侄子明白自己是没带伞的孩子，晓得拼命地奔跑，读完了大学读研究生，读完了研究生，又考了博士，还没拿到博士学位呢，就好几家牛气的单位向他伸出了橄榄枝。男人么，只要有前程就有一切，也别怪女孩子们势利，既然嫁谁都是嫁，当然要挑个体面有前程的，更何况在老汪看来，那些一开始赤着脚在人生路上奔跑要到了自己想要的生活的男人们，在品行上，一定比那些也赤着脚却一味托口没有鞋而坐在路边的男人们优胜很多，姑娘们不傻也不瞎，同样是嫁，当然嫁前者了。

这么想着，老汪就觉得，汪道泉说这些来博他同情，不如说是自爆家丑，没女孩子愿意和他儿子恋爱结婚，只能说明他儿子太拉倒，他却非要把原因归咎到房子上，说粗俗一点儿，这不是拉不出屎来怨茅房嘛！

所以，老汪抬头看着他，半天才说，你觉得布衣街的拆迁会因为我写文章呼吁就搁浅了？这么问的时候，心里油然生出了一丝骄傲，觉得如果一切真像汪道泉认为的那样，那么，他这几年也没白在文化圈里混，恍惚间，仿佛自己真的是一言九鼎了。

但汪道泉并没顺应他内心的那份隐秘傲娇，只是一脸的担心，那种市井老太太害怕别人一语成谶的担心，说，我这不就是怕才来找你嘛。

老汪心里的骄傲，像朵即将怒放的牡丹，却又因为汪道泉的这份不确定的猜测，而被束了一下，有点儿不舒服，就摆摆手说，你现在找我，早些了，等市里正式下文了，你再来找我算账也不晚。

汪道泉也有些疑惑了，看了他一会儿，说，那你能答应我吗？

老汪有点儿毛，问，答应什么？

别写文章拦着不让拆布衣街了啊。

老汪定定地看着他，不说话。

汪道泉就冲他打了个拱，说，我把我的情况也跟你说了，这么说吧，你要是再写文章，来找你的，怕就不是我一个人了。

老汪吓了一跳，噌地站起来，说，你什么意思？

汪道泉说，你去我们布衣街的老楼住两年就知道了。

老汪明白，汪道泉的意思是他站着说话不腰疼，要他去布衣街住两年，是让他去尝尝没有上下水，没有自家的卫生间和厨房的滋味。说真的，这样的日子，老汪也过过的，大学毕业分到青城那会，他住的是六七十年代建的筒子楼，虽然楼龄比布衣街的里院年轻，但照样是一层楼共用几个蹲坑厕所，自来水龙头在卫生间的拐角上，每天早晨和傍晚，都有人提着水桶端着盆子排队接水。有人接了水拎回家做饭，有的人接了水拎着去厕所，让人有种说不上来的别扭。可老汪也没觉得这有多么不幸福，在乡下老家，吃水都要翻山越岭一担一担地往家挑，比这苦多了。

老汪觉得他这话里，很是有威胁的意味，就撇着嘴角说，做人是要坚守自己原则的。

汪道泉说，要不是我拉着，我儿子都要来揍你了。

老汪噢了一声，用了三声，尾音挑得高高的，说，要这么说，我还要感谢你喽？

汪道泉虽然是粗人，但也能听出他声调里的戏谑，就觉得有口气，从腰际拱啊拱地往胸口那儿去，知道不能再待下去了，要不然，怕是老汪鼻子上的眼镜或是桌上的电脑就不保了，就点点头，说，我儿子身高一米九，体重二百斤。

老汪抿着嘴，看了他一眼，拿起桌上的报纸。

汪道泉又说，我儿子以前是国家手球队的。

老汪笑笑。

现在退役了，在健身俱乐部当教练。汪道泉眼神怔怔地，就觉得心里有个自己，已经一个高跳了起来，一把夺过老汪手里的报纸，唰拉唰拉地撕着，像撕着眼前这个老汪的脸皮。

老汪低着头，连敷衍的笑都不肯给他了。

汪道泉说，我儿子交了个女朋友，可他女朋友嫌我们家房子破，不愿意，我已经跟她把牛吹下了，只要布衣街拆了，我们家就有新房了，等分下新房我和我老婆搬我丈母娘家去，把房腾给小两口结婚。

虽然低着头，虽然目光在报纸上，但老汪已被他烦得心头火起，把报纸一合，说，对不起，我不想了解你们家的家庭生活，再说了，我这里好坏也是个机关单位，你在这儿已经耽误我工作了。说着，就站了起来，用一副执着要送客的表情看着汪道泉。

汪道泉说，我就一个要求，你别写文章了。

老汪对着门口，做了个请的手势。

汪道泉说，你答应了？

老汪的手又冲门口伸了一下，说，我是政协委员。

汪道泉以为他这么说，是想让他知道，因为他是政协委员，所以，说话是算话的，心里一松，就往外走了，边走边问，你意思是答应我了？

老汪突然就啼笑皆非，觉得他和汪道泉不是秀才遇到兵也是鸡同鸭讲，就无奈地笑了笑。

老汪却像突然得到应诺似的，满鼻子满眼地笑了，伸手捉也似的握过他的手，使劲摇了两下，说，到底是一笔写不出俩汪字来。

老汪心里一阵反感，挣也似的抽出手，等汪道泉的后脚一出了房门，就敷衍似的摆了一下，关上了门。自始至终，他没给汪道泉一个称呼。本来，大哥或师傅都是张口就来的礼貌性称谓，可就因为汪道泉一再强调和他是一笔写不出两个汪字来，他就破天荒地不想跟他讲文明礼貌了，好像一旦讲了，就会被他顺杆爬着赖上。

## 2

关于布衣街的拆迁，都喊多少年了。老汪大学毕业刚分到青城没几年，赶上房地产大热，就谣传过布衣街要拆了，那会儿他还没这么强烈的忧患意识和使命感，只觉得布衣街满大街的石拱门有种沧桑之美，拆了，就可惜了。那会儿，他才是文化研究所的一个小小办事员，人微言轻，在机关办公楼里，见谁都要微微弯着腰打招呼，路过领导办公室门口，脚尖都要踮起来才敢挪步子的，有些事，只有想想和惋惜一下的份儿，偶尔心里发痒，想提个建议，可一看领导的脸，那些建议，就自动化作了一口痰，挂在喉咙里，除了狠狠心咽下去，根本就不敢往外吐。还好，关于布衣街的拆迁，大都一阵儿风似的，传一阵儿就过去了，没落到实处过。

二十年过去，岁月把他从小汪熬成了老汪，职位从当年的小科员熬到了副处，因为经常在报刊上发点文章，在整个文化研究所，他还是有点儿名望的，所长对他也客气得很，遇见了也会主动停下来，笑容可掬地问，老汪啊，最近又发表什么作品了？再要么是上着上着班，内线电话突然响了，是所长或其他领导打来的，说老汪啊，今天我又在报纸上看到你的文章了，写得很好啊。

老汪就谦虚地说哪里哪里，让您见笑了。嘴里虽是这样自谦着，心里却美滋滋的，觉得自己在所里，虽然只能勉强算个中层，连党组成员也不是，可因为他潜心做学问写文章，领导和同事们，都还是高看他一眼的。这种高看，比仅仅是职位上的仰视还让老汪受用。就对倪红说，当领导的虽然谁见着都要敬三分，可这敬，多半是冲领导手里的权力去的，有朝一日从领导岗位上退下来，就成人走茶凉了。如果说权力是市侩小人眼里有奶便是娘的那碗奶，那么才华就是到死都跟着你的忠诚狗。人活一辈子，时间和武力夺不去的东西，才是真正属于你自己的，比如才华，永远无法交易变卖也不能被剥夺，这就是人类敬慕才华的原因所在。

倪红说才华带到棺材里，不还屁也不是？权力虽然会人走茶凉，可至少也曾耀武扬威地享受过，哪怕将来人走茶凉了，也有底气在人前喊声当年老子也阔过！全于老汪的才华，不外是报刊上发过几篇巴掌大的文章，好意思裁下来逢人就喊老子有才华吗？除非你的才华能折现成流水一样进账的银子，否则就是自我满足式的意淫。老汪很生气，说倪红亏你还是为人师表的，价值观也太成问题了，就你这样，还不把学生给教坏了？倪红就说，老汪你放心吧，我人格分裂，在学生面前我阳春白雪着呢。

每每这样的时候，老汪对未来的忧患，就像一窝惊恐的小畜生，挤满了心脏，总有种再不为这个世界做点儿什么，就来不及了的感觉。可现实却是，除了写文章呼吁这呼吁那，那些积满了胸膛的使命感，根本就无处安放，甚至，他呕心沥血写出来的文章，也不是每篇都能见报，报刊上发不了，他就挂博客、发长微博。尤其是微博，还申请了认证，在青城本土，虽算不上大V，但也数得着。有段时间，老汪很在乎粉丝数量的增减，每增加一个新粉丝，他都会点开新增粉丝的微博看看，研究研究这是个什么水平的粉丝。为这，倪红没少嘲笑他，说他就像个没出息的吝啬鬼数着兜里的小钱一样数着每一个粉丝。老汪承认，这比喻很形象，也很塌面子，尽管这面子是在自家饭桌上塌的，可老汪还是跟倪红狠狠地吵了一架，然后，冷战了半个月，后来，实在熬不住身体里那只一到了夜晚就嗷嗷叫唤着要女人的野兽，才投了降。

大概是五六年前，有一天老汪和同学吃饭，同学说他刚在布衣街买了间老房，老汪就晓得布衣街可能要拆迁了，因为同学在规划局工作，只要他去哪儿买老房，哪儿就离拆迁不远了，就问是不是这么回事。同学说差不多，建议他也去买间等拆迁。那会儿，老汪刚刚提了副处，觉得在所里，总算有在会上抒发己见的资格了，就在会上说，文化研究所作为本市的文化研究单位，应该承担起保护这座城市历史文明的责任，所以呢，针对风传布衣街要拆迁，研究所应该有所作为。所领导对他的提议很感兴趣，问他应该怎么个作为法。老汪就把他收集的关于布衣街的文史资料往桌子上一摆，说布衣街相当于南京的秦淮河。秦淮河在南京的城市人文史上有多高的地位，布衣街在青城的人文史上就应该有多高的地位。想想，如果南京没有秦淮河，南京还算什么南京？简直就像恁漂亮的一姑娘土生土长在村野里，毫无风韵可言。那会儿，所长刚从部队转业过来，也想有所作为，就让老汪写份建议把布衣街作为青城历史风貌老建筑保留下来的报告，他报上去。

建议得到领导的首肯，老汪也很兴奋，又是查资料又是走访老街坊，忙活了半个多月，写出了一份三万多字的报告，本以为所长会表扬他做事认真严谨，可所长接过来，皱着眉头翻了几页，说，我让你写份材料递上去，你怎么写这么长？然后敲着桌沿教训老汪，说所谓材料，就得言简意赅，不是写小说。老汪就说越调研布衣街的材料他就越兴奋，一不小心就给写长了。所长用鼻子嗯了一声，让老汪拿回去改，说市领导哪个不是日理万机？要都像老汪似的，汇报个事就长篇大论，市领导光看汇报材料就累死了，还干不干别的了？老汪忙说都是自己考虑不周，这就改去。

拿着材料往外走的时候，心里有张嘴已经把嘴角撇到了地下，想，什么为市领导着想？分明是行伍出身的大老粗，根本就看不懂也没耐心往下看。尽管心里愤愤的，还是耐着性子改了，一气改了四稿，第一稿，从三万字删节到了两万字，第二稿从两万字删节到了一万五千字，第三稿删到了一万字。所长还是把报告丢了出来，好像老汪递过去的，不是他呕心沥血了一个多月才写成的材料，而而是一团用过的手纸。把老汪的脸给丢得火辣辣的，遂心一狠，痛下杀手，一气砍到了三千多字，所长才勉强点了点头，说，老汪啊，你别觉得是我为难你，我们要厚厚一打材料交上去，怕是领导连看都不看就给扔一边去了，你想想，要真这样的话，我们这一个多月的工作，岂不就白做了。

老汪嘴里说着是，心里却想，还我们这一个多月的工作呢，你做过什么？就算让你做，你懂吗？脸上，却依然保持着谦卑并很受用的笑。

至于他三万多字里精炼出来的这三千多字，所长到底有没有看，他不晓得，想着只要能阻止布衣街的拆迁就好了。

回家，看着自己辛苦一个多月写出来的三万多字，觉得就这么扔了的话，实在可惜，就抱着试试看的心情给报社的人文版投了稿，没承想报社编辑第二天就给他来了电话，说打算在城市人文版上连载他写的布衣街，还狠狠夸了他一顿，说现在人心浮躁，能像老汪这样潜心做完调研再写稿的学者不多了。

是的，报社编辑是第一个对老汪用学者这个称呼的人。

接完这个电话，老汪突然觉得，这世界好美，晕乎乎的，像微微醉了酒，夜里，兴奋地把倪红拉过来，和她的身体会了一次师。

早晨醒来，还觉得美滋滋的，就又会了一次。倪红挺不愿意，说早晨做完了爱捞不着睡觉，她会一天没精神的，老汪不管，死皮赖脸地往她身子里闯，倪红只好从了，眯着眼看老汪像只偷桃的猴子一样在她身上忙活。

过了一周，老汪写的布衣街就在报上连载了。所长看了报纸，还给他打了个电话，说老汪，行啊。

老汪忙谦虚地说哪里哪里，心里却美滋滋的。

关于布衣街的文章，一连载就是二十天，那段时间，老汪每天都被各种赞誉包围着，不管朋友还是同事，跟他打招呼的第一句话，大多是，老汪，行啊；再要么是汪作家，潜水潜挺深啊，还真没看出来。

大意是真没看出来老汪居然是个作家。

但老汪对作家这个称呼，并不怎么感兴趣，他喜欢别人称他是人文学者，所以，他经常会小心翼翼地引导性纠正别人对他的赞誉，我哪儿是什么作家？就是一城市人文历史爱好者。

有稍微懂点儿的，就说，那就不是作家了，是人文学者。

老汪就点点头，说差不多。然后跟人解释作家和人文学者的区别。作家是天马行空地写虚构的东西，人文学者是专门研究人文历史的，以考究历史真相为己任。

次数多了，老汪就成功地把自己纠正成了人文学者。

报纸上有他文章连载的那阵儿，老汪偶尔会拿着一张报纸，去布衣街走走，遇到个把面目慈祥的老人，还会主动站下跟他们说一会儿古，当然，说布衣街的古。然后有意无意地问最近报纸上连载的关于布衣街的文章看了没有。大多老人说没看，至于没看的原因嘛，不外是人老了眼花了，再要么是不识字。老汪也不沮丧，就展开报纸，读给他们听，听得他们频频点头，老汪觉得，这是全世界最美的赞誉了，他最喜欢的一个环节是每当读完了报纸，老人们总会问这文章是谁写的，咋这么了解布衣街呢？老汪就做谦虚状说我写的。顿一下，再追一句，自觉写得不好，所以特意找布衣街的老人来念了听听，看其中有没有什么漏洞或是谬误。老人都说写得好啊，自己都快在布衣街过完一辈子了，也不知道这么多。当然，也有老人会给他补充一些他所不知道的关于布衣街的逸闻。

就这么着，整条布衣街，在老汪那儿，日渐丰满。一条三百米长的石板街而已，在老汪心里，已丰满而鲜活成了一座城池。

不知是因为文化研究所递上去的报告还是因为报纸上连载了老汪写的关于布衣街的文章，布衣街的拆迁，就无疾而终了。所长很高兴，在会上说，能成功地让市里搁浅了对布衣街的拆迁，也是所里对青城市的文化建设尽到了责任，作出了贡献。但，老汪不这么认为，所里递上去的报告，说不准市领导还没来得及看呢，再说了，就算市领导看了，三千字的材料哪儿抵地上三万字的报纸连载来得有力量？两相比较，他更愿意相信，布衣街拆迁搁浅，是报纸上连载了那三万字的力量。

但，想归这么想，嘴上却不能这么说，尤其是在所里，一定要顺着所长的话风走，把功劳推给所长一人顶着，尽管报告是他写的，可是所长递上去的不是？如果没有所长往上递，他就是写破天也是一堆没用的废纸不是？在所里，他都这么说。回家以后，和倪红说起来，却像因为官阶低被上司抢了功劳的小吏一样的满腹牢骚。倪红就安慰他说，报上都给你连载了，稿费和名声也都赚到手了，大家也都明白保护布衣街的发起人是你了，你就知足吧。

老汪觉得也是，不由得，就很是感激报社的编辑，打过电话去，表示了感谢，要请人吃饭，编辑不吃，说，汪老师您把事情弄颠倒了，您写这么好的文章丰富了我的版面，应该是我请您吃饭才对。

老汪就更是感慨了，觉得还是“正宗”的文化单位好，晓得尊重文化。

因为保护布衣街，老汪在青城的人文历史界也算是有了一席江湖地位，每每电视台和报纸有关于城市人文历史的专题，都会采访他，一来二去，老汪在媒体上露脸的机会，比所长都多。所长行伍出身，对文化没多少研究，但也知道，作为文化研究的所长，一定要尊重有文化的人才显得自己也是懂文化的，于是，平素里对老汪客气得很。一开始，老汪有点儿忐忑，日子久了，也就习惯了。

## 3

夜里睡不着的时候，老汪就会想起布衣街，觉得自己的一切，都是拜布衣街所赐，不由得，对布衣街就多些亲近感，有事没事地去布衣街走一趟，慢慢地走，看着街两旁的建筑，打量着每一个行走在布衣街上的人，那种熟稔的亲切感，恍惚间让他觉得，仿佛这里就是他的故乡，再或者他的前生有可能就是个布衣街人。回家和倪红说，倪红笑得嗤嗤的，说，你的意思是你上辈子是青楼妓女？

老汪一下子就语结了，半天说不出话。倪红就坐到他腿上，说，怪不得你花样那么多，原来是上辈子的经验。说着，去摸老汪的大腿，老汪原本有些恼的，被倪红一撩拨，那些恼怒之火，就转了地方，抱着倪红就往卧室去，倪红就笑着打他，说老汪古板的正人君子面孔下有一颗西门庆的心。

倪红这么说过他很多次了。一开始，老汪很生气，觉得倪红这么说，是影射他人品有问题，还为这和她翻过一次脸，可倪红一本正经地说，西门庆有什么不好？其实女人一点儿也不讨厌西门庆，倒是男人们不待见他，那是男人们嫉妒他能得那么多女人的欢心。说完，嗤嗤地笑。老汪说，我不需要那么多女人喜欢。倪红顺着他的话说，所以我才幸福啊。一席话，把老汪的私德观给搅成了一团乱麻，索性不去较真了，西门庆就西门庆吧，反正他既没引诱别人家的良家妇女也没霸占活人妻，只要倪红喜欢就好。

总之，对布衣街，老汪是有使命感的。

## 4

一晃几年过去，市领导又换了一茬。布衣街因为地理位置好，再一次被提上了拆迁的议事日程，听到坊间流传的小道消息后，老汪特意打电话跟在规划局工作的同学求证了一下。同学支支吾吾地没说出个所以然，但凭老汪这些年混机关的经验，还是听出了个大概，布衣街真的要拆！

老汪就觉得要疯了，像知道祖坟即将被挖自己却无力阻拦的疯。第一时间去所长办公室说了这事。可所长再有半年就退休了，已经不再是当年那个所长了，他说，老汪啊，我理解你的心情，可是你不觉得就凭我们一个小小的文化研究所，想左右市里的决定是螳臂当车吗？老汪说，怎么会是螳臂当车？上次我们不就成功地让市里打消了拆迁布衣街的念头了吗？所长笑笑，说，老汪啊，当年布衣街没拆成，你还真当是我们文化研究所的功劳了啊？

老汪愣愣地张了张嘴，想，难不成所长也心知肚明是他在报纸上发表关于布衣街的连载的功劳？但终还是决定内敛点，这话不能由自己往外端，就把张开的嘴闭上了。

所长好像看透了他的心思，端起茶杯抿了一口茶，才慢条斯理地说，是因为地产业低迷，地价上不去。

老汪就觉得心里有个自己，咕咚一声，就栽在了地板上。他讷讷地，嘴一张一合，说不出一句话，就觉得无形中，有个人在左一巴掌右一耳光地往他脸上扇：老汪，原来布衣街不是你救的啊，老汪，你也太自我感觉良好了。

他怏怏地从所长办公室出来，回自己座位发了半天呆，突然就特想找个人说说话，一个懂他也能理解他的人，能和他推心置腹地聊聊他和布衣街之间的关系。这么多年以来，他一直以为自己是那个又老又旧的布衣街的恩人，却突然被人告知，他不过是个自感良好的癔症患者。布衣街的在与不在，和他没半毛钱的关系，这滋味太难受了。

他在心里把所认识的人都过了一遍，觉得还是和倪红说最保险。

就挨到下班。等倪红拎着菜回来，他破天荒地进了厨房，给倪红打下手，倪红挺意外，不时用眼角看他一眼。老汪也看出了她满眼的疑问，就咳了一声，说，今天很幻灭。倪红还是用含了问号的眼神看着他。

老汪就把所长的话复述了一遍，沮丧地说，原来这些年我都是自我感觉良好。

倪红却笑了，说，你也信啊？

老汪就像身陷绝望的人看到了救星，说，怎么说？他都恨不能丢下手里的菜，扑上去，把倪红抱在怀里狠狠亲两口了。倪红却不紧不慢地往下掐着香菜叶子，糜甜糜甜的香，微小而又倔强地从香菜的伤口里弥漫开来，整个厨房都充满了糜甜的味道。

老汪有点儿急了，说，两口子了，你还跟我卖什么关子？

倪红粲然地笑了一下，说，如果我是你们所长我也会这么说，我干吗要说是因为所里递上去的报告起了作用？谁都知道那报告是你写的嘛，虽然他递上去的，可整个事件里，他算个啥？充其量是个邮递员的角色而已，你一没送礼二没拍他马屁，他干吗捡顶高帽子往别人头上戴。

就因为这？

你以为呢？

我还是不明白。

有什么不明白的？

就算他承认是因为我们所打上去的报告布衣街才不拆了的，功劳也不是落到我一个人头上，我是他手下。

我不跟你说了嘛，谁都知道报告是你写的。

我是他手下么。

你看哪个领导愿意承认手下比自己有才华比自己能干？

老汪梗着脖子，若有所思地点点头，说，你的意思是他嫉妒我？

倪红笑，露着整齐而洁白的小牙齿，说，民间有句俗话叫武大郎开店。

老汪噢了一声。他知道这句谚语，下一句是比他高的不让进来。脸上虽然不动声色，但心里，已经乐开了花，想，这么多年了，也不是没其他女人向他递过橄榄枝，他没接也不是怕被逼离婚，而是提不起兴趣，有时候他也不理解自己为什么会正人君子成这样，现在，他终于明白了，作为男人，无论是生理还是精神上的饥饿，都被倪红喂得饱饱的，就像狮子，虽然勇猛，可只要吃饱了，肥羊打眼前过都懒得多看一眼。

老汪说，这事我不能不管。

倪红说，你怎么个管法？

老汪说，老办法，写文章呼吁啊。

于是，老汪就写了很多篇呼吁保护布衣街历史建筑的文章，报纸上给发了两篇，再发过去稿子，编辑的电话就来了，说作为媒体，不适合反复发同一个主题的文章。老汪说，我这样做是有目的的。编辑说，知道，正是因为这样，就更不能反复发。老汪心里一惊，问，是不是有压力？编辑嗯了一声，说，要是再发下去，主任肯定得批我。老汪问，是不是有人跟你们主任打过招呼了？编辑纳闷，什么招呼？老汪完全照着自己的思路往下走，接着说，要是没人打招呼，主任为什么会批你？老汪天真地认为，因为之前自己连发了两篇关于呼吁保护布衣街的文章，已经触动了某些利益团体的神经，他们到报社公关了，所以，编辑不敢再发他的稿子了。绕了半天，编辑才明白老汪的意思，忙纠正说事情不是老汪以为的那样，是已经连着发过两篇关于呼吁保护布衣街历史建筑的文章了，再发下去，显得报社约不到其他主题的稿子似的，会影响口碑。

老汪不相信，又跟编辑苦口婆心了一会儿，说了他执着于发关于布衣街的稿子的意义。编辑表示理解老汪的心情，但确实不能再发了。老汪只好挂了电话，郁闷了好几天，每天都去布衣街转两圈，满怀伤感，像个被遗弃的孩子，看着终将远去不回的母亲一样伤感。

再然后，汪道泉就找到办公室来了。

目送汪道泉出了研究所的院子，老汪给门卫打了个电话，说如果刚才出去的这个男人再来找他，别让他上来。门卫说好。

虽然找上门来的汪道泉让他很生气，可转念一想，这不充分说明，他在报纸上写的那些文章还是有作用的吗？连汪道泉这种没文化的粗人都晓得。

这么想着，就不那么讨厌汪道泉了，觉得他像块令人讨厌的试金石，用令他不快的方式间接证明了他所言所行的意义。就觉得胸口那口正在往下沉的气，陡然间又被提了上来。

所以，下班后，他又去布衣街走了两个来回，望着老城区的人来人往，“壮士远去兮，不复返”的悲壮，潮水一样往心头扑打。

他一点儿也不怕遇见汪道泉，甚至希望遇见他，然后，郑重其事地告诉他：你自私的欲念，无法阻拦我对布衣街的保护，我要像英雄保护家园一样保护它。

但是，他和汪道泉并没如期而遇。

晚上，回了家，吃完饭就一头扎进书房，打开电脑，发一会儿呆，一个关于保护布衣街免于被拆的计划，逐渐丰满。

老汪先是把前几天写的文章，挂在了博客上，又发了一篇长微博，并艾特了许多著名大V，静静地等着，没一会儿，长微博就被转发了几十条。毫无疑问，转发这条长微博的人，都是志同道合的战友，他在下面逐条回复谢谢，又强调了保护布衣街的意义所在，然后艾特了决定着布衣街去留的关键政府部门。

老汪在电脑上忙活到半夜，上床时，倪红迷迷糊糊问他是不是又写文章了。他嗯了一声，觉得自己挺悲壮，希望倪红能给他一个拥抱，却没有。倪红说，差不多就行了，你管那么多干什么？又没人给你发钱。

老汪就更是悲怆了。布衣街为什么要拆？还不是为了卖地拿钱？现在的人到底是怎么了？难道除了钱，这世上就没其他值得追求的了？

## 5

第二天一睁眼，老汪就打开了手机上的微博客户端，果然有不少跟帖评论和转发的，心里就暖兮兮的，觉得有识之士还是有的，自己并不是孤军奋战，就心满意足地洗刷完上班去了。

上午没事，就把博客上的帖子复制了，往各大论坛帖，有评论跟帖的，他就逐一回复，忙得不亦乐乎。第二天上午，刚打开电脑，所长就过来了，说，老汪你到我办公室来一下。

老汪嘴里应着，心尖却不服气地翘翘着，想，在保护布衣街免于被拆这事上，所里不是不肯出头么，那么，我一个人扛起来好了！

老汪表面谦卑、内心狂傲地跟随所长进了办公室，笑笑，说，所长您找我有事吗？

所长用鼻子嗯了一声，上下打量着他，目光里藏着许多的不满与责怨，说，老汪你有两下子啊。

本来，老汪的心里生长着满满的骄傲，刚想跟所长也适当地释放一点儿呢，见所长脸色不对，忙收了起来，讷着腔调说，哪里哪里，我这不闲着没事干，想为保护青城的人文历史出点力么。

所长拿起水杯，擎到唇边，却没喝，又放下了，继而表情凝重地看着老汪。老汪晓得，所长的这个动作，有一定的意图和表演性，那就是让他明白，事情很严重，他心情很沉重。

说真的，老汪的心，慌了一个刹那，干干地张着嘴，不知说什么好。

末了，所长叹气似的说，老汪，你的心情我理解，可你要明白，这不是你我这点儿力量能左右得了的。说到这里，顿了一下，目光深沉地看着老汪，用强调性的腔调说，你明白吗？

老汪知道，现在，所长最希望他借坡下驴，并主动说保护布衣街这事儿就偃旗息鼓吧，哪怕他非常不情愿，哪怕让所长也知道他很不情愿，但他还是会遵照所长的意思去做，这既会让所长找到做领导的存在感和威严，也了了心事。可老汪并没顺着所长的意思来，而是跟着自己的思路走了，说，所长我这么做是不是给您造成压力了？

所长虽然没说话，眼神却给出了回答，也很符合老汪的想象，那就是当然了。

老汪又问，上面找您了？

所长好像有点儿不耐了，说，老汪，你问这么多，有意义吗？

老汪不知哪儿来的勇气，把别在嗓子底部的那口气往上提了提，说，既然您找我谈这事了，也希望我给出您一个满意的答复，您总得让我知道为什么吧？

所长说，老汪，如果不是上面找我，你觉得我愿意管你的闲事吗？

得到这答案后，老汪心里就涌上了一股莫名的悲怆，遂点点头，说，我知道了。转身就要往外走，被所长喊住了，老汪，我的话你听见了没？

老汪边往外走边兀自点着头，说听见了听见了。不知为什么，他突然有想哭的冲动，觉得自己好像被两块木板挤压在了中间，手脚都失去了自由，想动动，都难看得像挣扎。

所长又说，光听见了不行，你给我个答复。

老汪回头看了看他，没说话。

所长的语调缓和了下来，说，老汪，你就当给我个面子，让我安安生生地把剩下的这半年熬完，等我退了休，你想怎么闹就怎么闹，我要是多半句嘴我就不是个男人。

老汪还是看着他，没说话，想，等你退了休，你就是说破天也不见得有人听啊，为了保住位子，你现在说这些话才叫不是个男人呢。心里这么想着，觉得挺解恨，但没说出口，只是冲所长模棱两可地笑了笑，就走了。

回到座位上，望着屏幕发了一会儿呆，又翻了一下他发过的几个帖子，见下面的留言更多了，微博上更是，他发的关于保护布衣街的长微博被人转了不计其数，还有人在他的微博下留了市长和相关部门的公开电话，呼吁大家一起打电话，和老汪站成一座城池，坚决保护布衣街，还有人倡议大家一起去市政府门口抗议……看着看着，老汪的眼睛就潮湿了，对这座城市以及布衣街的使命感，像一棵春天的树，遭了雨水的浇淋，愈发地蓬勃了起来，又建了一个QQ群，在微博上公布了群号，让有志于保护布衣街的人士加入他的群。

没一会儿，就加了好几百号人。

几百号人的群把老汪忙得恨不能手脚并用，大家群情激奋，一上午，光是回复群友们的话，老汪的手指都快忙断了。

和大家越聊老汪的使命感就越是强烈，甚至在大家一片夸赞声中，他都要被自己感动了，正沉浸在情绪里不能自拔，就听有人喊他，抬头，眼前一片蒙眬，才知道自己眼里有泪，忙擦了一下，应了一声。是和他一办公室的小张，见他一上午疯子似的敲打键盘，就好奇他忙活什么呢。

擦泪的时候，老汪有点儿不好意思，想掩饰，又没法掩饰，就显得很狼狈，问小张什么事。

小张说没事，该吃中午饭了，问他去不去机关食堂。

老汪还在情绪里，他自己也搞不清楚在胸口里涨得满满的是豪情还是悲壮还是悲哀还是什么，就晃了晃手，让小张自己去吃。

小张问要不要给他捎点儿回来。老汪说不用了，没胃口。

小张又问，没事吧？

老汪说，没事。冲小张勉强笑了笑，说，我的事，你莫管，吃饭去吧。

小张噢了一声，又走近了一步，说，刚才路过所长办公室时，听他接电话，在一个劲儿地跟人家道歉，还让人家放心，说老汪是个明白人，做不出让大家难堪的事来。

老汪边听边点头。一切果然如他的想象，虽然表面上风平浪静，但他在网上发起的保护布衣街行动，已经引起了有关部门的注意，甚至他们已经在研究怎么对付他了。

小张就问老汪到底干了什么让所长紧张成那样。

老汪突然地就有点儿烦小张了，亏他还是年轻人，整天就知道抱着个手机看股票行情，好像人活在这世上，除了钱，就没别的值得关心的了。都说年轻人是世界的未来，可现在的年轻人除了炫富耍酷，就没一个有正形的，等世界真走到这帮年轻人主宰的那一天，会变成个什么样子？老汪突然不敢想了。打心眼里，就有点儿瞧不起小张这帮人，连最起码的世界观都没有，能指望什么呢？

所以，老汪都懒得说话，只把电脑屏幕转向小张，让他自己看。

小张心不在焉地草草看完，笑了，冲老汪竖起大拇指，说，看不出来啊，真汉子。

顿时，老汪就觉得后背上又撑上了一块木板，比之以前，腰又挺直了不少。就用老前辈的口吻说，你们这些年轻人啊，整天就知道豪车名牌，一座城市的人文就是一座城市的气质，要是我们这座城市连自己的人文气质都保不住了，你就是用再好的名牌开再高档的名车也是锦衣夜行。

小张却嘻嘻一笑，说，古人活得也忒虚荣了，锦衣夜行有什么不好？好衣服是穿来让自己舒服的又不是穿给别人看的。

老汪一下子就哑然了。本来，小张说他真汉子的时候，他还有点儿感动，觉得他们这代年轻人虽然浮躁、物质，但面对社会的时候，还是有他们应当有的态度的，没承想小张又来了这么一句，倒让他替自己这一代人的价值观汗颜了起来，是啊，觉得锦衣夜行很可惜，还不是觉得人之所以要努力往好里混的目的就是为了炫给别人看？根本不是为了体现自身生命的价值。炫，是什么？不就是试图在物质上把别人比下去嘛，还有比这还庸俗的市侩吗？

没了。

可老汪又不愿认输，就随口呵呵了两声，让小张赶快去食堂，晚了的话，就没好菜了。

小张像突然明白过来一样，从桌上抓起手机就要往外跑，到了门口，又折回来，一本正经地跟老汪说，汪老师，我劝您也别太较真了，你想想，在偌大的宇宙里，地球算什么？不就一粒小小的尘埃吗？在地球上的我们，小得连一粒尘埃也算不上，你要这么一想，什么宏大啊宏伟啊历史渊源啊，全是人类意淫出来满足自己存在感的虚词，没什么实际意义，你要想明白了这点，什么布衣街啊，就是锦衣街也就是个石头瓦块的建筑而已。说完，怕挨老汪训似的，一溜烟跑了。

让他说得，老汪怔了半天，也试着去怀疑去较真布衣街的意义，往后想了五百年，布衣街还存在吗？它存在的意义是什么？不就是说明当年青城也有青楼么，有青楼能说明什么？

老汪突然很茫然。再看网上，比之以前，又热闹了不少。

他握着鼠标，一条一条地看着那些声援他、赞慕他的评论，觉得那些方方正正地排列在电脑屏幕上的文字，正渐然成风，吹着他的心房，又给他平添了很多力量，那些方才还在心头盘旋的茫然，就风卷残云般地没了。他坐在椅子上，往后仰着，望着白茫茫的天花板，想到了蚂蚁。没事的时候，老汪喜欢看蚂蚁。在研究所院子里的大树下或任何一个犄角旮旯，只要有蚂蚁，他就会站下看一会儿。看这种小小而倔强的动物，有着强悍的生命力和有条不紊的社会秩序。他经常困惑，这些蚂蚁，列队整齐地四处寻觅，不停往家搬啊搬啊扛啊扛啊，难道仅仅是为了储存食物吗？他不是蚂蚁也不通蚂蚁的语言，心中的困惑，也就无从解答。后来，他想，或许蚂蚁的忙碌，并不是生命存活的需要也不是蚂蚁有什么宏伟的理想，而是在证明自己在整个蚁群里也是有价值的生命个体。仅此而已吧。

就像他发誓捍卫布衣街的存在，也是如此吧。

老汪又滑着鼠标往下看，突然，在一片支持里，有了一个不和谐的声音，不仅指名道姓地骂了他，还亮出了自己的身份，没错，就是来所里找过他的汪道泉！

汪道泉是粗人，也骂不出新意，还是老一套，不外是老汪站着说话不害腰疼！

老汪本想回击他的，但再往下看，已经有不少人义愤填膺地帮他回击汪道泉，而且回击得血淋淋的，比他自己回击得还恶毒还过瘾。因为如果是他回击汪道泉，碍于知识分子的身份和修养，不可能回击得那么肮脏、恶毒。

尽管老汪瞧不上泼妇，可他不得不承认，真要骂起大街来，还是泼妇骂更能直中被骂者的命门。

譬如有的网友直接骂汪道泉是理直气壮的穷癌患者，想住新房自己买啊，买不起不是社会对不起他，是他自己窝囊而不努力，总幻想有个救世主突然出现一刀切掉他的穷癌！1949年土改消灭了地主，“文化大革命”割了资本主义尾巴，前些年全国人民一样穷，现在为什么有人不穷了而他还躺在原地打转转？别说社会不给机会，在机会面前人人平等，他抓不住机会的原因是别人苦练抓住机会的时候他可能在和哥们喝酒吹牛打牌兼泡妞！别人在该战斗的时候挽着裤腿子下了海，你却袖着手在享受，到了别人享受的时候了，你开始怨天怨地怨爹娘，啊呸！亏你也有脸张嘴！

看来，汪道泉也是豁上了，老汪贴在各大网站的呼吁保护布衣街的帖子，全被他翻出来留了言，而网友们也没和他客气，针对汪道泉的叱骂，在各个帖子下面，也是铺天盖地的，把汪道泉骂得毫无还嘴之力，把老汪给看得，既过瘾又怜悯，甚至都想给汪道泉打个电话，劝他别再自取其辱了……

## 6

其实，网上的汪道泉不是去找老汪的那个汪道泉。

是汪道泉的儿子小汪。

小汪二十七岁了，从手球队退役时给了两个政策，一个是把他送到大学去读书，拿个学历，方便找工作；一个是给二十万自谋职业。小汪打小就不爱看书，连流行小说都读不进去，更不要说课本了，所以，选择了拿二十万自谋职业。

老汪和老婆马翠翠干了大半辈子普通工人，一下子就能拿二十万的事，连想都没敢想过，就同意了儿子的选择。等体委把钱打到账上，一家三口特意预约了时间从银行全提了出来，小心翼翼地抱回家，铺在床上，老汪和马翠翠好好地摩挲了一顿，又坐在床沿上一张一张地数了半天，体会了一下数钱数到手抽筋的感觉。小汪呢，把二十万弄乱了撒了一床，铺着盖着地自拍了不少照片，一家三口才又押送似的把这二十万押回了银行。事后，小汪把铺着盖着粉红色人民币的照片发到了微博和QQ空间里，于是，他就有了第一个女朋友。

小汪把女孩子领回家的时候，汪道泉就知道她成不了小汪的媳妇。事实证明也果然是，既然是小汪晒了炫富照才钓来的女孩子，当然是爱钱的了，可小汪连毛带屎只有二十万，实在让她爱不起来。在小汪为她花了将近三万块钱后，找理由撤了，把个小汪给伤得啊，天天拎着啤酒瓶子和爸妈吵架，他没嫌他们穷，而是嫌他们不该把他生出来，都穷成这样了，还生什么孩子？甚至质问他们是不是把生他当今生唯一不会欠收的投资来干的，真真的伤透了汪道泉和马翠翠的心，看着一米九的小汪在家越晃越胖，连份像样的工作都找不到，汪道泉在夜里不知扇了自己多少个耳光，真觉得自己对不起儿子，要是当年他努力点儿，说不准也会和建林似的，考上大学。当年建林约他一起复习考大学来着，可汪道泉不干，觉得当公交司机就很好了，工资高高的，考大学有什么意思？再说了，“文革”时挨批斗的，还不都是有文化的人嘛！后来，建林考上了大学，毕业分在了市政府，听说现在都局级干部了，有次在街上遇见了，他愣是没认出来，同龄人啊，看上去硬是比他年轻了十几岁。回家和马翠翠说这事，说他们年轻那会儿，大学生是真正的天之骄子啊，各单位都抢着要，而且是想不当官都难，要是他有个一官半职的，至于在布衣街一住就是三代？至于让儿子一看着他们两口子就来气？真的，刚从手球队退役那会儿，小汪一看着汪道泉两口子就生气，仿佛恨不能让马翠翠把他回收到肚子里，变成一泡屎拉出去也比给他们当儿子强。汪道泉一后悔当年没考大学马翠翠就拿鼻孔看他，说现在你跟我说这个，早干什么去了？

汪道泉想，早干什么去了，还不是让你给勾引的？

那会儿，马翠翠是他开的那辆公交车上的售票员。公交司机和售票员上班都是三班倒，开他那辆公交车的另外俩司机都结婚了，就他还单着，于是，在那个嫁个司机很风光的年代，汪道泉长相周正，有男人样子，三个女售票员为了跟他的车，经常吵得不可开交，汪道泉都烦了，在心里暗暗比较一下，觉得马翠翠最好看，就和她说咱俩搞对象吧。三个女人的战争才算是平息了下来。和马翠翠确定了恋爱关系的汪道泉最爱跑夜班，因为最后一班车差不多在凌晨一点左右收车，整个停车场黑黢黢的，偌大的公交车厢，就他和马翠翠两个，想干什么就干什么，比起那些把恋爱谈得欲火焚身却只能去公园打野战的小年轻们快活多了，这也是他不愿意去考大学的原因之一。所以，现在想起来，有点儿怨马翠翠，觉得自己之所以活成这副破烂德行，都是当年她不矜持的勾引造成的结果。和马翠翠吵嘴吵急了的时候，也这么说过，被马翠翠骂了个狗血喷头，说谁勾引你了？要不是你信誓旦旦地说喜欢我要和我结婚，我早他妈的去派出所报案告你强奸了。

汪道泉就黯然了，觉得所有造成了后果的男欢女爱，时过境迁后都成了说不清楚、理不明白的人生乱麻。

一转眼，小汪从手球队退役三年了，找过几份工作，都不合适，最后，去健身中心干了健身教练，底薪不高，靠推销会员卡拿提成，小汪懒得跟人说好话送笑脸，会员卡就推销不动，要不是有父母接济着，他那点儿工资，连饭都吃不饱，虽是如此，小汪总算在一个单位干住了，汪道泉挺高兴的，觉得健身教练和手球运动员虽然不是一回事，但至少都是搞运动的，发展发展，说不准也是一条出路，就在饭桌上跟小汪说，安心干几年，等摸清路数了，就自己开家健身馆。当时，小汪夹了一筷子芹菜，用鼻孔看着他，歪着嘴说，别说梦话了。

汪道泉说，怎么是梦话？我说正经的。

小汪把菜塞进嘴里，捻了几下指头，说，钱呢？

汪道泉这才想起来，开健身馆是需要钱的，就小心翼翼地说，咱不开大的，就开个百八十平方的健身馆。

小汪还是没好气，又说，那也得有钱！

汪道泉就扭头问马翠翠，小杰退役的钱还有多少？

汪道泉的儿子叫汪杰。有时候，汪道泉认为儿子混得不怎么出色，是不是名字没取好，就去找拆字先生。拆字先生说这名字不错，大贵之名呢。又给他举例子说台湾有个著名的歌星不就叫汪杰嘛。汪道泉点点头，付了卦金，心满意足地走了，回家和马翠翠说，被马翠翠骂了一顿，说台湾的歌星叫王杰不是汪杰。汪道泉这才想起来，确实是。多了个三滴水，人生就如此不同。或许，儿子运道不顺，就是因为名字里多了个三滴水，所以，不管什么时候，他从不叫儿子的全名，都是小杰小杰地叫，儿子还挺烦，说汪道泉地方口音太重，把小杰叫得跟小姐似的。汪道泉心里就惊得一跳一跳的。在青城，小姐是卖身女孩子的统称，加上他住在布衣街，关于布衣街的历史，他也是知道的，就觉得冥冥之中，这一切组合成了不祥却又不得翻身的兆头，逃离布衣街的念想，就更强烈了。当一个念头过于强烈，却无力实施，这种折磨，也挺让人心碎的。

现在，马翠翠看看他，再看看小汪。小汪垂着眼皮，装没看见她的眼神。马翠翠只好说，钱在小杰那儿呢。

汪道泉说，不是让你买成基金吗？

马翠翠喏喏地说，什么基不基金的，我也不懂，钱是小杰的，我让他自己保管了。因为没本事，在儿子幽怨的目光里，汪道泉两口子常常觉得理亏气短，像是欠下了一笔还不完的账。

汪道泉知道肯定不是这么回事，肯定是小汪死皮赖脸从马翠翠手里磨了去的，就看看他，叫了声小杰。小汪知道再也躲不过去了，理直气壮地说，还有五万。

汪道泉惊得手里的碗差点儿滚到地上，说，其他的呢？

小汪说，花了。

汪道泉说，你干什么能花十几万？

小汪迎着他的目光说，谈恋爱。

汪道泉说，恋爱还用拿钱买？

小汪说，就咱家这破条件，就你和我妈给我这副尊容，不出手大方点儿谁跟我谈？

汪道泉瞠目结舌地看着儿子，觉得如果不是他咬牙努着，随时都有可能一脑袋栽倒在地。这时小汪却振振有词地说了一句，要是你们拿不出创业资金来，以后就别说让我干这个干那个的，你们还没老年痴呆呢就装老奶奶拿空奶嘴把我当一岁奶娃忽悠，也忒侮辱我智商了吧？

汪道泉愤怒地看着儿子，手颤颤地发着抖，要不是马翠翠在茶几底下踢了他一脚，他真想把饭碗扣到儿子头上。

小汪也不示弱，托着碗，用大大的眼白，瞪着他。

汪道泉心里滚滚的，全是鲜血奔流。

小汪突然说，我有女朋友了。

告诉父母自己有女朋友了，这已经是第无数次了。小汪每次谈恋爱都是奔着结婚去的，为了让女孩子晓得自己的诚意，谈不了多久就会带回家见父母，每次汪道泉和马翠翠都要给他所谓的女朋友准备礼物，好吃好喝伺候着，但每次都以泡汤告终。汪道泉晓得，换了无数个女朋友，不是儿子花心，儿子也是真心实意地爱每一个和他谈过恋爱的女孩子，可女孩子和小汪交往着交往着，就会觉得迷茫，这迷茫来自看不见的未来。现在的女孩子心思重，知道一桩看不见未来的爱情演变成婚姻后将是多么的不能承受之重，遂都早早撒了手，另觅未来去了。每失一次恋，小汪都痛苦得不行，借酒发疯，上街打架，毁过邻居家的花盆，最厉害的一次，把院子里的公用水龙头给拧下来了，白花花的自来水淌得满院子都是。

每每这样的时候，马翠翠就边打着儿子厚厚的背边哭。

汪道泉不出门，站在窗前，皱着眉头，抽烟，血顺着心尖一滴一滴地往下落。夜里，和马翠翠说，儿子那么想恋爱结婚，或许结婚以后，有个女人管着，他就有上进心了，一切也就按部就班了。马翠翠也这么觉得，街坊间有个说法，男人到了一定年龄还没娶上媳妇，身上就会有浪里浪荡的光棍习气，只要给他娶上个媳妇，身上的二流子气就会给老婆收拾干净了。

所以，对儿子宣称自己有女朋友，汪道泉是既喜又怕，高兴的是，或许这个女孩子会和儿子结婚，怕的是又一次竹篮子打水一场空惹儿子发疯，就深深看了小汪一眼，但没说话。马翠翠耐不住女人的八卦好奇，问谈多长时间了，干什么的。

小汪说女孩是商场服务员，认识俩月了。

汪道泉问，外地的吧？在商场里一站就是半天，口干舌燥地跟顾客推销商品这样的辛苦活，本地女孩子早就不干了，全是外来打工的姑娘。问儿子的时候，汪道泉在心里叹了口气，觉得儿子真是让老婆想疯了，越找越次了。

显然，他的语气刺激了小汪，他把筷子啪地往茶几上一摔，说，我告诉你啊，爸，今天小梦不在，你这么说就这么说了，我不跟你计较，你要当小梦的面也用这语气说话，别怪我不给你面子。

汪道泉就知道了，儿子的女朋友叫小梦，至于姓什么，他都懒得问，还不知道能不能娶回来呢，问恁多干什么？随着年龄的增长，汪道泉越来越觉得，事情知道得太多，累得慌。

没过几天，儿子果然把小梦领回来，挺漂亮的一小姑娘，来自周边的一小县城，要不是说话带点儿口音，压根就看不出是乡下姑娘，说话做派，比城里姑娘还城里姑娘。马翠翠跟汪道泉说，估计这个能成。汪道泉问她为什么这么说。马翠翠说一乡下姑娘能找个全胳膊全腿的城里男人就不错了，还挑剔什么？说话间，对小梦的态度就很放松，大约小梦也看出来了，毫不避讳地说她和小汪谈恋爱是小汪硬把她从前男友手里撬过来的。言下之意是别因为她是乡下来的就拿着豆包不当干粮，抢手着呢。

马翠翠在心里撇了撇嘴，悄悄跟老汪说乡下姑娘就是没廉耻，什么是被小汪从前男友手里撬过来的？说白了，不就是脚踏两只船吗？咋也好意思说出口！

汪道泉就说你下岗下得和社会脱节了，现在不是前些年了，户口既关系不着口粮也关系不着孩子的户口，早就没人在乎了，这几天他在公交车上学了一个新名词，颜值为王，懂不懂？就是不管你什么出身、来自哪里，也不管你贫穷还是富贵，只要长得好看，就是王道。

## 7

没几天，小汪就和汪道泉说，小梦答应嫁给他了，但也提了条件，家里必须给他们准备婚房。

终于，怕什么来什么，汪道泉说，在家里结不行?

小汪坚决地摇了摇头，说，小梦说连他们乡下都用抽水马桶了咱家还排队上公厕，她受不了。小汪顿了一会儿，又说，爸，你说小梦那么漂亮，我能放心她上公厕吗？汪道泉以为他怕别人趁小梦上厕所的时候偷窥，就说，咱布衣街的房子是破旧了点儿，可还真没那么些乱七八糟的人。

小汪愣愣看了他一会儿，严肃地说，我是不想让公厕里的味道把她熏臭了。

汪道泉张了张嘴，不知说什么好，半天才说，我和你妈还有你上了好几十年布衣街的公厕也没见熏臭了。

小汪说，那是你自己不觉得。说着，站起来，往里屋去，边走边说，爸，初中生物课本上说过，味觉的适应性很强，你闻一个味闻得时间长点儿，就闻不出来了。汪道泉下意识地抬起胳膊，闻了闻自己身上，除了透明皂味他什么也闻不出来。因为是一个院子里共用一个自来水龙头，水费平摊，大家用水都很自觉，马翠翠也是，洗衣服都是一盆水洗完了内衣洗外套，家里所有衣服上都散发着隐约而倔强的苦涩味，像九月的菊花，其实是透明皂没冲洗干净。汪道泉觉得还挺好闻，认为这是干净的味道。小汪见他像老狗一样在自己胳膊上闻来闻去，就笑了，说，爸，别闻了，真有味，我同学和小梦都说我身上有味，咱家也有味，小梦说这是布衣街的穷味，她不想当个身上带着穷味的女人。

汪道泉就觉得心里轰隆轰隆的，说，你爸妈没这本事。

小汪就说，要是小梦因为这和我散了，我就去死！说完，就把门摔上了。

夜里，汪道泉就和马翠翠说。马翠翠说想想办法。然后，坐起来，抹眼泪，说，失一次恋小杰就跟疯了似的，我真怕他哪天想不开……

汪道泉就自言自语似的说，布衣街快拆迁了吧？

马翠翠不抽泣了，恨恨地说，拆迁拆迁，从我跟你结婚那会儿就满街的人喊着要拆迁，都快三十年了，布衣街还是原来的破布衣街。

汪道泉说，前几年要拆来着，可因为一个什么狗屁专家写了篇文章，说要保护城市老建筑，就没拆成。

马翠翠嗯了一声，这事儿她也记得，当时整条布衣街上的人都很兴奋，大家叽叽喳喳地讨论着、算计着自家能分多大平方的房子，想象着坐在只有自己家人使用的雪白马桶上拉屎撒尿的惬意……最终，却全成了泡影，为这，他们没少骂那个写文章的狗屁专家，甚至有人要把他找出来揍一顿！

## 8

汪道泉和马翠翠在凄惶的不安中，又晃过了一年。其间，小汪和小梦的恋爱，谈得像脑中风患者康复后学走路，磕磕绊绊的，一点儿也不顺利，也是因为这，小汪在家没好脸，不是摔筷子就是打碗，说在这世界上，除了小梦，他什么都不想要。可是，除非有一套新房子，否则小梦不要他。

除了凄惶，汪道泉没任何办法。

直到有一天，马翠翠满头大汗地从外面跑回来，说，汪道泉你知不知道，布衣街要拆迁了。

汪道泉愣了一下，并没特别地高兴，这些年在布衣街上最长盛不衰的谣言就是要拆迁了。

马翠翠显然看穿了他的心思，说，真的真的，这次不是假的，我在路上遇见居委会主任了，他刚刚去开会回来，接下来就是挨家挨户摸情况，填表格，然后张榜公布拆迁消息。

汪道泉知道这回差不多有谱了，就咧嘴笑了笑，觉得脑子里像缺了氧一样的晕眩，连连拍着桌子角，说，这下好了这下好了。

马翠翠也点点头，说，今晚我就和小杰说，这房拆迁了，咱俩不住，腾给他和小梦结婚。

汪道泉一愣，问，咱出去租房住？

马翠翠说不用。然后说她妈不是年纪大了嘛，一个人住不放心了，她打算跟她妈商量商量，她和汪道泉搬过去，也算一举两得，既腾出房子来给儿子结婚了，老妈身边也有人照顾了。汪道泉有点儿担心，说，不知你哥你姐会咋想。

马翠翠说，管不了那么多了，他们都过得比咱好，不会和咱计较吧？

汪道泉突然就想把马翠翠搂过来，狠狠抱两下，就也真抱过来了，说，你说咱家日子过得不好吧，你还这么胖。

马翠翠就娇嗔地打了他一下，说，就是因为穷才胖呢，啥啥都不舍得浪费，剩口菜汤都得倒进肚子里，不胖才怪呢。

汪道泉想了想，觉得也是，就说，以后别这样了，就是倒了也比吃到肚子里变成负担强，有钱难买老来瘦嘛，是不是?

马翠翠说这道理她也明白，可一见着剩菜剩饭，还是挨不住心痒手贱。

晚饭桌上，马翠翠卖功劳似的和小汪说了拆迁的事。小汪也挺开心，嘴里还塞着一大块馒头呢，就抓过手机给小梦打了个电话，言语间那个兴奋啊，好像在黑夜里都跋涉绝望了的人终于望见了不远处的一抹亮光。汪道泉听得都有点儿心酸了。

撂下电话，小汪心情很好，问了很多关于拆迁的事，一副恨不能明天就拿到钥匙把小梦娶进来的样子。马翠翠说现在才开始挨家摸情况呢，可能还得等阵儿。小汪笑着说，等阵儿就等阵儿，只要有准日子就行。然后，埋头吃饭，吃了一会儿，突然又问，咱家拆迁能分多大房子？

汪道泉和马翠翠面面相觑，底气不足地说，怎么着也得分个七八十平方吧？小汪含了一嘴饭，说，才七八十平方啊？

汪道泉说他老早就打听过，按照拆迁政策，他们家这两间屋，也就能分个七八十平方的套二房。小汪噢了一声，又塞了一嘴菜，说，这将来要是我和小梦有了孩子怎么住？汪道泉看看马翠翠，马翠翠小声说，咱家要是拆迁了，我和你爸就不回来住了。

声音虽然不高，但含着低低的无奈和悲伤，小汪也听出来了，抬眼看了她一会儿，也底气不足地说，你和我爸出去租房啊？

就因为儿子说这话的口气还能底气不足，汪道泉和马翠翠就觉得儿子其实也算不上多么混账，还不是做了穷的俘虏让房子给逼的？倒不是没房子就不能活了，而是没房子他就娶不了媳妇，年轻男人，正值盛年，夜里没个媳妇搂着，那还不憋得浑身上下的汗毛孔都往外喷火啊！作为男人，汪道泉也年轻过，也知道儿子的那些没好气，不是他天性不是个东西，而是让身子里的那股火给催的。

汪道泉在心里叹了口气，想起了大舅哥家的儿子，相貌倒是一般，可家里有钱，学历也一般，可就因为他是私营企业家大舅哥唯一的儿子，姑娘飞蛾扑火一样噼里啪啦地往身上撞，既不要房也不要钱，只想嫁给他，给他做媳妇生孩子，都恨不能揣根绳子吊到他家别墅大门上逼婚了，可人家就是不娶，为吗？还不是因为家里有钱，不愁媳妇？用老丈母娘经常挂嘴上的话说，这就是饽饽往肉里走——越走越有啊。意思是钱就是个势利鬼，谁家越有钱它越是闻着味往那儿奔。虽是如此，对大舅哥家的儿子，汪道泉并未看上眼，倒不是嫉妒，是发自内心地觉得他人品有欠缺，三十大几的人了，又不是没姑娘跟，为啥不结婚？还不是为了换女朋友方便？看上了，打着谈恋爱的幌子处一阵，遇上更好的了，就和前一个散了，坑了多少姑娘啊！汪道泉替那些姑娘们不值，每每逢年过节在丈母娘家见着了大舅哥家的儿子，汪道泉也不冷不热的。从丈母娘家出来，总不忘叮嘱儿子一声，做人不管穷也好还是富也好，千万别亏着良心。千万别学表哥，花心大萝卜。小汪不说话，就歪着嘴笑。让汪道泉活脱脱觉得自己就是个吃糠咽菜也填不饱肚子的穷人，却在叮嘱儿子别在饭桌上浪费鸡鸭鱼肉。

你姥姥年纪大了，一个人生活上不便利了，我和你爸搬过去住，跟她也有个照应。马翠翠低声说着，又看了看汪道泉。

汪道泉没说话，低头抿了一口栈桥白干，象征性地用鼻子嗯了一声。

小汪看他们的眼神，有点儿愣。汪道泉看得出来，儿子当然明白他们这么办是为了给他腾房结婚，有点儿感动，还破天荒地往他妈碗里夹了一筷子菜，又埋头吃饭。汪道泉就觉得，值了，他和马翠翠为儿子做什么牺牲都值了。

接下来的日子，马翠翠几乎每天往居委会跑，问拆迁什么时候开始，她要争取做第一个签订拆迁合同的。

她听人说了，拆迁这事，早签合同的，都有奖金拿，五六万呢。

马翠翠说这些的时候，美滋滋的，说反正在家闲着也没个事干，就一天一趟地跑着，争取把这五六万挣到手，当新房的装修款。小汪反问似的说，你们想花五六万就把房子装好？眼里，全是对马翠翠不懂行的奚落。马翠翠就用感叹的口气，说，五六万呢。言下之意是不少了，你还想装成什么样？小汪一副懒得和她多叨叨的嘴脸说，小梦同事的男朋友买房子花了二百万，装修花了五十万。马翠翠的嘴，就错愕地张着，合不上了，半天才说，就咱家这两间破房卖吧卖吧都不值五十万。

小汪就摔也似的把壮硕的身子往床上一甩，砸得床面一颤一颤的，像马翠翠此刻的心脏。晚饭桌上，一家人又说起这事，气氛挺沉闷的，汪道泉说，别和人比，有房子住着就挺好了。

小汪生硬地甩出一句，猪有猪圈，也叫有房子住！说完，继续闷着头吃饭，过了一会儿，突然抬起头，眼里明晃晃的，说，爸妈，我不怪你们了，可这房子到底什么时候才能拆？

汪道泉看看马翠翠，马翠翠张了张嘴，也说不上个所以然。

小汪说，最近有个男的经常去找小梦。

汪道泉说，她要真不想跟你了，你就是弄栋别墅她也一样跟别人走。

小汪突然把筷子一扔，说，你给我栋别墅试试！

汪道泉就像给掐住了脖子的公鸡，脸红脖子粗，半天说不出一句囫囵话。小汪起身出去了。

最近，小汪不怎么和他两口子吵了，常常说着说着呛起来了，把闷棍子似的话往汪道泉心窝上一扔，起身就走。汪道泉想，或许他也想明白了，吵又吵不出房子和钱来，就懒得和他们吵了。

这让汪道泉很难受，觉得儿子不和他们吵了，是基于一种近乎绝望的无望，都懒得再做挣扎了。想和马翠翠说说，见她眼睛都红了，就闭了嘴。

这天，汪道泉上早班，刚回家，就见马翠翠风风火火地从外面跑进来，哭丧着一张如丧考妣的脸说，毁了毁了，我看这拆迁又要悬了。

汪道泉让她说得心脏一忽悠一忽悠的，让她慢点儿说，别没头没脑的。

马翠翠灌了一杯凉白开才说，今天她去居委会，听说因为一个叫汪之明的人在报纸上写了好几篇文章，说应该保护城市历史建筑，呼吁市里不要拆迁布衣街。

汪道泉就气了，想起了五六年前，布衣街本来都是拆定了的，就是因为这个汪之明写了篇狗屁文章在报纸上连载了半个多月，结果，布衣街没拆成。这都五六年过了，没承想他又阴魂不散地跳出来了！汪道泉的肺都要气炸了，跟马翠翠说，在儿子跟前先别提这茬，他非找那个汪之明理论理论不可。

汪道泉打听了一周，终于打听到了汪之明的单位，对，汪之明是老汪的全名，于是，就出现了故事开头的一幕。

虽然汪道泉能看出老汪对自己的鄙夷，但也觉得，他都把话说那份上了，老汪应该不会为难他了吧？

可事实证明，他错了。

## 9

没几天，小汪说网上有个叫汪之明正呼吁市政府放弃对布衣街的拆迁，忽悠得很起劲，身后跟了一大帮跟帖起哄的。

一连几天，报纸上再也不发关于保护布衣街的文章了，汪道泉还以为自己去找老汪起到作用了，没承想他转战网络了，就让小汪把网页找出来，看了，气得不行，说这个老汪也太不是东西了，自己住着崭新的大房却让他们这拨人挤公用厕所用公用水龙头！就让小汪用他的实名注册了个ID，在网上反攻老汪。

当然，汪道泉没文化也没时间和老汪在网上周旋，就把这任务交给了小汪。小汪就等拆迁分了新房好娶小梦了，当然容不得老汪这番逆天言论，为了反击老汪，几乎是挖遍了脑袋里的每一个角落，可词汇还是贫乏得可怜，再加上众网友的出言不逊，真把他惹急了，人一急，就会口不择言，他一口不择言，老汪和他的拥趸者们的祖宗八代以及女性亲属的生殖系统就遭到了有史以来最猛烈最肮脏的攻击！

说真的，一开始，老汪对汪道泉还是同情的，觉得为了自己的历史责任感就让汪道泉这样一没权力二没钱的草根老百姓蜗居在不仅没有暖气连上下水都没有的破旧老楼里，确实有点儿不厚道。这些，是倪红说的。倪红说他就知道保护历史建筑保护历史建筑，可住在历史建筑里的老百姓是这座城市最弱势的群体知道不知道？他们的生存环境还停留在一百多年前好不好？

老汪让倪红说得哑口无言，却又不愿意认输，想你倪红不就是个中学老师么，我可是读过研究生的知识分子，在青城好歹也算是知名大V了，岂能被你的妇人之仁或是妇人之见给左右了，就嘴硬，说他这叫对这座城市的责任感和使命感，懂不懂？

倪红说他唱高调，说，没人反对你致力于保护历史建筑，可你最好在保护历史建筑的同时把居民的生活问题也给解决了。

老汪说，怎么解决？

倪红说，既然要保护历史建筑，就拿出点儿保护历史建筑的样子来，把里面的居民迁出来，给他们安排适宜居住和生活的现代公寓，然后把破旧的老建筑修旧如旧，这样保护得更彻底。

老汪说，你操心操多了，我不是政府也不是房地产公司，管不了那么多，我就晓得布衣街不能拆，拆了就是对这座城市人文精神的破坏。

倪红说，要这么说青城也不是你的，你管恁多闲事干什么？你还真把自己当梁思成了啊？我可不是林徽因。说着，就翻身上来，爬到他身上逗笑他。几天网络骂阵下来，虽然只是旁观，并未参与骂战，可毕竟自己是骂战的中心，老汪心里很烦，就把倪红从身上扒拉下来，说，我困了。

黑暗中，倪红怔怔地望着他的方向，自尊挺受伤的，说，老汪，你别怪我没警告你啊，就你这个折腾法，早晚你得自取其辱。

老汪忽地就坐了起来，觉得倪红恶毒，言语间有点儿诅咒他的意思，就恶狠狠地说，倪红你干吗要这么说？

从他坐起来的速度和力道，倪红知道他生气了，就说，我这是为你好。

老汪悻悻地说，为我好？我看你就是故意的。

我故意什么？

报复我。

我为什么报复你？

老汪顿了一下，狠了狠心，突然说了句很粗鄙的话，就因为我今晚不想操你！

灯啪地就亮了，倪红坐起来，眼睛锃亮锃亮地瞪着他，让老汪有点儿害怕，突然地就后悔了，却嘴硬着不愿承认，但小声嘟哝着圆了一下场，说，这几天我没心情。

倪红说，老汪，来，你把刚才的话再重复一遍。

老汪说，这几天我没心情。声音低低的。

前面那句！

老汪勾了一下脖子，一翻身又躺下了，说，不早了，睡觉睡觉。

倪红一把掰过他的肩，脸对着他的脸，说，老汪你是不是觉得我是个性饥渴？一天不和你做爱就浑身难受？

老汪说，你这么糟蹋自己干什么？

倪红说，我糟蹋自己？我没觉得做爱有多见不得人多邪恶，可既然你把话说这份上了，我必须实事求是地告诉你，我和你结婚这么多年，我的性高潮都是我手指给的，可我还是会积极配合你，不过是我知道自己作为一个妻子有这个义务，我假装很陶醉不过是因为我很善良。

老汪愣愣地看着倪红，就觉得一个又一个的滚雷从头顶上走过，太幻灭了，倪红那些陶醉的喊叫居然是假的！他先是惭愧，然后是愤怒，愤怒于自己被骗了，还一骗就是二十年，还骗得他那么心满意足！他突然觉得倪红邪恶，其做戏的投入逼真程度，都可以去美国拿小金人了！

他默默地看着满脸悲愤的倪红，拿起枕头，去客厅睡沙发了。

他被突如其来的无力感攥住了身心，一点儿还手之力都没有。

第二天上班，头脑昏昏沉沉的，又被所长叫到办公室谈了一会儿，让他别在网上闹了，要不然，就不是他找他谈话了。

老汪一句话也没说，只感觉到无声的悲愤像发酵的面团一样，在胸口膨胀。所长要的承诺，他也没给，起身就往自己办公室回，所长跟进来，说，老汪要不你去医院弄个病假条吧，这样上面找过来我也好有个言辞搪塞，说你休病假了，你的所作所为不在我视线和管辖范围里。

老汪说好。第二天就去医院开了张病假条，回了家，百无聊赖，就继续写呼吁保护布衣街历史老建筑的帖子，写完了，就往各大网站贴，也挂长微博。跟帖的粉丝群情激愤，一边声援老汪一边痛骂顶着汪道泉马甲的小汪。

粉丝在声援他的时候，用了很多溢美之词，比如说，老汪是城市的良心，说老汪是城市的英雄，是这座城市唯一坚挺的脊梁。老汪看得心里很受用，时时地，就觉得一种叫豪情万丈的情绪，从胸口腾腾地往上升。

一连几天，虽然倪红和他冷战不说话，但有那口豪气顶着，老汪没像往常那样蔫头蔫脑并伺机讨好倪红，进进出出之间，两人倒像关系不好也不坏的老邻居，虽谁都不理谁，但争执不起，相安无事就好。

小张来电话，说一个叫汪道泉的人去办公室找他了，还有一个叫江杰的年轻人，也去了，看他不在，就把他办公桌上的电脑显示屏抱起来摔了。老汪生气了，就给门卫打了个电话，说，我不说那个人再来别让他上去嘛！门卫很委屈，说，老虎也有打盹的时候，何况就我一个人在门卫值班，他们那么高的个子，我怎么拦得住？老汪想想也是，汪道泉虽然五十出头，可一米八几的大个子，他儿子更不用说，国家手球队的呢，一米九大块头，就门卫的那小身板，还真对付不了，遂没再怪他，挂断电话。想着汪道泉父子俩的所作所为，生了一会儿闷气，决定一不做二不休，把事搞大点儿，他就不信了，五六年前他能仗着三万多字的报纸连载拯救布衣街免于拆迁，今天有这么多网友支持他，它布衣街就能拆得成？遂又打了个电话，问小张他的电脑显示器什么的还在不在。小张说还在，老汪让他拿手机拍了照片传过来，又写了事情的原委，传到了网上，果然，一瞬间群情激愤，大家纷纷给老汪出点子，发誓要配合老汪战斗到底，甚至有人喊出了为布衣街头可断血可流的口号。老汪觉得，在当今社会里，为保护一片老建筑，上升不到流血断头的程度，但发出理性的声音，是可以的。所以，网友提出大家一起拉着横幅去市政府门口抗议时，他觉得这条可以有，但觉得拉横幅有点咄咄逼人，他们只想关于布衣街拆迁的事和有关部门理性对话，没必要搞得那么剑拔弩张，想去的人，每人用A4纸打印上“保护城市历史文化，留住布衣街”的标语到市政府门口举着就可以了。

网友们觉得可行，约好了时间，各自做准备去了。

老汪在家打印了一张A4纸，发现这些字全打在一张纸上，字太小，看不清楚，就分开打了两张，一张打着：保护城市历史文化，另一张打着：留住布衣街。又上网告诉大家不要打在一张纸上。有的网友说没打印机。老汪说没事，他多打印一些带过去，到时候，谁没有找他要就行了。说完，十几个网友说家里没打印机，让老汪也给自己打一份，老汪一一应了，觉得心里暖洋洋的。人活一辈子，所有努力所有打拼，不就是为了取得更多的认同吗？在保护布衣街这事上，有这么多人支持他，难道还不能说明问题吗？

躺在沙发上，想着明天一早，想着自己在众多网友的簇拥下站在市政府门口，老汪就心潮澎湃。

是的，他一定要成功，一定要让倪红、让汪道泉这些目光短浅的人明白，阻止布衣街拆迁，并非他站着说话不害腰疼，而是功在当代，利在千秋。

## 10

第二天一早，老汪开车去了市政府门口。

昨天就已经和网友约好的，八点钟在这儿碰头，冲着市政府大门的方向，一起举着打印好的A4纸，让来上班的市领导看见。

车到市政府门口，才七点四十，除了匆匆赶路上班的人和车，看上去没有其他人。老汪想自己来早了，就去路边的快餐车买了两个包子和一杯豆浆，吃完了，开车围着市政府转了一圈，好不容易找到地方停下车，都快走到市政府门口了，才想起来，打印好的A4纸没拿，又折回去，等回到市政府门口，已经八点五分了，还是一个人没有，就纳闷了，拿出手机，登录了QQ群，问大伙儿怎么还没到呢？

他等了两三分钟，没一个人回他。

老汪就安慰自己说，可能都堵在路上心焦着呢，没人看手机，就耐心地等了一会儿，都八点一刻了，还是一个人没有，老汪沉不住气了，又掏出手机看了一下QQ，只有一个人在群里回了他，说孩子早晨突然发高烧，要去医院，就来不了了。

老汪什么也没说，突然心下灰灰的，又冷又疼的，突然有种上当受骗，有种被人用廉价的热情架成大炮瞧了热闹的悲凉，他在原地徘徊了一会儿，决定既然来了就没必要退缩了，默默望了一会儿市政府门口，拿出两张A4纸，朝市政府的方向举着。

原以为市政府门口的警卫会过来劝他走，或是干涉他。这样的情形，网上流传过很多。他都站了半上午了，却没有。

市政府门前是著名的青年广场，也是青城市著名的旅游景点，白天晚上游人如织，老汪怕淹没在游人堆里，显不出来，特意找了一个花坛，站上去，整个人站得像雕塑似的，不时有游客冲他举着手机拍照。

八月的骄阳下，热汗滚滚地从老汪脸上落下来，他的心，却是冷的，冰窖一样的冷，冻裂一样的痛。中午十二点多的时候，老汪让行人帮着拍了几张他在市政府门口举着A4纸的照片，就走了。

怕再不走他就中暑昏倒了。

回家，他上了网，把自己的照片传上去。

只传了照片，什么也没说。

没一会儿，下面又跟满了评论，老汪平静地看着，已经不激动了，从头到尾只说了一句：明天我还会去的。然后，解散了QQ群。

晚上，倪红回来，黑着脸，把钥匙往他跟前一扔，说，老汪，你到底想怎么样？

都冷战这么多天了，老汪也没主动和好的意思，以往是没有过的。老汪以为是倪红终于熬不住了，就瞄着钥匙，虽然目光是低垂的，但他的骄傲，却是刚硬的，倪红当然看得出来。老汪说，我不想害你辛苦演戏。

倪红说，我说得不是这个。

老汪就看着她。

倪红说，今天校长找我谈话了。

老汪指着自己的鼻子，说，和我有关系吗?

和你没关系我找你说干什么?倪红一屁股坐在沙发的另一端，几乎是嘶喊着道，你知不知道我今年要评高级教师?

老汪说，知道，你早就该评上了。这句不是气话，老汪知道，以倪红的水平，早就应该评上高级教师了，没评上，是她不屑于弄虚作假。教师评职称，有在什么级别的报刊上发表多少文章的要求，不少老师为了评职称会花钱买版面发表文章，有买有卖，久了，就成了产业链，倪红也经常收到推销报刊版面的广告，还给老汪看过，老汪也为这痛心疾首过，觉得世风日下，当不是学问的垃圾可以花两个钱就打扮成学问的样子并获得实际好处，就说明这个社会的评判体系已经腐烂成了一个贻害无穷的毒瘤。还好，倪红一直不屑于这么做，尽管不屑于这么做就评不了职称。为这，老汪还宽慰过她，评不评职称的，不就工资上差百八十块钱的事嘛，有那百八十块，富不了，没那百八十块，也穷不了，凡事看开点儿，不缺吃不缺穿的，心里坦然才是活得好。

可今年，倪红在一份教育期刊上货真价实地发了几篇文章，本以为今年可以参加职称评定了，可没承想又要受老汪的牵连！校长接到了上面的电话，说倪红的老公在市政府门口胡搅蛮缠，严重影响了青城市政府的形象，希望学校给倪红施加压力，通过她把老汪的工作做通。

从市政府门口回来，老汪本来挺黯然的，觉得自己顶着烈烈的日头，在市政府门口暴晒了大半天，愣是没一个人理也没一个相关的人员过来干涉，那滋味，简直就像个落魄的叫花子在闹市街头跪了一整天也没讨到一个铜板，沮丧极了。甚至开始懊恼太把自己当回事了，在市领导那里，他不过一只过路的蚂蚁。至于他手里举着的那两张A4纸，也不过是蚂蚁扛着的树叶，谁的眼也入不了，更不会引起任何人的反应，至于他想要的效果，就更是痴心妄想了。

现在，他才知道，并不是他没引起任何人注意，也不是没有任何效果。而是早就有人盯上他了，并且在短短的一天内，就调查到了他的身份，以及他的社会关系。没正面接触他，不过是不想闹出动静来，而是选择了更高明的办法，试图从内部把他的问题给消化掉，譬如，先找到了倪红，从学校那里知道了倪红最看重的是今年的评职称，那么，上面给校长施压了，校长又“因地制宜”地给倪红施压了：你不是想评职称嘛，好说，先把你家老汪劝好，让他别折腾了，至于劝不好，对不起，倪老师，做人是相互的，只有你让我过得去我才能让你过得去。也就是说，校长把话撂在明处了。如果老汪继续为布衣街拆迁的事折腾下去，倪红的职称就甭评了。

老汪就觉得一阵阵的后背发凉，望着倪红，说，你想让我为了你的职称放弃我的使命感吗?

倪红说，明年我就不一定有这么好的运气发这么多篇文章了。

老汪点点头，说，以前你没评职称我们也过得好好的。

老汪觉得，做人，尤其是作为知识分子，得有点儿气节，为点儿蝇头小利就放弃原则，连但凡讲点儿尊严的小商小贩都不那么干。做人的高贵，就贵在有原则，给点儿利益就放弃原则的那是妓女的下半身，不是他老汪的上半身。

所以，在这天晚上，倪红没等来她想要的回答，九点多，她收拾收拾衣服，回娘家了。

老汪当然知道这是示威，来自他最亲近的人的示威，蓦然的，心头的悲壮就更是浓郁了。

老汪就想较一次真。

做人，总得有点儿信念嘛。第二天一早，开车去市政府的路上，满胸膛都是英雄英勇奔赴刑场的悲壮。他不知道，就在昨天晚上，小梦终于还是和小汪分手了，因为有个家里有三套房子的男人追她，她也实地考察过了，那个男人用来娶她的那套房子，单是一个卫生间就比小汪的卧室大。她和小汪说，你不要来找我了，咱俩不合适。

小汪像跟屁虫一样尾随着她团团转，说，小梦我发誓没人比我更爱你，我们一年多的感情怎么能说没就没？

小梦转身看着他，说，你觉得你妈这辈子过得怎么样？

小汪想也不想，说，一般。

小梦说，不仅仅是一般，我觉得很差。停了一会儿，才说，我不想像你妈似的过完我这辈子。

小汪说，不会的，我不会让你把日子过成我妈那样的。

小梦就笑笑，像笑一个在说大话的幼儿园小朋友。

小汪一把拉过她的手，说，真的，为了你我会努力打拼，我爸说了，将来他会给我开一家健身馆。

小梦用力往外抽手，小汪攥着不放。小梦牙缝里嘶嘶的，拧来拧去地继续往外挣。小汪见她手腕都给攥红了，怕把她弄疼了，忙松开了，捧着她手连连道歉，问是不是弄疼她了。

小梦抽回手，嫌弃似的甩了两下，说，我都跟他上床了。

小汪的眼泪，一下子就掉了出来，喃喃说，你怎么会这样？

小梦低着头，抚弄被他攥红的手腕。小汪撕破嗓子似的大喊了一声，你怎么可以这样！

小梦没听见似的，看也没看他，转身整理衣架上的衣服去了。

小汪行尸走肉似的回了家，一头扎在床上。任凭父母怎么喊，就是不起来吃饭。汪道泉问他怎么了，小汪突然坐起来，说，小梦和我拉倒了。汪道泉没往心里去，说，你们都拉倒多少回了，等过几天你说两句好话哄哄她就好了。小汪说，这一次哄不好了，她和人上床了。汪道泉心里一凛，你看见了？小汪说，她告诉我的。汪道泉知道彻底没戏了，当一个女人告诉男人她已经和别人上床了时，就是不留余地了，破釜沉舟了。闷了一会儿，又问，还是因为房子？

小汪看着破烂不堪的天花板不说话。

## 11

老汪把车停在昨天的老地方，拿着打印好的A4纸去了市政府门口。

天空阴沉沉的，好像要下雨，他打量了一下四周，在花坛上找显眼位置站了，两手像古代的沽酒幌子似的各擎了一张纸，站了没一会儿，小雨就靡靡地下了起来。

车里有伞，但他没拿下来，也不想打，觉得就这么站下去，更能表现自己内心的决绝和壮烈。

雨水洇湿了他的头发他的衣服，也打湿了擎在手里的纸，他收回来看了看，就着湿，贴在胸口，左边右边，一边一张，正好。又从包里拿了两张擎起来。过路的车和人，路过他时，都放慢了速度，还有人拿出手机拍照片，自始至终，他表情肃穆，好像已站成了雕塑。

甚至，有那么几个瞬间，他觉得整个世界，已经空茫无人，只有他自己，站在一片荒蛮的旷野中。

不知过了多久，突然有人推了他一下，贴在胸前的两张A4纸也被野蛮地撕了下来。是汪道泉。他像一头愤怒的兽，撕完了他胸前的纸，又去夺他手里的。老汪不想和他起冲突，躲闪着，说，你干什么？

汪道泉的手指几乎戳到了他的鼻尖，骂了一句脏话，然后说，汪之明，你很喜欢布衣街是不是？

老汪用文明人看荒蛮人的鄙夷眼神看着他，意思是这还用问吗？

汪道泉点点头，说，既然这样，咱把房子换了吧？

老汪说，什么？

汪道泉说，你搬到布衣街住我家房子，我去住你家房子，行不？你不是喜欢布衣街嘛，吃在布衣街睡在布衣街岂不是更合你心意！

老汪说，荒唐！但突然的，就一阵儿心虚，是啊，他喜欢甚至是迷恋布衣街，喜欢布衣街的每一块石头每一块砖头，觉得它们沧桑的面容上雕刻着的是岁月的痕迹。可他从没想过住在布衣街。

怎么可能！他的房子是花一百多万买的，和汪道泉的房子怎么能形成等值交换！就觉得汪道泉越来越荒唐越来越得寸进尺了，却又懒得和他理论，秀才和兵怎么能理论得出是非曲直呢？就弯腰把被汪道泉撕在地上的纸捡起来，望着他，郑重其事地塞进包里，这个动作让他再一次找到了隆重的道德优越感，转身往停车的地方走去。

汪道泉一路追在身后，说，汪之明，今天你要不给我句明白话，你就别想走。

老汪说，什么明白话?

布衣街拆迁关你屁事!

老汪晃了晃头，拉开车门，上车。汪道泉追过来，看架势是想把他拉下来继续理论。老汪不想和他理论，他连老婆都得罪回娘家了，就不差这个除了布衣街就和他生活毫无交集的汪道泉了！何况他也不想和汪道泉讨论换房子的可行性！就锁了车门，发动车子。

汪道泉啪啪地拍着车门，雨，一线一线地从他脸上往下滚，他的嘴一张一合的，声音一出口，就被雨水泡软了泡小了。所以，汪道泉生命最后一刻到底说了些什么，老汪也没听清。当他的车子缓缓往前开的时候，汪道泉身手敏捷地跳到车前，几乎是趴在车上，拍打着车头说，汪之明，你要是个真有种的，今天你就从我身上轧过去!

雨刷像两只疯狂的手，把老汪呼啦得心烦意乱。透过挡风玻璃，他看见汪道泉疯狂而狰狞的脸，不停地喊，汪之明，有种你就从我身上轧过去!

时间一分一秒地过去，雨越下越大，老汪不想和他继续耗下去了，就把车往后倒了一下，想甩开他，也真甩开了，又随手猛打方向，一脚油门踩下去，就听砰的一声。

汪道泉像一捆被狂风卷走的麦子，骨碌碌地滚到了马路中间，滚到了一辆冒雨行驶的公交车下。

汪道泉本想跳过来继续拦在他车前面的，可老汪急于甩掉他，这一脚油门踩得有点儿狠。

老汪呆呆地看着戛然而止的公交车；看着雨水像千万根鞭子抽打着这座城市、抽打着他的心脏；看着雨水混杂着鲜血，从公交车下流了出来，流向马路边的下水道口。

他们说，下水道是一座城市的良心。

今天，它流血了。

在浩瀚的宇宙里，地球不过一颗尘埃，这颗尘埃上的一条小小布衣街又算得了什么呢？半年后，布衣街还是拆了。倪红到看守所看他，给他看了一些拿手机拍的照片，是正在拆迁中的布衣街，蓝色的铁皮围挡里，一片狼藉。

老汪想，他和汪道泉，不过是在这条街上打过一场架的两只蚂蚁，一个为了理想，一个为了活得好一点儿。

不仅多少年后，哪怕是现在，也没多少人知道，更不会被记起。

# 老娘改嫁

1

其实，老娘姓单，叫单美兰。乡下喊人，不兴喊名字。比如，村东头有个老光棍和一条老狗相依为命，因为狗是母的，有嘴损的，就给他取了个外号叫狗鸟，三叫两叫就给叫开了，时间一长，大家就直呼他狗鸟了，至于爹娘曾给他取过什么名字，倒没人记得了。

老娘养了六个孩子，当她面，人喊她宝她娘，因为她的儿子们依次叫大宝二宝三宝……背后里，喊她的外号：大肉奶奶。

她的大肉奶奶外号在村里无人不知无人不晓，尤其是在男人堆里和男人嘴里，喊得特别响。我小的时候，常常把别人喊她大肉奶奶误会成打肉奶奶。我还要说明一下，在我的家乡，奶奶这俩字，并不是对祖母级别的女性的尊称，而是指女性乳房，所以，大肉奶奶用书面语言来说，就是丰满而多肉的乳房。

但作为女性写作者，我不愿对一位老人使用带有猥亵性的称谓，所以，我更愿意称她老娘，因为她为这个世界奉献了六个活蹦乱跳的子女，完全配得上老娘这一称呼。

因为土改时分到了东家的正房，老娘他爹一直觉得对不起东家。所以，老娘打娘胎里一出来就被许下了婆家，给东家当儿媳妇。其实，她爹也没什么对不起东家的，1949年以前，他地无一垄房无一间，给东家当长工养家糊口。1949年，农会让东家腾出房子交出地契，分给村里的穷苦人家。老娘她爹就分到了东家的正房，他不住，农会干部坐在炕头上教育了他一个通宵，说不住就是没觉悟，说了一堆他听不明白的大道理，吓得头都蒙了，就和爹娘一道搬去了。第二年上娶了老婆，第四年上就有了头生闺女单美兰。那会儿，东家的儿子李东生都八岁该上学了，可因为新的教育制度，私塾不兴了，学校又不收地主子女，东家就在家教他念书。在他家原先的偏厦里，暑去冬来，一字一顿到十几岁，居然也出落得小书生似的，出口成章，上知天文下知地理的，站在一群庄稼人里，怎么看怎么不一样，眼里有淡然的超脱，把身边的人，一下子就给比成了满眼荒草的畜生。

还是小奶娃儿的老娘一天天长大，眉清目秀，安详得很，不像个乡下野丫头。东家也喜欢着呢，两家一院住着，又是未来的儿媳妇，东家对她就很上心，闲来没事，也捏本书教她写写画画，没纸没本子，就拿根树枝在地上划来抹去，教得奶娃儿小老娘在十几岁的时候，居然也能磕磕绊绊地读下一本书来。会读书的女娃子晓得多，眼界也宽阔，那些没读书的姑娘和她一凑堆，就看出了差别，像岫玉丢在了土堆里，既有型又耀眼。那会儿虽然是新中国了，可娃儿们都听父母的话。李东生他爹一次又一次地告诉李东生，要耐心等小老娘长大。在小老娘十五岁的冬天，李东生把她从正房娶到了偏厦的热炕头上，用八年时间，快快活活地造了五儿一女六个娃。对这个肚皮争气的儿媳妇，李东生父母很满意，其实，就那会儿的社会形势，李东生的父母已经没资格对老娘表达满不满意，因为他们是地富反坏右分子嘛，不是戴着纸帽子游街就是拖着扫帚扫街。

那是个属于老娘的父母们的时代，根正苗红，吃香得紧，可老娘的父母也没因为这对老东家白眼相加，依然相互恭敬着，闭门是两户，开门是一家，活得安静体面，不怒不怨的，好像生来这世界就是现在这个世界的嘴脸，他们不因这个世界的骤变而改变。李东生的父母扫街，也和其他扫街的地富反坏右不一样，别人总是人前惶惶的，人后怨怨的，像丧家犬，李东生的父母不，哪怕戴着高高的纸帽子扫街，背也永远挺得笔直，见谁都笑吟吟的，好像安稳睡了一夜的人，起来打扫自家门前，扫得光溜溜的，让刮过街上的风都生气，没东西捎带，白刮一趟。

## 2

老娘的儿女们像挺拔的小白杨一样茁壮成长，李东生和父母在五年内相继去世了。关于李东生父母，不过是生老病死的自然循环，没人说什么，可李东生还不到四十岁呢，高高的个子，宽宽的肩膀，壮得跟棵长了五六十年的松树似的，怎么能说病就倒下了，说倒下就起不来地死掉了呢?

村里人说，让女人累死得呗。

村里人这么说是有根据的，老娘虽是乡下婆娘，可她识文断字，皮儿白得能活活儿气死太阳，怎么晒都白皙细腻得跟刚出锅的白面馒头似的，最要命的是她有一对巨大的、一走路就颤巍巍抖动的大奶，据说村里的男人，尤其是光棍们都曾经在梦乡里偎依在她双乳上流过哈喇子。

那个外号叫狗鸟的老光棍，就曾蹲在庄东的桥头上无限神往地说，想想吧，白得跟嫩豆腐似的、颤悠悠的大奶，一头闷下去，就算让她闷死也是笑着死的！

据说，让老娘的大奶活活闷死也快活的梦，全村男人都做过。

我们村很大，几千口人家，老娘住后街，我家住西南园，住东围子的男人胆子最大，也最粗野。东围子那个外号叫油壶的男人，就被老娘咬掉了一截手指。那年夏天，老娘在一人多高的玉米地里打叶子，油壶借着玉米地的密不透风，想上下其手占老娘的便宜，被老娘一口咬掉了一截手指，尽管油壶一再说是被潜伏在鸡窝里伺机偷蛋的黄鼠狼咬断的，可没人信，因为他擎着一只血淋淋的破手鬼哭狼嚎地往村卫生所跑的时候，许多人看见过，他不是从家里，而是从野地里抱头鼠窜回来的。大约又过了一个钟头，老娘背着一捆玉米叶子从地里回来，月白色的小褂胸前，有几坨顶鲜艳的血。

李东生死的时候，五宝刚满五岁，正是拖着鼻涕满街跑的小页孩。

老娘和李东生的五个儿子，没正式的名字，老大叫大宝，老二叫二宝，就这么依次排下去，一直叫到五宝，闺女和兄弟们大排行，是老五，破天荒的，得了个名字，叫棉花。

按说，李东生识文断字的，断然不应该把手一撒，由着儿子入了乡野的潮流，叫什么大宝二宝，至少也得叫兆瑞啊、敬轩啊等文气一点儿的名字。其实，当初李东生也是这么想的，可老娘不愿意，说文气有啥好？一天到晚戴着纸帽子扫大街还是好的，动不动就要被拎到会场中间，跟条被人打折了腰的老狗一样，挨众人的指头尖子戳，臭唾沫喷，现如今是狗蛋狗剩和柱子们的天下！李东生当然不答应，自己这当老子的整天被人当老狗斗还不够，娃子们一下生就往狗道上领？成么？不成！于是，执拗地给老大取名叫兆瑞，老二叫兆轩，老三叫兆庭，可老娘放着这些好生生的名字不叫，非要喊大宝二宝……

当娘的和孩子在一起待的时间长，呼来喊去的，孩子就认下了大宝二宝是自己的名，任凭李东生怎么喊兆瑞兆轩，都好像喊的不是他们，而是另外一些他们不认识的人。李东生叹了好多口气，至少她没把儿子喊成狗蛋狗剩，就不和她执拗了，认了吧。等老四落草，遂也懒得再给取名了，反正不管他取什么，老娘都会喊成四宝，他又何必脱了裤子放屁多道手呢？

五宝五岁的时候，运动已经过去了，李东生再也不用扫大街更不用动不动被人拎到会场中间斗一顿了，闹腾了十几年的村子突然安静了下来，好像少了些什么。有天，李东生的父亲在南墙根下晒着晒着太阳，往旁边一歪，就走了。李东生的娘从那以后天天泪眼婆娑，泪着泪着，就把自己难受死了。再后来，李东生不知怎么的，走着走着路，就昏倒了，去医院躺了半个多月，就没了，连什么病都没查出来。

李东生出殡的时候，老娘一头一头地往棺材上撞，像是铁了心要随李东生去，村里的婆娘们让她撞得心头酸楚满眼泪水，莫要说老娘是个女人，就是个青壮男人，看看家里的六个孩子，也得愁得睡不着，正长身体的六个孩子就是六张无底洞一样的嘴啊，她一个女流之辈，能不慌张、能不无望吗？

一开始，大家以为老娘或许会把小一点儿的孩子，比如五宝和棉花送人，可老娘没有，一副累死累活我也要把孩子拉扯大才对得起他们死去的爹的样子，每天天不亮就用把锄头撅着一只空篮子下地干活，晚上披着星星撅着装满了野菜野果的篮子回，不仅没饿着六个孩子，还供老三念出了大学，在城里结婚娶了媳妇。可剩下的几个，就不行了，李东生去世那会儿，老大才念小学五年级，见娘哭得凄惶，主动辍了学，在家帮老娘干活养家。老二没考上初中，没得学上，也回家帮老娘修理地球了。就老三，看着他初中高中大学一溜烟儿地往上蹿，老娘再累也欣慰，觉得老三像他爹，有志气，头上也有文曲星罩着。多少年来，老娘和村里人都觉得，李东生屈就屈在没捞着学上，要不然，也一定是个人物。大家都替他可惜，唯独老娘不，因为如果李东生上学成了人物，娶的人肯定不是她，所以，在老娘心目中，李东生没成个人物就对了。因为她喜欢李东生，像喜欢自己的命一样喜欢。四宝脾性上像他爹，温和敦厚，话也不多，但不是上学的料，所以，念完初中也回家干活了。棉花让四个哥哥宠得不像样子，干什么都没抻头。有哥哥姐姐罩着，五宝就成了彻头彻尾的耍孩子，整天上树摘果下河摸鱼的，晒得黑黑的，腿也长，一到夏天就光着上身穿着短裤满街跑，冷不丁儿一打眼，还当村里来了个非洲人呢。在老娘的六个孩子当中，五宝最讨村里人喜欢。五宝顽劣，夏天一到，村东面的河和西面的水库就是五宝深深眷恋着的家。老娘和天下所有母亲一样，把水火看成是会抢她孩子的洪水猛兽，只要知道五宝又下水了，就免不了一顿臭骂夹杂着扫帚疙瘩抽。所以，五宝下水捉了鱼啊鳖啊，摸了河蚌啊泥鳅啊，都不敢往家拿，常常是在路上遇上了谁就往谁手里塞，再要不扑通一声，给人扔到大门里，连声谢也不要，撒腿就跑。

也是因为太皮了，五宝只上了两星期学，一到中午就领着班里的男生偷偷下水，学校怕出事担不起责任，于是，作为害群之马，五宝就被清出了学校。

被清出学校，让五宝高兴坏了，从此以后开始了满世界乱蹿的混世魔王人生，把老娘的头发，愁白了一根又一根，渐渐地，满了头。

## 3

老娘的五个儿子，老三在城里成了家。如果不是棉花，四宝怕是也娶不上老婆，他的老婆是拿棉花换的。其余都还是光棍。

棉花嫁给嫂子的结巴哥哥，嫂子嫁给四宝，媒人帮两下里约定，除非男人死了，永远不得离婚，像四宝这种有光棍弟兄的，就算四宝没了，媳妇也只能改嫁给光棍兄弟，否则，另一对也得拆，虽然说这约定和婚姻法相背，根本不受法律保护，可在乡下换亲这事上，还真就一诺千金了。两边同一天结的婚，出嫁那天，棉花哭得站不起来，是四宝抱上车的，然后呢，大宝和二宝合伙把四宝揍了一顿，因为他们也没媳妇，棉花是弟兄们共同的妹妹，凭啥单单给他换媳妇？事后，大伙儿都说，四宝好样的，让俩哥哥揍得鼻青脸肿，愣是没还一下手。也有人说，就这样也是四宝赚便宜，不信问问大宝和二宝，如果挨这么顿揍就能有媳妇，挨上十场他们也绝不还手。

一想结婚那天的棉花，老娘就跟得了沙眼病似的，两眼红红的，流泪不止。

四宝一结婚就分家单过了。这也是媒人当初给约下的，一结婚就单过，不能婆婆大伯哥小叔子的一个锅里摸勺子。

也好，至少大宝二宝不用一见着四宝就两眼喷火、见着四宝媳妇就两眼放光地让老娘心里不安生了。

大宝二宝以及五宝的婚事，就像河两岸晒着的鱼，这辈子怕是没了湿水的可能。一开始老娘还咬牙，不认这命，时光一年年过去，老娘一年年老了，挣不动了，也就认了。大宝二宝还不认，自己不缺胳膊不少腿长得也不难看，为啥娶不上媳妇？还不是因为穷？

哥俩听说上渔船工资挺高，就去了。到了，才知道上渔船还得花钱学证，要不然上不去。因为没媳妇，大宝攒了一肚子火，以为人家这是欺负他乡下人没见过世面，想讹他们钱，就和人打了起来。在码头上打的，一不小心，大宝就闪到海里去了，因为不会水，一口水就呛死了，等和他打架的船老大跳下去把他捞上来，人已经软得像面条似的……最后，还是三宝出面，对方才有点儿怕了，赔了十万，老娘抱着十万块钱哭得死去活来。二宝满以为老娘能用这十万块钱给他娶个媳妇，娶不上当地的，给个三万五万，他去云南领个媳妇回来也成啊，周遭村子的光棍，不少去领的，虽说吃亏上当的不少，但也有领回来就正经过日子连娃都生了的，卷钱跑了放鸽子的还是少数。可老娘不，说这钱是老大拿命换来的，拿去娶亲，晦气得很，要给他们弟兄们平均分了，让他们自己看着干点儿什么合适就去干点儿什么。

听老娘这么说，棉花也住在娘家不走了，说现代社会，男女平等了，有兄弟们的份就得有闺女的份，要不然，她就不回婆家了。棉花一不回去，婆家就立马来人把四宝媳妇也接走了，四宝就不干了，急吼吼嚷着把自己那份劈一半给棉花，四宝媳妇在娘家听到消息，也找人捎了口信儿，说四宝敢把自己那份分一半给棉花，她就敢回来拿菜刀抹脖子。老娘一看没辙，就说算了，虽说她老了，可只要勤手勤脚的，从地里刨碗饭，还是能刨得出来的，就把自己那份养老钱给了棉花，这顿争，才算是消停了。

大宝没了，老娘沉默寡言了好多。再下田做事，就不用锄头撅着篮子了，好像大宝的死，让她丧失了用锄头撅着篮子的力气。现在，她下田总是挎着一只荆条编成的浅土黄色篮子，篮子里放着一把小小的锄头，好像只有挎着这只锄头去田里看一看，才能证明自己是健康的、是在劳作的，而且是劳作给老天看的：我都这么老了，还要下田养活自己，你要保佑我啊。那会儿的乡下虽然依然不富裕，可耕耕种种都已机械化了，需要人力去做的事，也就是耕种一下机械整治不了的地头地边，忙活小半天就完事，所以，老娘依然每天用篮子挎着锄头下田，就有了煞有介事的成分。四宝媳妇挺不待见她的，说她这是干啥呢？好像这一村子的人全混球，把农活都压给了她这个五十多岁的老人。

其实，到了田里，也没事做，老娘只是不愿意在家待。二宝想媳妇想疯了，只要老娘在家，就一个白眼一个白眼地往老娘身上砸，开口不搭顺腔，怎么呛茬怎么说，好像他娶不上媳妇，不是老娘害的也是老娘偏心，都是老娘亲生亲养的孩子，凭啥拿棉花把媳妇换给了四宝？难不成其他这哥几个不是男人？

老娘常常让二宝的没好气噎得半天上不来一句话，索性，就不在家待了，还是庄稼好，尽心伺候着就给产粮食，不言也不语的，让人心里踏实。

## 4

李东生刚去世那会儿，有媒人撺掇老娘改嫁，老娘说不了，六个孩子跟六头喂不饱的狼似的，谁见着不怕？就不去讨那没意思了。媒人不信，给说和了几个，果然，通常一听是她，人家脑袋就摇成了拨浪鼓，五个儿子哪，养活得起养活不起且不说，单是娶亲吧，想娶上媳妇就得盖房，有了房子还得彩礼吧？定亲吧？迎娶吧？一个儿子使使劲儿就打发了，可老娘五个儿子啊，就是把自己活脱脱累死怕也完不成任务。所以，不管说媒人怎么舌灿莲花，老娘就像一坨藏着炸弹的鲜肉，挂在眼前的树上，谁都知道一伸手就能够着，可这手，就是没人敢伸，生怕一伸手就让老娘的五个宝贝儿子这五座大山压得一辈子翻不了身。

这几年眼看着老娘老成残枝败柳了，想娶老娘的反倒多了，因为老娘的儿子们，死的死、该结婚的也结婚了，结不了婚的就那样了，所以，村里村外的鳏夫们开始琢磨着把老娘娶回去，续个弦，那些老或不老的光棍们也想过过有老婆的瘾。

可老娘是谁？对那些想娶她的老鳏夫们，是打心眼里的鄙视，孩子小的时候，他们生怕娶了她就是娶回了个累赘，现在孩子累赘不着她了，就想娶了她回去享日子，天底下有那便宜的事吗？老娘跟来提亲的媒人如是说。

闲来和人聊天的时候，老娘说，到底还是李东生精明，一气给她种下了六个娃子，就是给她种下了一堆贞节门神呢，把她一个二十八岁的小寡妇，生生看成了满头白发的贞妇，只可惜没得贞节牌坊立了，要不然，她咋也给老李家挣一块来增增光添添彩。

除了给二宝和五宝洗衣做饭，老娘的日子就这么清汤寡水地过着。

拿到大哥的赔偿款，四宝又东凑西借了点儿钱，买了辆小货车跑运输，早出晚归的虽然辛苦了点儿，可日子一点儿一点儿就好了，老娘看了，打心眼里高兴，不下田的时候，就把孙子孙女喊过来守着，没孩子在一边捣乱，四宝媳妇能多干点儿加工活。庄里有开玩具加工厂的，也不招工，都是像老娘或是四宝媳妇这样的妇女去厂里领活，领回家在缝纫机上缝缀好了，交回去，按个数算工钱，工厂不用花工资养人，妇女既能照看了家也有钱挣，两相不吃亏。

四宝媳妇自打娶进来，就没分到口粮田，为这，老娘和四宝往村委不知跑了多少趟。

一开始村主任说村里没闲地，他拿啥分给他们?

老娘就说村里那两百多亩机动地不就是为以后娶进来和生出来的人口留的吗?

村主任不耐烦地说，留了机动地总不能荒着吧？早就包出去了。

老娘问，包出去总归有个收回来的时候吧?

村主任就歪在椅子上抽烟，一条腿架在桌角上飞快地抖着，说，包给人家种着庄稼呢，咋往回收?

庄稼总有收的时候啊。老娘好声好气地商量。

噢！等秋天收了庄稼就往回收。村主任把烟掐在烟灰缸里，接着说，秋天收回地，冬天就分!

老娘和四宝信了。

可一个又一个冬天过去，四宝媳妇都生了闺女又生了儿子了，她的口粮田还是没分下来，现在，村委已经不仅仅是欠了四宝媳妇一个人的，而是欠了他们家三口人的口粮田，一家四口啊，只有四宝一个人有口粮田，打那点儿粮，咋够吃？老娘就趁二宝和五宝看不见的时候，挖了粮食往四宝家扛，可村子里人多眼多嘴也杂，往四宝家扛的路上，难免遇上个把乡邻，有嘴碎的，就说到二宝和五宝跟前。五宝还好，只要有的吃有的玩，天塌下来都跟他没得关系，可二宝不行，和老娘吵。因为没给娶上媳妇，莫要说偷偷把有他份的粮食给了四宝家不行，老娘把饭菜做咸了做淡了都是欺负他对不起他。老娘让二宝气极了就哭，自家哭够了，去村委哭，哭也哭不来口粮田。有人就说老娘，你不能就知道哭，地都在村委那帮王八蛋手里攥着呢，全包给外乡人种菜去了，一亩地一年七八百的承包费，两百多亩机动地光承包费一年就小二十万，你不使使厉害他能巴巴儿就把口粮田分给你？

可除了干活淌汗、伤心流泪，老娘就是不会使厉害，村委也就不会给四宝家分口粮田。后来，老娘再去村委，村主任他们拿起包就走，临走撂话说办公室要是丢了东西，得老娘负责，尤其是保险柜，里面有现金，锁还坏了，一天到晚地虚掩着……老娘哪儿担得起这责任，就边哭边往外走。

她也知道，凶的怕横的，横的怕不要命的，现在村委这帮小青年，都是胳膊上左青龙右白虎的主，莫说不给四宝家口粮田她没办法，就是把四宝的老婆睡了她也只能干瞪眼。听人说，现在的这些村干部，在女人跟前是公鸡，村里但凡好看点儿的媳妇，全让他们踩遍了，见了钱财是饿狼，就没他们搞不到手的。青壮男人都拿他们没办法，她一个五十多岁的妇道人家，除了哭，还能怎么着呢？

哭着哭着，老娘就绝望了。

绝望了的老娘，就做点儿她觉得能帮得上儿子的分内事，帮四宝媳妇带孩子，让她多做几个玩具，多挣钱，有钱就挨不着饿，可以买粮吃。

有人说老娘好脾气，还有人说，老娘白养了五个儿子，跟村里的绝户头和五保户一样，让人随便怎么捏吧屁都不敢放一个。话传到耳朵里，老娘就生气，说白养五个儿的不光我，那谁家，养了七个儿，还不照样四个儿媳妇五个孙子连一分口粮田都没分到？人家没打没杀也没去闹的，指望我一个妇道人家去当领头羊？

那些七嘴八舌的，就没了话。

老娘知道，像四宝媳妇和四宝孩子一样，结婚娶进来后来生下来没口粮田的人，村里有不老少，可除了送些没用的礼哀了些没用的求，谁都拿村委没办法，现在的村委和过去的村委不一样了，过去的村干部都是德高望重的人，现在呢？全是不管三七二十一的小年轻，拉选票的时候一个个把胸脯拍梆梆响，挨家挨户的，又是送礼又是送钱的，非让你选他当干部，软的不行来硬的，村东头的那谁家，高低不吃这壶酒，礼不收钱不要，就是不想按人家想法填那张选票，最后怎么着？五亩草莓大棚，眼瞅着要摘去卖着见钱了，让人给一把火烧了个干净，一家子的心血，就这么随烟走了……报案都没用，人家也放话了，没凭没据地到处告状，就是诬陷，那谁家要是敢这么干，人家就敢跟他不算完……咳，胳膊拧不过大腿啊，最后那谁家还不是打掉了牙和血往肚子里咽，在选票上填了不愿填的名字。

## 5

自从给人拉货，四宝家的日子开始宽裕了，媳妇穿得比过去时髦了，孩子们也不拖着鼻涕光着脚丫满街跑了。老娘看在眼里，美在心里，对二宝的恶言恶语也就不放在心上了，田里实在没活可干的时候，就去四宝家帮四宝媳妇做玩具，虽然她老眼昏花，干不快，可添把手就比少把手好，到饭点了，就帮四宝媳妇烧锅做饭，对家里的二宝不闻不问。不是她偏心，是二宝太让她心寒，每每见着一看她就气不打一处来的二宝，她就会难过。她这当娘的，含辛茹苦地生儿育女，咋还生养出罪过来了？二宝的眼神，常常让她觉得自己是罪人。

二宝不是省油的灯，跑四宝门上骂了老娘一顿，就跑了，连句话也没留下。那段时间，老娘一提起二宝就眼泪汪汪，不管二宝咋不是东西，都是她身上掉下的肉，这不声不响地就打她眼前消失了，她心里，还是放不下。过了几个月，有人说二宝在城里的毛巾厂打工呢，老娘那颗悬着的心，这才放了下来。

后来，陆续有消息传来说二宝去毛巾厂打工的目的是为了哄个媳妇，因为在毛巾厂干活的大多数是女的，只有负责往车间里拖或是拉毛巾箱子的是男的，几个月干下来，二宝媳妇没忽悠着，倒是让人打了一顿，撵出毛巾厂了，原因是要流氓。老娘知道，这事十有八九是真的，遂也不去追问究竟了。问了干啥？丢脸掉面子啊？现在是街面上谁跟她提提二宝，她都脸红得跟让灶膛烤得似的，热乎乎的。

二宝的唐突给老娘带来的羞辱还没来得及消退，四宝又出事了。给人送货回家路上，出了车祸，不仅车子给撞报废了，把四宝强壮的身子也给撞成了一堆破烂。

看上去像堆血肉破烂的四宝居然还活着。

要不是三宝从城里赶回来，老娘和四宝媳妇两个乡下婆娘怕是哭死了，都不知接下来该怎么办。

三宝先去县交警大队，拿了两万块钱回来，说是肇事车主先垫付的医疗费，事故还要进一步处理。

老娘问车祸是谁的责任？

虽然是乡下人，可老娘知道，出车祸是分责任的，谁的责任谁赔钱。四宝媳妇说了，四宝撞成这样，怕是砸锅卖铁也治不好他了，她边说边哭得呜呜的，好像冬天的风刮着空空的山谷。

三宝说是对方的责任，对方乱道逆向行驶，才和四宝迎头撞上的，开的又是运土石方的大货车，才把四宝撞这么惨。

老娘一听，哭得又放了声，好像她心爱的儿子走着走着路，突然被人恶作剧般地一闷棍打昏了。

四宝的腿断成了好几截，胳膊、肋骨也断了，脑袋肿得像东北西瓜，隔着重症监护室的玻璃，老娘是看一眼就得流一天眼泪，天天给观音菩萨烧香，她孙女八岁孙子两岁，不能这就没了爹啊。

出事之前，四宝和媳妇说，这两年下点儿力气吃吃苦，挣钱去县城买房，让媳妇带着孩子进城上学去。村小学好几年以前就和镇小学合并了。说是合并，其实是因为村里孩子太少，就把学校给撤了。孩子上学就得往十几里以外的镇小学跑。现在乡下孩子也金贵，家长不放心，就得有人专门接送，可四宝跑车，媳妇又是做玩具又是带儿子的，哪儿腾得出手？老娘要蹬三轮接送，四宝和媳妇都嫌她年纪大了，不放心，反正镇小学的教学质量差得一塌糊涂，索性等明年买了房子进城上学。十里八村不少这样的，为了让孩子上学少遭点儿罪念个好一点儿的小学，哪怕是抽筋扒皮也得进县城买套房子。进城买房的钱才攒了个八字一撇呢，他就给撞成了这样，老娘能不伤心吗？

仿佛被撞碎的不是四宝的身子，而是老娘唯一的指望。

三宝在医院待了两天，就让电话催回去了，学校催，老婆催，好像离了他，世界就转不了了。老娘难受，但也欣慰，这说明三宝在学校受重视，离了他，媳妇就没了主心骨。四宝已经这样了，三宝在也不是治得了他病的药，也不想让他为难，就说，他们让你回你就回吧，家里人手够用。

虽然嘴上这么说着，心里，却是慌的，家里就她和四宝媳妇和俩孩子，还有没用的五宝。自从四宝出事，五宝就跟着来了县城，就看着被撞惨的四宝愣了一小会儿，就满县城看热闹去了，她和四宝媳妇，俩没见过世面的乡下婆娘，这日后还有周周章章的，可怎么办啊？她心里的忧愁和凄惨，却没敢说出口，怕一说出来，就成了拦着三宝不让他回青岛。

三宝仿佛也看穿了老娘的心思，说事故的事，不管谁来问谁来说，都往他身上推，只要他不在场，啥字都不能签。

老娘的心，才落回去了一点儿。三宝还顾及着这个家呢。含泪点头，三宝这才乘夜里最后一班火车走了。

那列拉着三宝的火车一走，老娘的主心骨就被抽了去。

## 6

四宝不停地睡啊睡啊，头上的肿渐渐消了，从重症病房挪到普通病房了，可四宝就是不睁眼，老娘和四宝媳妇还有俩孩子，不管咋喊，四宝都睡得跟泥巴一样。老娘去问医生，医生说四宝搞不好要成植物人了，比植物人还严重的是医生说四宝的呼吸不咋好，得一直架着氧气，停一会儿都不行。

架就架吧，只要四宝活着，就有希望。

可眼瞅着就没钱了，她给三宝打电话，三宝让她莫管了。第二天，肇事车主就让人给送来两万块钱。送了两次，她给三宝打电话也没用了。三宝说肇事车主也没钱了，说是出去凑，让老娘耐心等等，老娘抱着电话筒就哭了，说三宝啊，娘能等，你兄弟的命不能等。

老半天，三宝才说，他也想想办法，就挂了。一会儿，四宝媳妇说三哥往她银行卡上打了两万块钱，老娘让她赶紧提出来，给四宝交医疗费。

四宝媳妇去提了钱，交上治疗费，说老这么拖着，他们家就拖垮了，不行，她得去交警大队找找。

老娘觉得也是，三宝是有工作的人，又千里迢迢的，不能啥都指望他，就让四宝媳妇去了。

四宝媳妇去了大半下午，傍晚才回来。老娘问交警那边咋说的。四宝媳妇说正处理呢。

没说啥时候处理好？

四宝媳妇摇摇头，说他们问四宝喝不喝酒。

你咋说的？

四宝媳妇说，我说喝点儿，跑一天车，怪累的，晚上回家就喝两盅。

老娘觉得不对，她也是个看电视的人，知道喝了酒不能开车，交警这么问肯定有交警的原因，四宝媳妇说他喝酒，这不自己递把柄给人抓吗？就埋怨了四宝媳妇几句，四宝媳妇不愿意了，说，我说四宝喝酒是说他晚上回了家喝，又没说他开车的时候喝！

晚上回家喝也不能告诉他们！老娘口气很生硬，又问交警还问啥了。

四宝媳妇没好气，说，问四宝喝什么酒。

你又说啦？老娘的口气更狠歹歹的了。

说啦！四宝媳妇的口气比老娘还凶。老娘就觉得自己老了，发起凶来，力气没四宝媳妇大。

干屎还能抹到人身上？四宝媳妇见老娘萎了，就又说，我说四宝喝二锅头！

老娘就闷坐着干生气。过了一会儿，才问，那说没说咱四宝的事咋处理？

四宝媳妇定定地看着她，突然放声哭了，说，交警说了，撞四宝的那辆车，不是司机的，虽然钱是他送来的，可那也是车主让他送的。

老娘本来就不痛快，让她这么一哭，就烦上了，说，车不是司机的你有啥好哭的？

四宝媳妇说，娘，四宝白让人撞成这样了。

不有车主吗？老娘让四宝媳妇说糊涂了，接着问，车不是司机的怕啥？反正有主。

四宝媳妇这才说车是城关一个吃五保的老光棍的，也没买保险，连车牌都是套了别人的，现在是一分钱也拿不出来了，让咱和他打官司。

不对啊，这车明明是城关大队书记的，咋就成一老光棍的了？老娘脑子轰轰直响，吃五保的老光棍都没儿没女，如果他一分钱也拿不出来了，就是把他抱井里去他也没钱赔，和他打官司也是干生气，啥用也没有。

四宝媳妇说她也这么问交警了，交警说他们就是负责处理事故的，具体怎么回事他们也搞不明白，反正情况就是这么个情况。说着，四宝媳妇又哭，呜呜地，跟老式火车的汽笛似的。

老娘越想越不对，给三宝打电话，把这边事说了一下，三宝一听，就知道坏了，让四宝媳妇接电话，问交警让她签字了没？四宝媳妇说签了。三宝更急了，问在什么上签的。四宝媳妇说就交警和她说的那些话，她一看都是刚才说过的，也没虚夸成分，就签了。

三宝在心里说完了，但又怕说出来四宝媳妇着急，就没说。

## 7

第二天一早，三宝就赶回来了，没去医院，直奔县交警大队。

交警说四宝的血液里有酒精。

三宝说含多少？到什么程度？

交警翻了一下材料说，相当于酒驾吧。过了一会儿又补充说，他老婆也承认他喝酒。说着把和四宝媳妇的谈话笔录往三宝眼前推了推，说在四宝撞报废的车里，还发现了一个破了的红星二锅头瓶子。

三宝就觉得全身的血在管也管不住地往脑袋上涌，就背过身去，给四宝媳妇打了个电话，问四宝喝不喝小瓶二锅头。

四宝媳妇说有时候喝，在家都喝大桶的。

三宝压抑着一肚子的火，问他有没有习惯开车的时候喝酒。

四宝媳妇不是很肯定地恍惚了一句，说，不喝吧。就这一句不确定的不喝吧，把三宝惹火了，嗓门一下子就上去了，说，什么叫不喝吧？喝就是喝，不喝就是不喝，到底是喝还是不喝？

四宝媳妇让他给吓着了，半天没说话。三宝也意识到自己态度有点儿过火，就缓和了一下口气，说，开车不能喝酒，就算四宝不知道，你也得提醒到了。然后又说了声对不起，说刚才他态度不好。

四宝媳妇这才说，四宝出事的头一天是她爸生日，四宝白天跑车没时间，是晚上去的，和他哥喝了不少酒。

三宝就黯然了，说知道了。把电话挂断了。心里愤怒得惊涛骇浪，却又不知该向哪儿发泄，像条被罩在网里的鱼，知道跳不出这重重包围的陷阱，却还是想表达自己的愤怒，他努力让自己心平气和，努力让自己不失教养，看着交警的眼睛，说，我能大喊一嗓子吗?

交警说，出去喊吧。

三宝说，不，我想在这里喊。

交警别过头去，离开他眼神的笼罩。三宝就努着全身的力气，大而长久地啊了一声，好像一腔鲜血，要从胸膛里喷出来了，这绝望而悲怆的叫喊声，在交警大队办公楼的走廊里，来回地奔跑跌撞。

他就那么仰着头，闭着眼睛，泪流满面地啊着……半天，身体都被喊空了，才颓然地睁开眼，就看见，交警背后的一个女交警正低头抹眼泪。而他眼前这个交警，一直低着头，好像在整理文件，其实不过是几页纸，他颠来倒去地整理半天了，三宝就觉得他这样其实是因为心里有愧而不敢看他，就越发觉得四宝的血液鉴定里有鬼，头天晚上喝的酒，还能在身子里留到第二天?他很想抓起他的制服，问是不是这么回事，可又知道，这事未必是他自己的意志。

更多人不过是社会这架庞大机器上的一枚螺丝而已，不由自主。

三宝看着他，慢慢说，你觉得我们应该怎么办？

交警还是低着头，也慢慢说，这是你们自己的家事。

三宝说，你觉得起诉有用吗？

交警抬头，平静地看着他，说，车主是个六十多岁吃五保的单身老人，您觉得起诉有没有用？

他一个吃五保的单身老人怎么养得起土石方车？三宝知道，这其中是一个巨大的阴谋，当然，这阴谋未必是针对四宝出事才制定的，而是车主在买车的时候就想到了，为了预防将来出事，也是为了方便逃避责任，买车的时候特意悄悄挂在了别人名下，当然，这些挂名车主都是经过精挑细选的，比如说单身年龄大、没文化、无子女都是首要候选条件，更重要的一条是便于控制，于是，五保老人成了最佳人选。

交警已经恢复了镇静，从容地看着他，说，你觉得这是应该由我来回答的问题吗？

三宝知道，再怎么和交警交涉，也没有意义，就点点头，说，我是当老师的。

交警看着他，好像觉得三宝是在拿自己是老师这职业来吓唬他，从而觉得有些好笑，就没说什么，只是嘴角往下歪了歪。

虽然我是当老师的，但是今天我想说句脏话。说完，三宝用尽全身的力气，脸红脖子粗地骂了一句：我操他祖宗！

就走了。

## 8

从交警队出来，三宝在县城的街上狂走，在三九寒天走得汗流浃背，精疲力竭，然后停住了，站在北风呼啸的街头，感受着汗水的热量被疾冷的北风夺了去，湿漉漉的内衣顿时变成了冷硬冷硬的铁板，贴在身上。

身上一冷，脑子就清醒多了，生气和愤怒，都是徒劳的，眼下最主要的是解决四宝的医疗费用，既然车主找到了，没钱也不怕，至少还有车呢，把车卖了不就有钱了吗？可他不知车主住在哪儿，就给肇事司机打了个电话，问他要地址或联系方式。肇事司机很警惕，问他问这干吗？

三宝也没隐瞒，实事求是地说了，说，如果没钱，我弟弟命就没了。

司机沉默了一会儿，才说找他也没用，车已经卖了，之前送去的那六万，就是卖车钱。

三宝就觉得一股怒血直冲头顶，说，我知道你不是真正的车主！

司机没吭声。

三宝又喊，你知道谁才是真正的车主！如果你觉得自己还是个好人，就麻烦你告诉我实情。

有用吗？说完这三个字，司机就把手机挂断了。不管三宝再怎么打，司机就是不接电话，被他打得不耐了，回短信把三宝骂了一顿，就干脆利索地关了机。

在北风凛冽的街头，三宝像个疯子一样跳着脚地骂脏话，路过他身边的人，都各揣心思地回头看他一眼，三宝既不像疯子也不像坏人，一看就是遇上事被逼死胡同里去了。

骂够了，体面的中学老师三宝，像个无望的流浪汉一样，坐在马路牙子上，失声痛哭，哭够了才拖着疲惫的身躯，去了医院。

四宝脸上扣着氧气罩，正安宁地躺在床上，享受着冬日夕照的温暖。老娘佝偻着身子，背对着门口坐在病床前的凳子上，鬓角的头发在夕照里熠熠地闪烁着刺眼的白光。三宝轻手轻脚地走近了才发现老娘在就着一小包榨菜啃凉馒头，眼泪唰地就下来了，颤着嗓子叫了声娘。

老娘被吓了一跳，愣了一会儿，才抬头看他，说，三宝啊。

三宝问，四宝媳妇呢？

老娘说，回去照顾俩孩子去了。

三宝默默地去拿老娘手里的凉馒头，老娘执拗着不肯松手，说，别浪费。

三宝说，不浪费，我饿了。老娘信以为真，松了手，又拿起榨菜让他就着吃。三宝接过来大口大口地吃凉馒头，边吃边哭，一句话也说不出来。老娘觉得三宝这吃法是成心要把自己噎死，忙又给他捶背又端水给他喝的，三宝把剩下的一小块馒头塞嘴里吃了，喝了一大口水，扶着老娘说，娘，咱走。

老娘很茫然，说，你兄弟在这儿，咱上哪儿？

三宝说，出去吃饭。

老娘说，三宝，你痴了还是傻了？我刚才吃馒头了，还吃啥饭？

我还没吃饱。三宝执拗地扶起老娘，往外走。

三宝找了家羊肉馆，给老娘要了一碗羊肉汤，一砂锅炖羊肉，推到老娘眼前，说，娘，您吃吧。

老娘看着热腾腾香喷喷的羊肉，吸了吸鼻子，说，真香，你爹活着的时候，就爱吃羊肉。又黯然叹气，接着说，爱吃也吃不起。三宝把勺子递给老娘。

老娘喝了一口汤，突然就噎住一样地哭了，说，三宝啊，你说四宝还能不能像咱娘俩似的坐在这儿吃碗热羊肉？

三宝知道这种可能对四宝来说是微乎其微了，可他还是不愿意扑灭老娘心头的那点儿小火苗，就说，能，说不准不知哪天，四宝就坐起来了，摸着脑袋问自己这是在哪里呢。然后，又给老娘讲了好些植物人最终被亲人唤醒的故事。

老娘边听边点头，入神得很，都顾不上吃羊肉，就蘸着羊汤吃油酥火烧，末了，油酥火烧吃完了，炖羊肉和羊肉汤里的羊肉还好生生的。三宝说，娘，您吃点儿肉。

老娘说饱了，说着跟店家要了俩塑料袋打包，连碗上的一点碎肉渣滓都不放过，说自从四宝出事，小麦和高粱就没见过肉星。

小麦和高粱是四宝的闺女和儿子。

三宝在心里哽咽了一下，但什么也没说。

出了羊肉馆，老娘把打包的羊肉塞到三宝手里，说医院没地方，让他回家睡。

三宝知道老娘其实是想让他回去给麦子和高粱送羊肉吃呢，怕她难受，还是假装没看穿她心思，嗯了一声，又去超市给侄子侄女买了些零食，才回去了。

## 9

三宝先去了四宝家。麦子和高粱一看见两手拎着零食的三宝，就像两匹小饿狼一样扑了上来。四宝媳妇看俩孩子像圈宝似的把三宝带来的零食圈在怀里，眼眶就红了，小声说，哥，您别笑话。

三宝喉咙哽咽着疼，说不出话，只是勉强地笑了笑，点点头，想想关于车主那边的情况，还是跟四宝媳妇如实说了，也好让她早做打算，就说，弟妹，有个事我得告诉你。

四宝媳妇拿手背抹了一下泪，点点头。

三宝就把交警的话重复了一遍。

四宝媳妇一直不说话，眼泪噼里啪啦地往下掉。三宝知道，虽然是换亲，可四宝两口子感情挺好，这也让棉花心里很不平衡，因为四宝媳妇的哥哥是结巴，长得没四宝好，人也窝囊，棉花就总觉得在这场换亲里是四宝媳妇占了便宜自己吃了亏，一回娘家就说难听的，就这样四宝媳妇也没和她急过眼，大概的原因也是觉得四宝合心意，比起棉花来，自己的命算是好的了，就让她一让。

四宝媳妇默默掉了一会儿泪，才问，照这意思，是不是以后他们就不会赔钱了？

三宝说，可能是这样。

四宝媳妇生气地说，不行我们就去把真正的车主找出来。

三宝也曾这么想过，但知道没用，毕竟车登记在一个吃五保的单身老人名下是合法的，就算把真正的车主揪出来也没用，法律是讲证据的。就这么和四宝媳妇说了。过了一会儿，又说，你是四宝的妻子，不管你做出什么决定，我都理解。

三宝这么说，指的是如果有一天四宝媳妇支付不起医药费了，打算接四宝出院，他也不会怪她。

可四宝媳妇瞪着一双泪眼看着他，使劲地看，看得他心里都发虚了，末了，四宝媳妇说，哥，我不会给你添麻烦。

三宝觉得心上就跟让人抽了一鞭子似的，又痛又愧，都不知说什么好了，嗫嚅了半天才说，我不是这意思。

我知道你不是这意思，可我得给你把这定心丸先吃上。四宝媳妇说，四宝离了氧气活不了。

三宝点点头。

只要我还活着，四宝就得在医院里吃着氧气活着。四宝媳妇说，不管怎么着，我得让他活到高粱记事了，我不能让我家高粱连自己亲爹什么模样都不知道。

说着，四宝媳妇的眼泪又开始往下滚。

三宝突然羡慕四宝，觉得一个男人，为家累死累活的，出了事，女人有这态度，也值了。

## 10

三宝在老家待了一天，就回去了，他是班主任，带的还是重点班，因为四宝的事，他做什么都集中不起精力，对班里抓得也松了，还总请假，校领导已经不悦了，家事毕竟是家事，他不能苛求校领导一直体谅他，如果家里有点儿事都来跟领导要体谅，单位也就不是单位了，一个当老师的，得明白这点儿事理。

还是乘最后一班火车走的，老娘把他送出了病房又送出了医院，跟着他走了好远好远，他说，娘，您回吧。

老娘不说话，还是跟着他走。

三宝第三次说娘您回吧的时候，老娘说，三宝，四宝怎么办？

三宝最怕老娘这么问，因为他不知道该怎么回答，肇事车辆卖了，起诉也没用，倒不是打不赢官司，是打赢了也和没打一样，因为肇事车主一穷二白，根本就没执行判决的能力。也就是说，他们已经不可能从肇事车主那儿再拿到一分钱的补偿了，而四宝虽然躺在医院里一动不动，却比任何一个活蹦乱跳的大活人还要费钱。

说到底，就是一个钱字，上哪儿弄？

弟兄五个里，就他混得最好，这最好也只是和乡下的这弟兄几个相比而言的好，在城里，他也就勉强算得上个比上不足比下有余。房是贷款买的，他和媳妇苏米都是吃工资过日子的人，自从贷款买房，就得一个人的工资做生活费用，一个人的工资还房贷，经济紧张得连女儿美芽的钢琴课都停了。因为这，美芽哭得不行了，她喜欢钢琴，喜欢得恨不能搂着钢琴睡觉。

照理，他应该主动和老娘说，娘，您放心，只要我能吃上饭，就不能让四宝断了氧气。可他知道这样胡乱承诺的结局意味着是不负责任的哄骗，因为他也掏不起，就不敢说。

三宝说，娘，我们尽力。

他还能说什么呢？

这就是话了。老娘明白，不能再逼孩子，就说，你走吧，家里还有娘。

望着三宝的背影消失在苍茫的暮色中，老娘慢慢转身，走在回医院的路上，这辈子也走过不少的路，可从没有哪条路让老娘觉得像这个夜晚回医院的路那么长。

又过了一个多月，老娘和四宝媳妇清空了家里所有抽屉，终于凑齐了三千块钱，买了俩大号医用氧气瓶，一个氧气瓶四宝能吃一礼拜，两个氧气瓶轮换着用，四宝就可以回家过年了。

可老娘和四宝媳妇都明白，四宝这一出院，就甭想回了，因为家里再也拿不出钱来了。那个年过得凄凄惨惨的，要不是三宝汇来两千块钱，连年货都买不上。

因为四宝出事，四宝媳妇今年也没顾上给麦子和高粱买新衣服，小孩子长身子的时候，去年的衣服都小了，裤子吊吊着裤角，上衣短得都翘着前襟了，显得分外的寒酸，依着四宝媳妇就当看不见，糊弄着把这个年过了得了。可老娘说不行，在年根子下，去赶了趟大集，给麦子和高粱买了崭新的衣服，说大人怎么着都行，过个年要不把孩子收拾利落了，让人看着凄惶。人活着，自己个儿凄惶不怕，可不能让人看出凄惶来，要不然，那就是天底下最惨的日子。

三宝是自己回来过年的，苏米是独生闺女，怕父母自己过年孤单，每年都是三宝回老家，她回娘家陪父母。

老娘觉得，这个年过得，比六〇年挨饿那会儿都难受。六〇年是过年也没得吃，饿得两眼冒金星，现在倒是有得吃，可心受煎熬，一家人，大眼瞪小眼地看着，谁都没有话，好像话是会做祸的畜生，一张嘴，它就会蹿出来闯下收拾不了的祸。

老娘说，听人说青岛有个中医能治四宝的这毛病。

三宝心里一阵儿发虚，知道这又是个江湖郎中的传说，不知怎么传到老娘这儿她就信了，老家人就这样，没文化，也不读书不看报的，又爱瞎传话，还别人说什么他们信什么，有些话明明是不靠谱的以讹传讹，可村里人就能信得跟金科玉律似的。他想这么和老娘说来，可又怕让老娘觉得他这是怕老娘带四宝去青岛，就模棱两可地敷衍，说，啊，等我回去打听打听。

老娘转身从炕席底下摸出一张写着字的纸片，说这是医生的名字和地址，让三宝回青岛就找过去看看。

三宝接过来，说，好啊好啊。扫了地址几眼，竟然离他家很近，也就二三百米的样子，但他没说。老娘目睹着他把纸片塞进口袋，就像满怀希冀的人在春天里埋下了一颗种子。

家里的气氛因为压抑而显得有些怪异，三宝在家待不住，才正月初二就提前回了，理由是按说都是正月初三回娘家，和苏米结婚这么些年了，因为回老家他从没在传统的女婿走娘家的日子去过岳父母家，所以……

老娘心里啥都明白，也没拦。给三宝老岳父母装了一方便面盒子土鸡蛋，又给装上几个自己做的馒头，让五宝开拖拉机把他送到了火车站。

## 11

然后，春天就来了，万物复苏，老娘的心，却惆怅得像一片看不见边的海洋。种上庄稼，她和四宝媳妇就拼命做玩具，再拼命一月也就挣一千块左右，可躺在炕上的四宝，像只吃钱的怪兽，老娘和媳妇拼了命挣也填不饱四宝要活命的嘴。

有天，晃着已经空了许多的氧气瓶，四宝媳妇哭着说，娘，要不，我和四宝离婚改嫁吧，多要点儿彩礼，就有钱给四宝灌氧气买药了。

老娘心里轰隆隆响成了一片，自从四宝出事，她最担心的事还是发生了，她先是愣了一会儿，然后破口大骂，骂四宝媳妇不是东西，男人一出事她就要去另攀高枝。

四宝媳妇让她骂得只剩了哭的份，嘴都张不开。

其实，老娘也知道四宝媳妇不是那样的人，可她这不怕嘛，人一怕就会张皇失措，先骂一顿，整几顶大帽子压住了她再说。这是老娘的想法。

见四宝媳妇只哭也不辩解，老娘也难受，俗话说男人的三大愁是破屋漏锅病老婆，男人都怕，何况她一个女人，躺在炕上的四宝，比男人三大愁之一的病老婆还让人愁，没钱灌氧气他就得死给媳妇和老娘看。

这要是别人家的媳妇别人家的事，老娘一定会给媳妇投赞成票，媳妇走有媳妇的道理，可事蹚在自己家头上就不行了。

媳妇一走，这家还是个家吗？孩子怎么办？躺在炕上人事不醒的四宝怎么办？指望她和二宝五宝？自从被毛巾厂开除，二宝连家都没回，年也没回来过，五宝除了吃饭睡觉家里就见不着人影，麦子和高粱更是两个需要人照顾的小祖宗，说到底，这个家四宝媳妇撑了一大半，她要走了，老娘连死的心都有了。这么想着，老娘就把心一横，虎着脸说四宝媳妇，当初咱两家可是说好了的，你和棉花谁都不能离婚，你离棉花也得给我回来。

四宝媳妇一脸无辜地看着她，说，娘，我这不是要离婚。

不离婚你咋改嫁？

四宝媳妇红着脸，想说什么，终于又没好意思说出来，慢慢说，算了，我就是这么一想。

老娘哼了一声，问，是不是有人找你说什么了。

四宝媳妇说，没有。

老娘拿白眼挖着她，一脸的不相信。

说真的，如果四宝媳妇死活要和四宝把婚离了改嫁，老娘也拦不住，她真改了嫁她也不能逼着棉花离婚，棉花的儿子都念小学了，她这当姥姥的怎么忍得下心把亲生闺女的家给拆了，尽管棉花一直没看上结巴男人，可再看不上那也是孩子他爹啊，离了婚孩子咋办？棉花还年轻，总要再嫁总要再生的，当女人的难，最难就是自己亲生亲养的孩子前一窝后一块的，咋说都不对、咋办都不是啊。

既然她不打算拆了棉花的婚，就不能白白地把棉花搭出去，怎么着也得把四宝媳妇圈在家里，想改嫁那也得在五宝和二宝俩当中挑一个，尽管跟二宝还是五宝都挺委屈四宝媳妇的，可总归还是这个家里的人不是？二宝和五宝再不是东西也是她亲生的儿子不是？这么想着，老娘就和四宝媳妇说了。

四宝媳妇听了，一下子就哭了，说，娘您就是把我杀了把我剐了我也不能跟二宝和五宝中的一个过日子。

四宝媳妇也看不上他们呢。老娘在心里叹了口气，说，不是娘不要脸不要皮，可咱是换亲，哪怕四宝没了，只要他还有光着棍的兄弟，你就不能往外嫁，这是咱换亲的规矩。

四宝媳妇说，我不改嫁，娘，就是四宝没了我也不改嫁，大不了我和您一样，守一辈子寡。

老娘的心里，就又滚过了一串叹息，二宝五宝得多不是东西啊，让四宝媳妇宁肯守一辈子寡也不嫁。就小声说，咳，麦子娘，你怎么会生在你家呢?

她的意思是四宝媳妇如果没有投生在亲爹娘家，也就不会让爹娘拿着去给儿子换媳妇了，也就不会嫁给四宝，人生也就没这么凄苦了。

四宝媳妇明白她的意思，也没说什么，过了一会儿，才说，我认命了。又过了一会儿，说，该给四宝灌氧气了。这一句说得理直气壮，是个仗义的婆娘在操心自家男人身子的口气。

老娘没接她茬，而是气哼哼地说自从四宝出事，她就知道会有人打四宝媳妇的坏主意，乡下和城里不一样，乡下光棍多，哪个村也不少，老光棍小光棍的一抓一大把。

光棍一多，女人就没剩在家里的时候。

有模有样的女娃子不必说，是一家有女百家求，哪怕缺根胳膊少条腿，也剩不下。至于寡妇和离婚女人，比未婚大姑娘还抢手，离了还没走到娘家呢，媒人就早早候着了，彩礼订婚钱一样也少不下、更少不了。

苏米跟三宝回老家的时候说过，城里不少姑娘嫁不出去，主要是眼眶子高，挑来挑去就把自己挑成了老姑娘，为这她还困惑得要命，媒体上不整天说中国男人比女人多好几千万嘛，都多到哪儿去了？回乡下一看，才算明白了，光棍都在乡下窝着呢。就说这是乡下人重男轻女造成的恶果，怀孕的时候千方百计搞明白怀的是男还是女，是女的就打掉，是男的就留着，折腾来折腾去，就成了男人多女人少。三宝觉得不是这么回事，这些年村里的年轻人都进城打工去了，不管男女，进了城都不想回乡下了，尤其是女娃子，为了留城里，随便一个城里男人就嫁了，可城里的女人却不会嫁给要啥没啥的乡下青年。所以，进城打工的男人早晚得回乡下，乡下的女人却都留在城里了……有时候听三宝媳妇说城里的那些嫁不出去的姑娘，老娘就给可惜的呀，恨不能全给划拉到乡下分给因为娶不上媳妇急得在夜里嗷嗷叫的光棍们。

在老娘痴痴怔怔地胡思乱想的时候，四宝媳妇又说了一遍该灌氧气了。

老娘说灌，起身去摸了摸四宝的氧气管，自语似的说，四宝，你说你咋这样呢？人家喘气不花钱，可你一天就得喘一百多块钱的气。说着，又问四宝媳妇给三宝打电话了没。

四宝媳妇知道她问的是那老中医的事，就说打了，说她哥最近忙，还没顾上过去问。

老娘挺生气的，说，忙忙忙！他一天到晚地就知道忙，也不知道都忙了些什么！自从听人说了，老娘就牵挂着那个传说中的老中医，好像只要让他搭手一瞧，四宝就好了一样。

当然，也就是在三宝看不见听不着的时候，老娘能这么抱怨他两句，等真见了三宝，立马气息就变细了，细得好像让人两根手指夹香烟似的那么一夹，就夹住了。

眼看着家里值点儿钱的东西都让四宝喘没了，老娘真挨不住了，等三宝再来电话，就主动开口问了，说，三宝你忙啥呢？忙得让你打听点儿事都打听不来。

三宝稍微撒了点儿谎，他确实去问传说中的老中医了，把四宝的情况说了说，老中医没说他能治也没说不能治，就让他把病人拉过来给他看看。三宝就犯了难，回家和苏米商量，苏米一听头就炸了，他们贷款买的房子不大，只有两房一厅，四宝自己来不了，一定是媳妇老娘都跟着，媳妇老娘都来了，能把麦子高粱俩孩子扔家里？一想到家里乌泱泱地要来五口人，苏米的脑袋就一炸一炸地疼。说不行，坚决不行，让三宝直接告诉老娘，像四宝这种情况，要是哪个医生能治好，那医生早拿诺贝尔医学奖了。

三宝怕伤着老娘，没敢把话说的这么直接，只说去打听也去看了，人家那老中医只能治腰腿胳膊疼，像四宝这种情况，人家也没办法。

老娘像被人当头打了一闷棍，两眼直直地，三宝再说啥，也不入耳了，就啊啊啊地应着，木偶似的把电话挂了，怔怔而无望地看着四宝媳妇，说，麦子妈，你在家好生照看着四宝带着孩子，改嫁的事，交给娘。

四宝媳妇有点儿愣，还当是老娘终于被现实逼没辙了，答应让她改嫁了呢。

## 12

第二天，老娘迟迟没过来，四宝媳妇要缝玩具，就把麦子和高粱送老娘家去，一进门，见三婶坐老娘炕沿上。三婶是十里八村有名的媒婆，不敢说全村，至少也有半个村子的婚姻是她撺掇的。

三婶正眉飞色舞地跟老娘说着呢，见四宝媳妇领着孩子进来，就一下子刹了车，老娘的脸也噌地红了，一个劲儿地冲三婶丢眼神，示意她别再说了。

大家都说会说的人是舌灿莲花，可做了大半辈子媒婆的三婶就是舌灿一座大花园子，她哏哏笑着说，怕啥，早晚你也得让孩子知道。

四宝媳妇这才知道，老娘昨晚说的改嫁，是她自己改嫁。不由得，就别扭上了，说不上是瞧不起老娘呢还是让老娘的救子心切给感动了，一把抓起老娘的手，哭了，说，娘，您都多大年纪了还改嫁，说起来还不够让人笑话的。

三婶就接了她的腔，说，多大？你娘才五十七，年轻力壮着呢，村东头的雷他娘都七十多了还改嫁呢。

老娘羞得说不出话，都是三婶在絮叨，说村北头的席匠看好老娘都多少年了，老娘就是不吐口。

四宝媳妇还是哭，她知道席匠，住东围子，老婆有痨病，死的时候儿子才六岁，这都死了快二十年了，儿子也结婚了，因为有手艺，日子过得很从容，前些年托人来打听过老娘的口风，让老娘给骂了回去。为了四宝有钱喘氧气，老娘昨天晚上去找了三婶，说只要席匠能给两万块钱的彩礼，她就改嫁。

在一辈子没出过几次村的老娘眼里，两万已经够多了，没承想席匠还是痛快地答应了，三婶来回完话，当天晚上又领着怀揣两万块钱的席匠来了。席匠常年在地窨子里编席，背有点儿驼了，也不大会说话，只会看着老娘傻笑，笑着笑着，从怀里掏出一个用餐巾裹成的包，放在炕上，往老娘那边推。

三婶手脚麻利地打开餐巾，拿出两打看上去是刚从银行取出来的钱，啐着唾沫一、二、三、四、五……地数完了，往老娘手里一塞，说，再数一遍？

老娘慌里慌张地摇着头，探头喊站在灶间的四宝媳妇过来接钱，说着够四宝喘半年的了。

四宝媳妇接过来，满眼是泪。老娘跟没看见一样，折身回了屋。媒人又左右打量着老娘和席匠，说都这把年纪了，规矩上的事能省就省省吧，过了彩礼钱就当成亲了。

老娘知道，媒人是催她这就跟席匠走呢。就觉得心里有个自己，往地上一横，就这么着了。也没说啥，就打开炕柜拿了几件衣裳，说嫁是嫁过去了，我白日还得回来帮四宝媳妇做饭照看孩子。

席匠说，回，回，你晚上回去睡就成。

老娘在心里呸了一声，边往外走边跟四宝媳妇说，别跟你三哥说。

## 13

四宝媳妇谁也没说，老娘改嫁的事，二宝和五宝不知就怎么知道了，白天黑夜地纠缠着老娘要分彩礼钱，说他们也是她的儿子，凭什么只便宜了四宝一个？他在炕上躺着吃等食还吃出功劳来了？要这样他们也躺下吃等食！跟了席匠的老娘好像再也没了以前的慈祥，只要二宝和五宝来了，她二话不说，抄起擀面杖就打，一直打得两个浑小子抱头鼠窜，在大街上跳着脚骂席匠是个老不带彩的老流氓。

大伙儿都说，改嫁以后的老娘不是以前那个老娘了，以前的那个老娘也硬，是那种绵里带硬，可现在的老娘硬得泼、硬得像愣头青。

只有老娘自己知道，其实不是改嫁改变了她，是逼得，四宝躺在炕上喘钱呢，她不硬愣点儿能成吗？

不知谁把老娘改嫁的事告诉了三宝，有个周末，三宝回来了，进门，见老娘还在拿腿圈着高粱给玩具里塞腈纶棉，刹那间他恍惚了，娘明明在家里，怎么会为了钱把自己卖了呢？就坐在老娘脚边，帮她往玩具里塞棉花，一边塞一边看老娘，一肚子的话，不知该怎么问。

末了，吃中午饭的时候，四宝媳妇盛了一碗饭，让麦子给席匠爷爷送去，三宝这才知道，是真的了，托着碗，半天动不了筷子。老娘说，三宝你吃啊。

三宝觉得喉咙里疼得好像长了一个大疖子，无论如何也咽不下饭，就放下碗，说，娘，我听说……

话音未落，老娘就主动说，你爹都走多少年了，临老，找个伴少给你们添麻烦。

三宝就看四宝媳妇。

四宝媳妇端着碗喂高粱吃饭，高粱吃了一肚子三宝带回来的零食，肚子没空装饭，扭捏着不吃。四宝媳妇好像挺烦躁，拎起来打了两巴掌。高粱就哭得鼻涕老长。三宝就觉得胃里好像爬了一堆毛毛虫，就说，孩子不吃就是不饿，你打他干什么？

四宝媳妇闷着头，发狠似的吃饭。

三宝从包里摸出三千块钱，放在饭桌角上，说，我自己攒的。

他这么说，老娘就明白这钱是背着苏米攒的，怕他们日后说漏了。老娘叹气，说，三宝，娘知道你过得也紧巴。

三宝说，再紧巴也比乡下宽裕。

老娘点点头，让四宝媳妇把钱收起来。又耷拉着眼皮说，席匠对我挺好，你莫挂心。然后看看躺在炕上一动不动的四宝，说，娘就这么一块心事了，等四宝好了，我就找你爹赎罪去。说着，又继续吃饭，好像刚才说的是庄稼熟了，该收了。

三宝知道，不管他有多难受，只要掏不出保证四宝有气喘的钱，说什么都是白搭，遂也什么都不说了，觉得在家站也不是坐也不是，家就像一块大石头压在他胸口上，让他待不住，傍晚的时候，就逃也似的走了，搭公共汽车去了县城，坐火车回青岛。

## 14

四宝一个月喘气就得三千多，不到半年，老娘改嫁的彩礼钱就让四宝喘没了。有人劝老娘，四宝跟块煮熟了的肉似的，在炕上躺了都快一年了，她这当娘的，也对得起他了，还是拔掉氧气管子让他走吧。

老娘就瞪着眼白很多的眼看人家、看人家，一直把人看得心里发毛嘴上发虚了，才起身撅撅走了，重重的脚后跟踩着街面，好像在和谁赌气。

这天，四宝媳妇说，又该给四宝灌氧气了。

老娘说，灌。

四宝媳妇说，没钱了。

老娘的眼神，就一下子散了，像一把珠子被撒得到处都是，老半天才说，席匠有钱。四宝媳妇说，人家给吗？

老娘说，够呛。过了一会儿，喊过麦子，说，把你五叔找回来去。

五宝正在湾里摸泥鳅，听说老娘找他，就驼着一身臭烘烘的湾泥回来了，进门就愣头愣脑地问，刚吃完饭又喊我回来干啥？

让你嫂子和你说。老娘说完就起身回席匠家了。

## 15

那天晚上，席匠刚要关大门，突然就被人从外面推开了，强壮壮的五宝黑铁塔似的挤进来，愣头愣脑地问，我娘呢？

席匠知道他是个永远长不大的耍孩子，就说，你娘睡下了。

五宝没听见一样往里闯。席匠去拽，说，五宝，我不说了嘛，你娘睡下了。

五宝一回手，把席匠推了个趔趄，指着他鼻子，说，我告诉你啊，席匠，别给脸不要，我娘都多大年纪了还改嫁？说完，就扯着嗓子喊，娘！娘！不等老娘应，就闯进了东间，老娘坐在炕上，腿伸在被窝里看电视呢。五宝一探身子，把娘一把拽过来，说，走，娘，你跟我回家。说着，又抓起老娘的帽子，给她扣头上。

老娘似乎有点儿惊慌失措，追进来的席匠急了，说，五宝你干啥呢？我和你娘可是明媒正娶的。

正娶你娘个头！五宝生气地说，我娘都这把年纪了还改嫁，你让我们哥几个的脸往哪儿搁？说着，从背后的裤腰里，嗖地抽出一把菜刀，冲席匠比画了一下，说，菜刀不长眼！给我小心着点儿。说着恶狠狠地做了两下剁菜刀的动作，让老娘赶紧跟他回家。

老娘似乎真给吓着了，像发抖的胖鹌鹑一样，颤巍巍地下炕穿了鞋，跟五宝走了。席匠追到大门外，又气又急地喊了声，宝他娘——！

老娘的声音颤悠悠地从黑夜里传过来，席匠啊，我对不住你。边说边磕磕绊绊地走了，席匠追出门追了十来米，差点让块石头绊倒，就算了。

果然不出老娘所料，第二天一早，席匠就和三婶一起来了，气哼哼地说，五宝这是干涉老年人婚姻自由，要去镇法庭和他打官司。老娘有点儿怕，人一怕，不是萎靡了就是急了，这要搁往常，老娘也就怕萎靡了，可现在有四宝在炕上躺着，那就是一根硬挺挺的棍子撑在老娘心里，想萎靡都萎靡不下、萎靡不起啊，就和席匠急了眼，说，席匠，常言道一日夫妻百日恩，百日夫妻似海深，咱俩好歹也一块过了小半年，你咋能把我五宝往法庭里送？

在老娘心目中，只有坏人才上法庭。法庭是啥地方？在年轻人眼里是去讲理的地方，但在老娘眼里，就是和派出所拘留所监狱之类只有一墙之隔的地方。

见老娘急了，席匠有点儿怕了，小声嘟哝说，我这不急得嘛。

一听他这声调和这说法，老娘心里就有底了，看着五宝不吭声，席匠的眼神就撵着老娘的目光去看五宝，在嗓子里吭吭了两声说，五宝，这会儿不是旧社会了，女人改嫁没人笑话。

五宝眼一瞪，说，谁说的？我就是让人笑话没辙了才去把我娘拉回来的。

席匠长年累月地在地窨子里蹲着编席，蹲成了习惯，就找了门槛，蹲成了一副打算掰扯开来好好谈谈的架势，说，五宝，你铁了心要把我和你娘拆了？

五宝张嘴傻乎乎地啊了一声。

席匠点上一根烟，抽了两口说，五宝，你有啥要紧尽管和我说，我不能没你娘。

五宝看看老娘，老娘怕席匠从他娘俩交流的眼神里看出破绽，就扭头冲着墙，别着脸不看他。

五宝又去看四宝媳妇，四宝媳妇没躲，就淡淡地看看席匠，说，席匠大爷，其实五宝去把我娘掩回来，也没别的，就是看不下他哥躺炕上没钱灌氧气急的。

席匠就明白了，五宝把老娘拎回来，目的就是找他要钱，在心里操了一声五宝的祖宗，但脸上还笑吟吟地，说，为这啊，你早说嘛。说着站起来，背着手往家走，边走边说，就冲五宝对他哥这份情义，这钱我也给了！

没一会儿，席匠揣过五千块来。

五宝去接，被四宝媳妇一把拦下了，说这点儿不够，又用脚后跟悄悄踩了五宝一下。五宝就敞着高嗓门，说，就是，打发要饭的呢？！

席匠的脸，就有点儿灰了，说，五宝，我就是个蹲地窨子编席的手艺人，你别拿我当财主。

五宝看看四宝媳妇，席匠和三婶回家拿钱去的空档，老娘和他说了，再有拿不定主意的时候，就看看四宝媳妇，毕竟是讹人家席匠，讹完了，她还得回去和席匠过日子，不能让他对她起了防心。

四宝媳妇从后背掐了五宝的腰一下，五宝就觉得腰让嫂子掐得痒酥酥的，就想再让她掐一下，半天没吭声。四宝媳妇果然又掐了他一下，五宝就知道了，嫂子这是让他别理席匠这一套，咬住了别松口，就心思缭乱地说，我不信你没钱。

五宝因为心思乱了，说话就没以前硬气了，老娘一看自己不出马是不行了，就说，席匠啊，你看我造孽养的这些不争气的儿，五宝把我弄回来，就是想要两万块钱给他哥灌氧气。说着，老娘就哭了，扑簌簌地掉着眼泪，那种既伤心又羞愧的哭，席匠就看不下去了，看看五宝再看看躺在炕上的四宝，叹了口气，说，宝他娘，你总不能没了灌氧气的钱就让五宝拿这法子跟我要钱吧？

老娘就更是羞愧得说不出话。

席匠蹲在门槛上，又抽了几支烟，末了，把五千块拍在炕沿上，说，宝他娘，不管咋说，咱也夫妻一场，这五千块，算我帮你了。说完，就转身走了。背着手，走在乡下湿漉漉的夜色里。

老娘万没想到是这个结局，从窗户看席匠和三婶出了院子，才叹了口气，回头拿起席匠留下的五千块钱，自言自语似的说，我都想死了算了。

五宝飞快从她手里抽了一张钱，边往外跑边说，娘，我欠小铺一百块钱。

## 16

五宝经常去小铺赊东西吃，从干脆面到冰糕到汽水，攒到一定数，老娘就去替他还了，不还人家上门要，声张得东邻西舍的怪不好看的。为这，老娘还一次钱拿扫帚满院子撵着打五宝一次，可是，打有什么用呢？今天打完了明天他还去赊。

老娘打算挨家铺子说说去，以后你们谁也别赊给五宝东西，赊了，就是欺负傻子！村里人都知道五宝脑子不大够用的，既然他们豁得上脸皮和良心赚一个傻子的钱，就别怪老娘不仗义，谁赊了算谁倒霉，她一分不还！

老娘也真这么做了，一家一家地去说，说得人脸上怪挂不住，就说，老娘，这才几个钱，你多改几次嫁不就出来了？

老娘就怔怔地看着人家的脸，突然的，一口唾沫就啐了上去。然后，一辈子没和人打过仗的老娘，就和人薅头发撕衣服地当街打成了一个土蛋蛋，要不是让人拉开了，还不知打成什么样。后来，和老娘打仗的人走了，丢下老娘痴呆呆地坐在街上，满身满脸的土，头发上粘满了草叶子。

老娘就那么坐着，泥菩萨似的，两眼发直，惹她打仗的人远远看着，有点儿怕了，怕这一仗把老娘打成了神经病，让她给赖上，就过来小心地喊她，大宝娘，大宝娘……

老娘还是动也不动，泥塑似的，那人真害了怕，都快哭了，说，大宝娘你可别吓我，你要不啐我，我能薅你头发吗?

老娘突然噼里扑棱地从地上爬起来，对她看也不看地说，薅，薅！我薅你祖宗的毛！

就走了。

打那以后，人人都说老娘有点儿神经了。

其实老娘清醒着呢，回家看着席匠给的那五千块钱就掉泪，想过争点儿气还回去，可躺在炕上的四宝不让她争这口气，末了，还是塞给了四宝媳妇，让她去城里灌了氧气。

过了一阵儿，老娘又到席匠家去了一趟，席匠在地窨子里编席，因为屋里干燥，席蔑子会发干、变脆，没了韧性就不好编了，就只能在潮乎乎的地窨子里编，老娘下了地窨子，坐在地窨子门口的小板凳上，说，你别记恨我，我花你的钱，等四宝好了挣钱就还你。

席匠头也不抬地继续编他的席子，红的黄的白的席蔑子像细长而柔韧的缎带一样在他的手里唰啦唰啦上下翻飞，刹那间老娘看得眼花缭乱，又说，我和五宝说了，不准他再来凶你讹你。

席匠咳嗽了一声。老娘以为他要说话，等了一会儿，却没有。就继续说，你想让我回来我就回来，我和五宝说了，他再来捣乱，我就不认他了。

席匠抬头看看她，看了一会儿才说，算了。

老娘就羞得慌，自己一个女人家，主动上门修和，不要钱也不要啥了，席匠倒自己扎起架子来了，心里就梗得慌，但还是细声慢气地说，席匠，是我对不住你。毕竟，席匠对她是好的，也真的是她对不起席匠。

没啥，做爹娘的，为了儿女还有啥干不出来的。席匠边编席边说，宝他娘，这几天我也想来，不管五宝还来不来闹了，咱俩就这么着吧。说着抬头看她，叹气说，要是咱俩在一块，四宝没钱灌氧气了，我也不能眼睁睁看他死，咱俩不在一块这些我也就不知道了，不知道我就觉不着自己有罪了。

老娘明白了，为了日后心安，那个一心想娶她当老伴的席匠也不要她了，就站起来，擦了擦眼角，说，席匠，不管能不能还得起你的钱，我都记着你的恩德。说着踩着板凳爬出了地窨子，外面的阳光，明晃晃的，像千万把锋利的匕首顺着老娘的眼睛扎进了她的心脏。

## 17

没文化的老娘不是个认输的人，夏天一到，田里的活少了，老娘就央着往青岛贩菜的乡亲把她和四宝捎到了青岛。三宝是老师，有暑假，暑假里他就不忙了吧？老娘想趁着这空，让三宝带着她和四宝去青岛的各大医院看看，万一把四宝瞧好了呢？等四宝好了，就和他们一样了，再也不用喘气也花钱了。

当三宝看见老娘和乡亲架着人事不省的醉汉一样的四宝站在门口时，惊呆了，结结巴巴地说，娘，您来怎么也不提前打声招呼？

老娘心想，我一打招呼你肯定又千忙万忙的。但嘴上却说，我怕一说你又担心我和四宝一路上这啊那啊的。

三宝把四宝从老娘肩上接过来，和乡亲一起把他架到美芽床上，调整好了氧气袋，又去楼下抬氧气瓶，心里乱得万马奔腾的，都忘了给乡亲倒杯水，好在人家也不计较，帮他把氧气瓶抬上来就走了。

三宝望着巨型炮弹一样矗在客厅里的氧气瓶，满脑子都是等苏米回来怎么和她交代。对，根本就不能等她回来再交代，要不然，场面一定很尴尬。这么想着，就假装下楼有事，出去给苏米打了个电话。果然，苏米一听就炸了，说，植物人是世界难题，你妈怎么这么异想天开？！

三宝就好言好语地哄着她，说既然咱娘和四宝来都来了，我就带着他们各大医院转着看看吧。

苏米说，随便！就把电话挂了，摔一样的。等晚上回来，却拎着大包小包的菜，三宝还是挺感动的，对她也就分外地温存。老娘也看出来了，因为她娘俩来了，让三宝作难了，时时处处地看着媳妇脸色行事，这要以往，老娘会别扭，会替三宝难过，也会愧疚因为自己的到来给三宝造成的麻烦，也会生儿媳妇的气。可现在，除了给四宝把病瞧好，她哪儿顾得上什么脸皮不脸皮的，媳妇有没有拿她当婆婆尊着？只要在青岛给四宝瞧病的这段时间，有地方睡觉有碗饭吃，她别无他求。

吃完晚饭，苏米说美芽的床也是双人的，收拾出来给老娘和四宝睡。虽然心里藏着对儿媳妇的别扭，但老娘让她说的，心里还是暖洋洋的，就问，那美芽睡哪儿?

苏米说和他们睡大床。

老娘就有些不自在，说，给你们添麻烦了。

苏米笑笑，说，一家人嘛。

夜里，苏米和三宝说，白天挂了他的电话，想了半天，四宝都这样了，作为兄弟中混得最好的一个，他们理应出点儿力，要不然日后想起来既愧得慌还没处弥补，现在烦是烦了点儿，可烦过这一阵儿去，心里一路平坦顺畅的，挺好。

三宝就温柔地摸着她的身子不说话，那抚摸里，全是温柔的感激。

第二天，三宝跟朋友借了辆车，拉着老娘和四宝挨家医院看，都是先给四宝做检查，要先前的病历看。医生都是看看就把病历还回来了，叮嘱他们回家好好护理，说不准会有奇迹。

把青岛的医院挨家看一遍，半个月就过去了，没一家医院收治四宝，在精疲力竭的同时，三宝的心头也逐渐放松了下来，瞧也瞧完了，没治愈的指望，老娘终该死了心回乡下了吧?

可一天过去两天过去，老娘没提回老家的茬儿，不仅三宝急了，苏米的脸上，也渐渐没好脸色了，单独和三宝在一起的时候，少不了没好气地问，你妈和你弟什么时候走？

三宝只能说快了快了。到底有多快，他也不好去催问老娘，怕冷了她的心。

老娘真不愿意回乡下，虽然儿媳妇的脸难看了点儿，可至少她不用为四宝的氧气害愁，在老家，她就没有一天不愁的。可医院也都瞧遍了，总赖在这里也不是办法，就和三宝说她还是挺想把四宝弄到传说中的中医那儿瞧瞧的，万一瞧好了呢？

三宝知道中医见效慢，像四宝这种情况，一旦开始诊治，治一个月两个月都是短的，一年两年也不是没可能。这段时间，苏米已经烦得不行了，每天都要强忍着脾气才能挤出一丝笑，老娘和四宝在这儿，吃饭倒是多花不了多少钱，关键是四宝的氧气不能断，一周一灌，一灌就是七八百没了，才半个多月，四宝就把三宝的小金库喘没了，当然，这些钱攒了也是要寄回乡下的，可再灌氧气，就得跟苏米伸手了，苏米已经很不开心了，再伸手跟她要钱，三宝想想头都大，他自觉是个要面子的人，在自家老婆跟前也要不起赖来，可一旦带四宝去看中医了，对他来说，简直就是一场精神上的艰苦卓绝的抗战啊。

可老娘提出来了，他怎么拒绝？

三宝拒绝不了，就也没敢吭气，等苏米上班走了，就去租了个轮椅，和老娘把四宝抬上，娘三个就去了。

老中医生意好得很，找他看病的人等了一屋子。他还记得三宝，打眼一望，就说，带你弟弟来了？

三宝忙讨好地点点头，说来了来了。又指指老娘，说，我妈，老家农活忙活差不多就过来了。

老中医点点头，示意他们一等，继续给人号脉。

老娘看看三宝再看看老中医，就问，你和大夫说我们要来了？

三宝稀里马哈地嗯了一声，心里却在暗暗叫苦，祈祷老娘千万别再往下问了，更祈祷老中医待会儿别说之前他曾说过让他把四宝拉过来看看的话。

因为有担心的惧怕，三宝就显得很沉默，而且沉默得有点儿僵，老娘当他是想到四宝的病有可能好了，激动着呢，也没多想。三宝用余光睥睨老娘，老娘看老中医就像虔诚的信徒看基督的眼神，让他的心，酸溜溜的，原先聚在心头的那一小撮不快，悄悄地，湮散了。

充斥着中药味的中医门诊里，很安静，候诊的患者们，要么玩手机，要么东张西望，眼神全都和老娘一样，恍惚与无助里透着对医生百分百的信任与期望。

等了一个多小时，终于轮到四宝了。医生号了一下脉，要先给推拿针灸半个月试试效果，老娘的眼睛一下子就放了光，好像一个死刑犯的母亲，突然被人告知，她的儿子改判无期了，有活的指望了。

老娘操着一口浓重的乡音追着老中医问四宝是不是能治好。老中医被老娘追问得不耐了，才说一个负责任的好医生不会随便打保票。

老娘这才悻悻然地和三宝推着四宝回了家。

回家把四宝收拾停当，娘俩坐在客厅里，老娘小心地说，三宝啊，你看，娘和四宝又要多给你添半个月的麻烦。

三宝说没事。然后两眼发呆，四宝的推拿加针灸，一次就要一百二十块，半个月就是小两千，这阵子因为带四宝到处检查，他已经找同事借了一万，怕苏米不高兴，他连说都没敢说，可接下来推拿的钱，他哪儿有？一想到又要出去借钱，三宝的心，就跟让油炸了一样，借钱最烦人了，虽说三千两千的不难借，可一开口，自己就先矮了半截，要是人家不借，自己脸面直接就给踩脚底下去了。三宝觉得脑袋有十个那么大，又怕自己控制不住挂到脸上让老娘看了难受，就起身说，娘，我出去办点儿事。

老娘惶惶地起身，说好。目送他出门，那样子像老奴才在恭送耀武扬威的主子出门，三宝就觉得，心里有一万个自己正坐在地上失声痛哭。

生活真他妈的不容易，不如意的生活就更他妈的不容易，像热油锅一样地煎熬着人。

三宝漫无目的地在街上转了一圈，就给一位朋友打了个电话，又借了五千块。去拿钱回来路上，心情好了很多，想着自打老娘来了，家里就没吃过饺子，就买了饺子皮和肉馅，又买了点儿菜，拎着回家。一进门就觉得家里气氛不对，苏米已经下班回家了，坐在沙发上看电视，老娘在厨房里转来转去，显然是想找点活儿干讨好儿媳妇，可厨房里除了洗干净的盘子碗什么都没有，她也就找不到活干。

三宝猜是苏米知道四宝还要继续留下来针灸不高兴了，自己心里也虚虚的，但故意冲苏米和老娘擎了擎手里的肉馅和饺子皮，敞着嗓门说今晚吃饺子。

老娘忙迎过来接他手里的东西，苏米白了他一眼，起身回卧室了，还砰地摔上了门。老娘好像给吓了一跳，冲轮椅努努嘴说，你媳妇问弄个轮椅干啥，我一说你媳妇脸上就挂不住了。

三宝嘴里说没事，她可能在单位遇上不痛快的事了。

我看不像。老娘说着，就洗菜拌饺子馅去了。

三宝觉得苏米过分了，不管怎么说，四宝也是他的亲弟弟，都这样了，他这当哥的能不管吗？何况又不是长期住这儿，就一段时间而已，忍忍能怎么了？就推门进卧室，发现门从里面反锁了，就敲敲门说苏米，苏米……

老娘边择菜边探头往这边看，像闯了祸的孩子。

门开了，门里的苏米满脸是泪。三宝原先准备好的几句不怎么尖锐的谴责，就说不出口了，返手掩上门，从背后抱了她，说，媳妇，我知道最近委屈你了，你再忍忍，针灸完这半个月我妈他们就回去了。

苏米也知道自己不高兴得很自私，可她实在不愿意过这种在自己家里也要小心翼翼的日子，还有，因为老娘和四宝睡了美芽的床，美芽在他们大床上，根本就睡不开，因为美芽已经八岁了，小孩子睡觉又张牙舞爪地不老实，三宝生怕一翻身压着她，就主动去地板上睡了。睡在地板上的三宝让苏米心疼，因为这是紧贴着水泥楼板铺的复合地板，不仅没有木地板的温和，还又硬又凉，和水泥地没太大的区别，苏米怕凉坏了他的身子，要去买个行军垫子，三宝不让，说老娘一定会问行军垫子是干啥的，她一旦知道他是因为她和四宝睡了地板，心里会不好受的。这几天，苏米心情本来挺好的，因为知道四宝已经把青岛的各大医院瞧遍了，理应快回乡下老家了，没承想今天又弄出一个老中医针灸来，她能不烦吗？

三宝哄了她一会儿，给她擦了泪，就帮老娘包饺子去了。

## 18

一晃，就是半个月，一个疗程的推拿针灸结束了，四宝还和从前一样，安详地躺在那儿喘着氧气。

三宝问，老娘，怎么办?

老娘失神地看着他，说还能怎么办？就掉泪了。

三宝心里，却是欢乐的，因为老娘和四宝终于可以回老家了。因为这份藏匿在心头的欢乐，三宝觉得自己很混蛋很混账。

可是，老娘还是没走成，因为那位贩菜的乡亲病了，这几天来不了青岛，也就不能捎四宝和老娘回老家。如果搭不上乡亲的车，就要雇专门拉病号的急救车回去，因为像四宝这样的病号，长途车怕路上出故障，不拉，建议三宝去雇辆急救车。三宝去问了，二百多公里的路，居然就要二千块，他不舍得，就好声好气地和苏米商量，等几天吧。

苏米二话没说，抓起包就出门了，没多一会儿回来，把四千块钱往他手里一拍，就什么也不说了。

三宝明白了，苏米够了。够得自从买房子以来一直勤俭节约地过着日子的苏米宁肯多花四千块钱，也要过回一家三口的清静日子，就去美芽卧室和老娘商量，说就四宝这样，他怕坐乡亲贩菜的车会坐出故障来，索性雇辆急救车拉回去行了。

老娘一听，眼睛就大了，好像遭到了歹徒的抢劫，说，三千多块呢。

三宝说，娘，钱我们出。

你们出的钱就不是钱了？老娘急吼吼地说，三千多块，够你兄弟喘一个月的氧气了。

娘，两回事。三宝耐心地说。

啥一回事两回事的，还不都是花钱的事。老娘顿了一顿，说，有这钱，还不如省下来给你兄弟灌氧气呢。

三宝知道，依着老娘的逻辑，既然他们打算掏急救车的钱了，就是打算把这钱花在四宝身上，既然怎么都是花在四宝身上，还不如省下留着给四宝灌氧气呢。如果他再不把话挑明了，怕是老娘就要明说了，就讷讷地说，娘，钱是苏米给的，是苏米的意思。

原来是儿媳妇等不及了宁肯花钱也要撵自己和四宝走啊。老娘的眼泪就簌簌地下来了，说，三宝啊，娘不要脸了，娘去求你媳妇，给你媳妇跪下行不行？

三宝心如刀绞，说，娘！您这是说什么呢？

几百里路，打车票也就几十块，你媳妇这是生生要甩给人家几千块啊，你们在城里你们不知道，在乡下抓挠几千块有多难，有这几千块，四宝就能多活一个月……说着，老娘就起身跌跌撞撞地奔向三宝的卧室，一把抓起苏米的手，就跪了下去，说，媳妇，娘知道不该这么逼你，你已经忍了一个多月了，就再多忍两天，留着这钱给你四宝兄弟多活一个月行不行？

除了压抑、爆发，苏米还能做什么呢？不能，她没爆发，因为她也是做母亲的人，她看到了老娘老泪纵横里的一颗做娘的心还有三宝的哀求，她只是抓起手包，平静地说，娘，您在这儿安心地住着吧，我回娘家住两天。然后，走了。

老娘就厚着脸皮，又在三宝家住了一礼拜，其间，除了必要的交流，她和三宝很少说话，她晓得自己对不起三宝，更晓得是自己让三宝在媳妇跟前抬不起头，可为了四宝的命，她顾不上那么多了。

一周后，往青岛贩菜的乡亲病好了，临走前，老娘说，三宝，和你媳妇说，只要娘活着，娘就念着她的好。

三宝点点头，说，娘，您不怪她就好。

不怪。老娘叹息着说，是娘老得不要脸了，咋能怪她？

说完，就回老家了。

## 19

转眼，秋天就带着漫山遍野的收成到来了。为了让四宝活着，老娘比任何时候都喜欢秋天，虽然自家地里的那点儿收成有限得很，可老娘进钱的门路却多了起来，比如，去帮人家摘苹果摘梨子。

十里八村的，果园大、活也多的人家，都会雇人干活。春天雇人授粉，给果子套袋，秋天雇人摘果子。摘果子的工钱最高，因为果子要轻摘轻放，要不然果子磕了碰了放不住，果商就会拒收。所以，通常是摘一个果子的工钱是一毛，手快的人一天能摘四千个苹果，那么老娘呢？老娘一天能摘一万个！

要不是亲眼所见，没人相信五十七岁的老娘一天能摘一万个苹果。她每天早晨天刚蒙蒙亮就出发，摘到天黑了才摇晃着疲惫的身子从果园里出来，摘完了这家就搭上工头的车上往下家去。

有人问老娘累不累，老娘豪迈地说不累，她巴不得一年四季有苹果摘，这样不仅四宝喘氧气的钱就不用愁了，还能攒钱带他去北京看病。

老娘对四宝的病一直不死心，好生生的一个人，怎么能睡着就不起来了呢？她不信，她相信肯定有医生能把她的四宝治好！每每这么想着，她就觉得全身上下都是使不完的力气，别人兜子里兜三四十斤苹果就累得不行了，得赶紧下树腾掉，她不，每一兜就没少过五十斤的时候，她一天摘一万个苹果的速度，也是这么来的。

每当她一身汗臭地回到家，从口袋里摸出今天挣的钱，心里的豪迈，就跟国歌似的，嘹亮而高昂。夜里睡不着的时候，她常想，要是一年到头都有苹果摘该有多好啊，那样的话，她就能赚很多钱，把死皮赖脸从苏米那儿赖的四千块钱也还回去，让三宝在媳妇跟前挺起腰杆做人。

咳，也就想想而已，一年下来，也就摘二十天的果子，每当想到这里，她就会有种紧迫感，手上的速度就更快了，胸前的兜子就攒得更沉了才下树去腾兜子，因为下树腾果子的频率越勤越浪费时间，忙活半天不出活。大伙儿都笑老娘，说，老娘，你打算把大伙儿的钱都挣了去啊？

有钱挣，不用为四宝的氧气钱发愁的老娘就特别欢快，说，昂！我挣来给我四宝治病！

可是，老娘终究还是没给四宝治成病。

有一天，老娘去邻村摘苹果，忙到傍晚，从梯子上下来去腾苹果，才下了一层梯子，就有点儿晕，浑身上下轻极了，像云一样飘飘的，脚下也软绵绵的，软得让老娘心里发紧。她张了张嘴，想喊人过来帮忙扶她一把，因为胸前的兜子实在太沉了，足有八十斤，拽着她的身子往一边歪，她挣扎了一下，却咋也拗不过这一兜苹果，它们太有力气了。

老娘短暂而急促地啊了一声，就仰面从梯子上倒了下来，兜里的苹果，像一群欢快的红孩子，在落满褐色苹果叶子的地上四散奔跑。

老娘就那么静静地躺着，张望着被晚霞映红的天空，这个世界，瞬间变得温柔而安静，安静得她能听见脑袋里有细微的崩裂声、潺潺的流动声，她的手指伸了伸、又蜷了蜷，她想跟四宝媳妇说，不算胸前这一兜，今天她摘了八千个苹果了，如果她回不了家，让她别忘了来结账，别让人给少结了。她是多么的迫切，迫切地想找人把这口信捎给四宝媳妇，却没人在身边，她只能睁着大大的眼睛，看天空一点点混沌，听苹果被摘离了树枝的细微啪嗒声离她越来越远……

有人发现老娘时，天已黑透了，她躺在地上，被一群红彤彤的苹果围绕着，张着大而涣散的眼睛、沉默无声的嘴……

大家都说老娘是累死的。

三宝说，累死老娘的，不是苹果，是背了一身的母爱。他觉得母亲命苦，自己和兄弟们罪孽深重，他们是老娘含辛茹苦养育的不肖儿孙。

# 回乡

## 1

必须让父母回老家了，万铎知道，却不知该怎么开口。

自打三年前来青岛，入住万铎家，二老就没打算回去。这里面原因很多，最主要的一个原因就是老万院子里有棵梧桐，长十好几年了。梧桐长得快也邪性，树底下是寸草不生，而它巨大的树冠罩了大半个院子。老万就打算杀了它，腾出院子来种几棵花或是果树，出去借了把电锯，在家干上了。可到底是技术不到家，没把握好树倒下来的方向，树一歪，倒进了隔壁万铎叔叔家，把人家刚盖了不到一年的新厢房顶给拍烂了。

先是万铎婶婶不干了，和万铎他妈老袁吵得鸡飞狗跳的，万铎的叔叔护老婆，一听老婆被骂惨了他也不干了，老万再好气量也不能眼看着年富力壮的亲兄弟两口子俩欺负自家老婆一个，也跳了脚。他这一跳脚，两家就打成了一团，等街坊邻居们听到动静跑来给拉开时，两边都已鼻青脸肿了，再加上之前就积攒了些鸡毛蒜皮的矛盾，蠢蠢欲动想把对方揪过来暴打一顿地心思有了也不是一天了，这事就闹大了。村主任村支书都来过了，万铎叔叔就一个条件，让老万要么出工出料把厢房修好，要么把工和料都折算成钱给他。

想想爹娘死得早，是自己这大哥拉把着弟弟妹妹长大成人，又帮他们成了家，却没一个拿他这大哥当兄长敬着的，老万窝火得很，不管谁来说，就俩字：不赔！

村主任说，不赔你兄弟要去镇法庭告你。

让他去告！

一辈子没见过法官长什么模样的老万，做梦也没想到被自己拉扯大的亲兄弟告了，还把他告输了！

老万不在判决书上签字，法院的人说，不签也没用，到日子不赔就强制执行。

老万就觉得胸口堵了铅球那么大那么沉的一团窝囊气，没等法院强制执行，就和老婆老袁打点了一下东西，进城去了小儿子万飞家，家里就剩了些白送都没人屑得要的破缸烂罐和锄头，值钱东西没有，让法院执行去！有本事他们就把这趟几十年的老房拆吧拆吧卖了！

老万为什么要去小儿子家而不是大儿子万铎家？

因为大儿子万铎从上大学到毕业分在青岛、到谈恋爱、结婚、买房、自己办企业，就没跟家里伸手要过一分钱。老万和老袁在果园里操持了一辈子就攒下了十几万，万飞结婚前打算买房，一共不到三十万的房款，就想全挖过去。老万不肯，说虽然这钱攒了我也没打算自己个儿花，可这是你哥俩的，咋能一把全给了你？万飞就说当我借我哥的不行啊。老万说既然是借你哥的，我得和你哥商量一下，就给万铎打了个电话。万铎说他都成家立业的人了，哪儿能要父母的钱？家里的座机隔音不好，万飞就把这句话给听了去了，等老万挂了电话，好一顿舌灿莲花，说他和媳妇商量好了，既然父母帮着出了一半的房款，这房就有一半是父母的，等老万夫妻老了，到他家去养老。老万耐不住磨，就把钱掏了，一晃四五年过去了，老万夫妻也没进城住一天，趟上事了，老万觉得去离得近的小儿子家，是理所当然的，何况小儿子的家他掏了一大半钱呢。

可事实告诉老万，在混账东西手里，就没理所当然这一说，去住了还不到十天，小儿媳妇就开始甩脸色了，住到一个多月上，基本餐餐晚饭都要起战火，老万夫妻再怎么小心谨慎，再怎么表现，小儿媳妇都能挑出毛病，挑出毛病就要发作，和万飞打，和老袁吵，最后，老万忍无可忍拍了桌子，小儿媳妇不和他比拍桌子，直接跑到阳台上，要跳楼，除非老万两口子立马从她眼前消失……

这可是二十三楼啊，跳下去就得摔成烂柿子，没得活。

没辙，老万夫妻当晚就收拾行李，住进了小旅馆，第二天一早坐上火车就奔青岛来了。老家是不能回的，家里没值钱东西，倒不怕法院来执行，怕回了村，让街坊邻居笑话。用小品演员范伟的话说，因为俩儿子有出息，都在城里娶了媳妇安了家，老袁在村里太膨胀了，嘚瑟的恨不能租辆车架个喇叭全县吆喝一圈。老万和弟弟闹掰，也是因为万铎哥俩混得不错，老袁见谁都鼻孔朝上。万铎婶婶没争气的儿子，也不愿仰老袁的鼻孔，非要翻盖房子。老万和万铎叔叔家的房子东院西院地连着山墙，因为儿子们都不在老家，老万就没翻盖新房的打算，万铎婶婶为了在老袁跟前吐口壮气，把房子翻盖得又高又大又堂皇，把老万家比得又矮又趴，跟鸡窝似的，老袁掐人尖掐惯了，哪能咽下这口气？自打万铎叔叔家动工那天起，就找碴儿骂大街。万铎婶婶不捡骂，新崭崭的大房子居高临下地往那儿一矗，就是示威了，犯不着再和老袁打嘴仗，打不起嘴仗来，老袁胸口的那口恶气就一直没吐出来，然后就发生了老万杀树拍了万铎叔叔家的厢房的事，万铎叔叔不算完，老袁也终于是抓着了开火的茬口，这饥荒造得，老袁骂万铎婶婶住着大房也是庄户孙，穷土鳖，和她这号的做邻居，掉份儿！

老万扑上去捂嘴都捂不住，咳，老袁这人，开了骂就不管三七二十一，庄户孙、穷土鳖这话能随便在乡下大街上骂？这就不是骂哪个人的事了，是骂大街，骂全村。打那以后，村里的人见了老袁都讪讪地，能不说话就不说话，能绕着走就不迎面，老袁生生就觉得自己成传染病号了，哪儿受得了这磨折？临去烟台前，在街上放下了狠话，不在庄户孙堆里混了，进城找儿子享福，她和老万一个念想，以为万飞家的房子他们掏了一大半钱，万飞两口子不说恭恭敬敬至少也得客客气气待他们，没承想让万飞媳妇给撵出来了。

老万两口子觉得，走的时候兴师动众的，才一个来月就灰溜溜回村了，在人前抬不起头，索性到青岛投奔大儿子万铎。

见了万铎两口子，还不敢说是让万飞媳妇撵出来的，好歹也六十开外的人了，人世间的光景，老万也见识过一些了：孝顺和不孝顺一样，都是传染病，孩子多的人家，有一个孝顺的，其他孩子都会跟着学；不孝也这样，一旦兄弟之间知道其中一个不孝顺，就会比着劲儿犯坏。

所以，他和老袁统一了口径，就说万飞家楼层太高，他们在乡下脚踏实地惯了，他们住得心惊肉跳的，整宿整宿地睡不着。

父亲和叔叔打输了官司的事，万铎知道，说，不就几千块钱嘛，赔他不就行了，何况确实是咱家树给人房子拍坏了，又不是讹咱。

喝了点儿酒的老万登时就拍了桌子，说我把这几千块钱点火烧了也不给他！

当时嘉儿才三岁，让爷爷吓得，眼睛一夹，哭了，老万这才没借机把从小儿子家带来的一肚子恶气喷出来。

## 2

关于父母为什么突然来青岛，万铎没问，老两口也只字没提，饭后，一家人守着电视有一搭没一搭地聊着天。季玫先在书房支了张折叠床，问万铎睡觉怎么安排的，万铎要睡折叠床，让老万睡沙发，老袁和季玫睡他们的大床。

老袁说哪儿能给他们夫妻分床，她看了，嘉儿的床挺宽，她搂嘉儿睡，让老万去睡折叠床。

夜里，季玫问万铎，公婆这次过来能住多久。

万铎心里一慌，就含含糊糊地说，爸妈没说。其实，父母来之前，万飞来过电话，说了那边的情况，说父母可能去青岛了，让他留意着电话，也跟季玫打个招呼。万铎有点儿不高兴，当初万飞跟父母要钱，是打着将来和父母同住的幌子要的，可这才几天就给撵出来了，也太不像话了！

万飞听出哥哥不高兴了，就嘟哝媳妇太泼，他也气得够呛，可就是管不下来，要不是看孩子面上，早跟她离了。万铎知道弟弟这是撇清呢，总有人把儿子不孝顺的原因推到儿媳妇身上，可万铎不信，如果儿子孝顺得态度强硬，媳妇再泼也不敢乱来。

季玫翻了个身，说在家具城订了几张学习桌椅，如果公婆住得时间长，就通知他们晚点儿送货。

算了，这事……不好问。万铎的心是虚的，为了掩饰声音的发飘，就故意搂着季玫，鼻子埋在她长长的头发里，嗅啊嗅的，说真香。

季玫想了想，觉得也是，好像要撵公婆走似的，就往他怀里偎了偎说睡吧。

那会儿，他们刚住进新房，一百四十多平的三居室，他们夫妻一间，女儿嘉儿一间，还有一间，季玫是想做书房的，她是中学美术老师，周末和假期想开个美术辅导班，多少也能赚点儿。因为新房还贷着款，虽然万铎的公司也渐渐走向了正规，看上去蛮有前途的，可季玫向来保守，对这钱的态度是落到口袋里了才算数，什么前景可观啊，在她眼里，全是天上飘着的云。

按万铎的说法，银行那几十万的贷款，犯不着拿它当心事，也就三两年，他要着玩着也还上了，可季玫是个欠别人钱睡不着觉的主，万铎就安慰她，欠银行的又不是欠个人的，你犯得着了吗？

可季玫还是想早点儿把贷款还上，想早还贷款得有钱，想有钱就得去赚，想赚钱的季玫就想到了开美术辅导班，就绕世界选辅导班用的课桌和椅子。因为是美术辅导班，就想把桌子椅子也选得与众不同，这刚刚选好交了定金，老万两口子就杀到了。

季玫的书房眼瞅着就要泡汤。

第二天一早，季玫做早饭，老袁插不上手，也不想插手，自打和小儿媳妇闹僵，老袁算是想明白了，甭管是亲儿子还是儿媳妇，人家要成心不稀罕你，你就是把自己作践成老妈子也没人领情，只会欺负得更没顾忌，在这世界上见过怕财主的怕当官的怕混的怕横的，就是没见过怕逢人就哈腰的老妈子的，所以，在来的路上，她和老万商量好了，到了大儿子这儿，他俩得把架子扎起来，儿女成了家，当爹娘自己不扎架子，没人起哄帮你架秧子。

没事干的老袁挨间屋转，转到了书房，见屋里一件家具都没摆，就问万铎这房空着干吗？正在给嘉儿梳小辫子的万铎就咧着嘴说，给您和我爸住。

老袁一愣，眼睛就潮了，呆呆地看着万铎，说，这是专门给我和你爸留的房间？

看着母亲满脸的感动和满眼的殷切，万铎脑子一下子就短路了，啊啊了半天说是啊是啊，边说边往厨房里瞟，如果季玫知道书房计划泡汤了，还不知懊恼成什么样子呢。

可老袁很高兴，也很满足，擎着一眼的泪花，把窝在沙发上的老万拉过来，指着空荡荡的书房，颤着嗓音说，还是老大有心，早知道……

老万瞪了老袁一眼，老袁就把后面的话咽了回去，搭上一辈子的老本帮小儿子成了家，却被小儿子撵出来，不是件值得张扬的光彩事，如果万铎知道了，不用撵他们也没脸待在这儿啊。

到底大儿子是读过书的人，晓得道德礼义廉耻这些老景儿，老万在心里叹了口气，怪不得老话说，爹娘也有昏君式的，万飞从小嘴甜，说话专捡大人爱听地说，带到人前，就跟颗甜豆似的，所以老万打心眼里偏着他，也正是因为偏着他，他才会又干了件昏君事，就是把棺材本全掏给了他。

万铎两口子都上班去了，老袁在把每个房间又打量了一遍，快快地说，现在想想，真没脸赖在大儿子家。

老万瞪了她一眼，说，你这说的是人话吗？赖在大儿子家？我是他老子，住他家让他养是天经地义的事！

老袁把肥硕的身子一扭，说，少在这儿逞能，有真本事你就到万飞家天经地义去！

老万就哑了。

在家无聊，两人就看电视，可万铎家的电视，一个电视机遥控器一个机顶盒遥控器，两人用来用去就给用绕了，电视看不了，报纸杂志没意思，想出门吧，不认路，怕走迷糊了，两人心里就焦焦上了，人心焦的时候，瞧什么都不顺眼，就甭说两口子了，在一块过了大半辈子，就是朵花也看腻了，何况是一脸褶子的人！老袁嫌老万抽烟呛，老万嫌老袁烦，两个人吵吵了一天，在晚饭桌上，老袁就气鼓鼓地说，等买床的时候，买两张单人床行了，老万身上有烟油子味，闻了一辈子了，她都闻恶心了，不挨着他睡了。

一听说买床，季玫愣了一下，看看万铎。

万铎哼哼哈哈地说，好说好说。

季玫就觉得事儿不对了，她知道，如果她再不问，事情就会在万铎哼哼哈哈的打马虎中继续挺进，就心平气和地问，买什么床？

一桌子的人面面相觑。

老袁那颗焦了一天的心，一下子悬了起来，这万一季玫不咸不淡地来上一句又不是长住，买什么床？到时候他们要咋反应才能对撇子呢？

老万抿了一大口酒，耷拉着眼皮说，万铎不说那间屋是给我和你妈留的嘛，光留了屋不添床咋睡人？

季玫最害怕会变成现实的猜测，终于在隐隐中露出了一丝兆头，扭头看着万铎，说，万铎，你怎么胡说？那是书房，办辅导班的，桌椅的定金我都交了。

我和你妈不来，那是书房，我和你妈来了，它就是我和你妈的睡房。老万声音不高，但威严里透着点儿流氓无赖的味道，老万自己是这么感觉的，他以为拿了钱在小儿子家就有了他和老袁的一席之地，结果却是，钱和小儿子的家都成了他也无法收复的失地，现在唯一可占领的，也就是大儿子家了，如果再不强硬点儿，他咋办？回乡下和隔壁的兄弟抵挤眼为仇让老袁一年犯十次打挺？嗯，是的，老袁有个毛病，不能生气，一生气就打挺，两眼一闭，直挺挺地就倒在地上，牙关紧闭，浑身抽搐。有人说这毛病叫紧牙关，也有人说老袁得的是羊角风，在乡下，谁家有个羊角风就跟有个精神病一样让人瞧不起，而娶了或者嫁了个羊角风的人更让人笑话，老万很生气，带老袁去烟台毓璜顶医院检查了，说是神经官能症，从烟台回来以后，老袁的诊断证书老万整天带身上，见人就掏出来给人看，证明老袁得的不是羊角风。

说完这句话，老万继续头不抬眼不睁地喝酒，活像个几辈子没见着酒的酒鬼，万铎知道，父亲这是在用喝酒遮掩尴尬，这就跟出轨的男人被老婆逮着了，总要死皮赖脸地辩解之所以犯了浑，是因为酒，自己酒后乱了性，让那摇着尾巴等机会的狐狸精得了逞，其实，鬼都知道男人想犯桃花浑了，和酒精没半点儿关系，可几千年来中国男人已经习惯了拿酒精当仕女手里的团扇，能扇风找凉，有装饰性，最关键的时候还能拿来遮掩脸。

季玫瞠目结舌地看着大家，万铎和老袁他们耷拉着眼皮继续吃饭，桌上只有筷子碰盘碗和咀嚼的生活，活像20世纪初的电影默片，他们的沉默让季玫觉得他们是统一了路线结了盟，只为对付自己这个敌人。

所以，她放下了筷子，直直地看着万铎，眼睛里像有无数的利箭在嗖嗖地往外射。

万铎知道，再装傻不行了，说，我正打算和你商量呢。

那现在就商量。季玫也没客气，公婆来也来了，又提出了买床，以后要怎么着，想必他们已经商量好了，唯独把她这儿媳妇当成大敌防着瞒着，这让季玫觉得自己人格上受到了侮辱，再说了，她对长期和老袁生活，没有足够的信心。

怎么说呢，就结婚这些年来，她对老袁的了解，是老袁这人好强爱掐尖，仗着有一生气就打挺的毛病，想欺负谁就欺负谁，如果别人不让她欺负的话，她会一打挺就昏倒在地牙关紧咬，这一招，简直成她的生化武器了，有一次，老袁来青岛住，那会儿他们还住着租来的一居室。万铎洗澡的时候把玉佩吊坠摘在卫生间忘记戴了，事后想起来，到处找，快把家翻个底掉了，老袁才小声说她当是万铎不要的就捡起来了，说着，从口袋里掏出来，给了万铎，万铎当时就不高兴了，说，妈，您别乱拿东西，拿了也记得跟我们说一声。

好嘛，就这么一句，老袁当即就挺了过去，倒在了季玫脚边，季玫没见过这阵势，吓得失声尖叫着跳到了一边，从那以后，她对老袁就心有余悸了。

万铎两口子的话说到这儿，老万夫妻的傻也就装不下去了，都放下了筷子，唯有老万的酒杯还在手里攥着，像战士攥着一枚手榴弹，随时准备扔出去把敌人炸个稀里哗啦。

万铎说我们上里屋说吧。

季玫说不用，既然是说爸妈的事，我们就当着爸妈的面说吧，我喜欢开诚布公。

万铎就看看老万两口子，尽量声音平缓地说，其实咱爸妈也没说要来长住，可是，咱妈身体有毛病，又和咱叔叔家打官司闹得，没法在家待了……

说到这里，万铎停住了。其一，关于决定性的言论，他不想由自己来下，想留给季玫，这样既给季玫留了余地也算是给父母一个面子；其二，他怕万一季玫听他一个人就决断了这个家庭的未来，会生气发火，让大家都下不来台，以后的相处就更难了。

可是，季玫没他希望的那么贤惠，而是径直说，咱爸妈不是说帮万飞买房子，等老了和万飞他们一起住吗？

万飞家楼层太高，咱爸妈在乡下生活了一辈子，畏高，整夜整夜地睡不着，长期这么下去，身体肯定吃不消。万铎边说边浏览着每一个人的反应。

季玫什么也没说，抓起筷子吃饭，发狠一样地吃。

老袁有点儿不好意思，刚要张口说啥，被老万瞪了回去，那意思是别犯贱，这是咱儿子的家，她不就个儿媳妇嘛，儿媳妇这景，给脸给多了会膨胀抖擞，膨胀到数就拿我们这些老骨头不当回事儿了。

于是老袁复又恢复了耷拉着眼皮的样子，继续吃饭。

季玫实在咽不下去了，觉得憋屈得慌，把碗一推，就回卧室了。

老袁看着乱糟糟的饭桌，要收拾了去洗碗，被老万粗暴地拦下了，总之，在小儿子家低伏做小吃了亏的老万认准一个道理：马善被人骑，人善被人欺，自己养的儿女也不行，你要想过舒服点儿，就得硬气。

在家一向不做家务的万铎，那天晚上，收拾了桌子洗了碗，夜里，搂着季玫，也不说话，就在她耳后的头发里蹭啊蹭的，季玫明白，只要万铎这样，就是心里觉得愧得慌，那些憋在心里的刻薄话，终还是没忍心说出口。因为知道万铎善良也极要面子，而嫁给一个这样男人当妻子，某些时候，也只能隐忍地选择默认。

她默默流了一会儿泪，最终还是决定投降，因为明白，公婆来青岛投奔他们，肯定不像他们也不像万铎说得那么简单，自从公婆去了万飞家，万飞的老婆每天都要在QQ上向她控诉公婆一两个小时。

尽管如此，季玫还是决定装傻，有些真相，说透了的唯一意义就是让大家尴尬甚至是无地自容，还是心照不宣的好。

第二天，午休的时候，季玫去家具城逛了逛，看好了一张床，快要付款了，突然觉得自己昨晚的言行，肯定会让公婆心里不舒服，就想给彼此个台阶下，打回电话，跟老袁说正在给他们买床，问他们喜欢硬一点儿的还是软一点儿的。

老袁和老万刚吃完饭，还没来得及收拾桌子，一听季玫这么说，心里一暖，眼泪泡子就不争气了，说，小季啊，妈知道，我和你爸来是唐突了点儿，按说你和万铎结婚买房我们一点儿力也没出，这会儿来享清闲福，是怪没脸皮的……

季玫这人不怕别人来硬的，就怕别人通情达理的，用万铎的话讲，别人一通情达理，她就恨不能化身天使，忙和老袁说千万别这么说，让她担待着点儿自己昨晚的态度，问她喜欢软床还是硬床，她好让商家配床垫。

老袁忙说在老家睡惯了硬炕，还是硬点儿的吧。

就这么着，老万老袁成功入侵，季玫的辅导班彻底泡汤，不过，值得欣慰的是，在公婆到来的第二年，他们提前还完房贷还有余钱买了辆八成新的桑塔纳轿车。一晃，老万两口子在万铎家住了快三年了，日子虽小有磕绊，但也没大碍。

## 3

万铎的手机一直在响，不下五六遍了。

季玫知道，他不接电话的原因是不想让父母听到电话内容，就瞟了手机一眼说，关机吧。

万铎不怎么善于言谈，但很孝顺，在他眼里，只要承认自己这条命是从父母那儿来的，就要心怀感激，并孝顺，尤其是面对着苍老的、正逐渐失去生活能力的父母，不管他们曾有过多少不对，谁都没资格拿圣人的标准去要求父母，何况我们自己也肯定老不成圣人，如果这样要求我们的父母，就是蛮横无理的欲加之罪……有这些人生信条做铺垫，万铎对父母的不尽人意的地方，尽量选择性忽略，从读大学开始，远在异乡的他，对父母向来是报喜不报忧。

所以，去年夏天，为了一笔业务，他用房子做抵押，从民间借贷公司借钱的事，在父母跟前没吭声，可后来那笔业务黄了，赔了的不仅是抵押房子的钱，还有以前的积蓄。现在借款到期了，借贷公司恨不能一天十个电话地打，问他款子筹得怎么样了。

能想的办法都想了，筹不到钱，可他不能直说，款是抵押了房子借的，他和季玫在这座城市里奋斗了十多年才奋斗来的房子呀，就这么没了，他不甘心……这事他不敢告诉父母，怕老袁一急，就抽过去，所以当着父母的面他不能接这电话，也不能关机，一旦关了，父母肯定得没完没了地刨根问底，这是老万夫妻的作风，好奇心重，喜欢指手画脚。

果然，季玫话音一落，老袁的话茬儿就跟了上来，问，关啥机？说着狐疑地看着万铎，那意思是你做下见不得人的祸了？

万铎知道，如果他不马上编个说得过去的理由抵挡，不仅老袁，已喝得晕乎乎的老万也会杀进质疑的阵容，把他往墙角里逼，遂像没事人一样说，没啥，这不吃饭嘛，懒得接电话。

老袁跟挖死对头似的，朝放手机的方向挖了一眼，操着浓重的家乡口音嘟哝，这谁啊，吃饭的时候打电话，成心讨人烦。说着，看了季玫一眼，说，小季，你接，就说万铎在茅房里，让他待会儿再打。

季玫就觉得胃轻轻地往上跳了一下，这阵子，因为借贷公司像狗追骨头一样地追着万铎还款，万铎那颗心，早就给追得外焦里冒烟了，听老袁这么说，也皱了一下眉头，把筷子往桌上一扔，说，妈——！

见儿子吆喝自己，老袁遂白了季玫一眼，小声辩解说，我就这么说说，也没吩咐小季去拿。

虽然嘴上不承认，但老袁这么说的目的确实是，希望季玫能听得出她这句话里的吩咐，把手机拿来递给万铎，因为在她看来，万铎不接电话，不是不想接，是因为正吃着饭，懒得去五米外的茶几上拿手机，于是，就冲季玫来了这么一句……一想到自己本是向着儿子吩咐媳妇的，却还被儿子呵斥了一顿，老袁就委屈得要命，觉得儿子这是向着媳妇不给她这当妈的脸了，筷子一撂，身子一扭，背着饭桌做抹眼泪状，饭桌上的气氛登时就黏稠稠地沉了起来。

老万从酒杯上抬起眼皮，分别扫了万铎和老袁一眼，继续耷拉着眼皮喝。这就是老万，只要杯里有酒，天塌下来都和他没关系。在青岛这三年，按说生活比乡下舒适多了，可不知为什么，老万总觉得好像有个什么事搁在胸口放不下，这种放不下让他很恍惚，很凄凉，他觉得自己像条丧家狗，和老袁说，老袁白他一眼说你才丧家狗呢，嘴里这么说着，眼神也迷离了。

就眼下这情形，除了嘉儿最好谁都别说话，一说，非呛起来不可，可这几天万铎心焦透了，实在没心情哄老袁开心，遂夹了一筷子菜，发狠似的塞嘴里嚼着，像嚼着恨了十年八年却一直没得机会报仇的王八蛋，起身去拿手机，不是为了接，是为了挂断。

去年夏天，在韩资企业做总裁助理的同学给万铎介绍了一个给韩国公司做箱包初级加工的订单，按说是好事，可万铎账上没钱，单是原材料就得一百多万，订单到底是接还是不接？让万铎和季玫失眠了好几个晚上，不接，可惜了，有几个同行，正等着万铎撂单捡漏呢，接下来的话，原材料的钱哪儿弄？借？不现实，他和季玫都是农村考大学留城的，城里没亲戚，朋友和同事关系虽然不错，可也没到开口借钱的份上，何况这不是少，一百多万呢，从私人手里借这条路，根本走不通。万铎去银行打听过，像他这种小公司，厂房是租的，设备不值钱，大额贷款，连想都别想，小额贷款倒行，可不仅麻烦还耗时间，最关键的是杯水车薪。实在没辙，就去找民间借贷公司了，利息是高了点儿，可痛快，只要有抵押，当天就能放款，想到才住了三年的房子就要抵押出去，万铎有点儿不舍，开着玩笑说实在不成，把自己抵押给借贷公司得了。脑袋剃得锃亮锃亮的借贷公司老板就瞄着万铎笑，笑得口臭喷薄而出，隔两三米远都能把万铎熏得一跟头翻过去。

万铎让他笑得脸上快挂不住了，问他到底能不能借。老板一抿嘴唇，把口臭拦在了嘴里，说如果万铎有足够的房产抵押，借一亿都成。

万铎也明白，想不抵押房子就借出款来，门都没有，一狠心，给季玫打了个电话，就把房给抵押了，年息十二，一年后还款。关于万一还不上这事，万铎不敢朝这方向想，也更不敢让父母知道，怕他们一惊一乍地跟着担惊受怕。

自打签了抵押借款合同，万铎就像屁股上捂了个滚烫的电熨斗，只想快点儿把订单赶出来，赶紧结回货款，把房子赎回来，因为这套房不仅是他和季玫在这座城市奋斗了十多年的战绩，也是一家老小的安身立命所在。

可倒霉的事，还是发生了，从去年春天开始，在青岛的韩国企业，陆陆续续地开始了跑路潮，通常是事先一点儿迹象都没有，次日来上班的工人发现韩方管理人员人间蒸发了，因为青岛离韩国也就一个小时的航程，想跑路太方便了，把厂房和设备扔了他们也没什么好损失的，反正都是从中国的银行贷的款……

刚听到有韩资企业跑路的消息，万铎也有点儿提心吊胆，特意去他们公司看了看，还好，一派欣欣向荣，于是，安心回来赶订单，等把订单交了，去结账，发现坏了，韩资公司门口围满了尚被欠着工资的工人，他们愤怒而不安地来回走动着，不时从路边捡石头砸办公区的窗玻璃，可，办公区都人去楼空了，有什么用呢？

看着眼前的情形，万铎整个地傻掉了，愣了半天，末了，扇了自己一巴掌，生疼。

没错，这不是梦，却比噩梦还可怕，他揣着最后一丝希望上蹿下跳地找人，去韩资公司蹲守，去报案，联合其他被韩资企业坑的企业去区政府想办法……反正是能想到的招全用上了，见效甚微。万铎快疯了，他睡不着吃不下，眼窝飞快地眍了下去，还发青。季玫觉得不对，问他怎么了，他既不敢告诉季玫真相，又想让她有点儿心理准备，就小心地说，没啥，结账不顺利。

季玫还安慰他，哪儿都一样，活好干，账难结，没事，拖几天就拖几天吧，离抵押贷款到期还有好几个月呢，只要在这之前把账结了就成。

万铎苦笑了一下，说，但愿吧。

随着时间一天天过去，万铎的心，也一寸寸跌到了谷底，最后不得不把真相告诉了季玫。季玫和他当初的反应一样，呆呆的，傻掉了一样，然后是眼泪大颗大颗地往下滚。

除了愧疚，万铎还能怎么办呢？当初季玫也劝过他，做生意要稳妥，不要冒进，而他，却选择了相信同学，现如今，是同学的回扣给了，货也交了，账却没地结了。找同学探听点儿底细，人家一脸的无辜，看上去比他还冤，因为跑了的老板还欠着他年薪呢。

万铎非但讨不来主意，还搭上了一顿饭，垂头丧气地回来，和季玫一起看天花板，连公司也懒得去了，因为去了工人就堵在门口要工资。

是的，至于他倒霉的事，工人也知道，可知道有什么用？人家老老小小也张着口等他们拿钱买米回家填肚子呢。

不敢去公司，万铎就在家窝着，老袁和老万觉得奇怪，问他咋不去公司，万铎懒懒地说，最近公司没活儿，老万就瞪着一双被酒泡红了的眼，说，天天在家打游戏，活儿能主动送门上？

如果万铎辩解一句，老万就会有十句满是大道理的教训等在那儿，用万飞老婆的话说，老万两口子一辈子没攒别的，就攒大道理了，还全是往别人身上使的。

所以，万铎不辩解，拎起包就往公司去，因为没工资发，不少工人已经走了，只留了两个年龄大的，天天在公司门口蹲着，只要万铎一来，一个小时左右，那些因万铎发不出工资而去别处讨生活的工人，就陆陆续续地擎着一脸悲愤杀回来了。

这天，又是如此。

万铎的办公室被挤得水泄不通，他把已重复了无数遍的原因又重复了一遍，然后抱手拱拳地向大家道歉，众人嗡嗡地说了些什么，万铎听不清也不想去听，他们大多是外地来青打工的，背井离乡，要的不过是几个血汗钱，而他，却让他们流了汗，没得钱付，所以，他不指望他们体谅自己，只是抱着头，坐在那儿，满耳朵都是他们悲愤交加的声讨，像嗡嗡的紧箍咒一样在他的脑袋边盘旋……

不知过了多久，他抬起头，办公室里已空了，是的，不仅没了人，连打印机、电脑复印机、甚至连窗台上的花盆和墙角里的一只水桶也没了，眼见要钱无望，他们拿走了所有能拿走的东西。

望着空荡荡的办公室，万铎知道，大约，他们是再也不会来了，因为他们从万铎不辩解不推诿的姿态上看到了绝望，生活要紧，他们没有太多的精力在这里消磨一份无望。

从那以后，万铎吃过早饭就到公司待着，好像生活还是原来的样子，只是，如果仔细看，就能看到他眼里飘着浓郁的空茫。

季玫也是。

所以，回家后，他们很少说话，怕说多了，满胸膛的绝望会像决堤的洪水一样倾倒出来，因为这，老袁还跑到万铎跟前告了好几次状，说季玫整天见着她和老万不说不笑的，甩脸色呢。

万铎只是深深地看着老袁，不说话。

他什么也不想说，因为民间借贷公司已打电话告诉他还款期到了，他再不想办法他们就只能法院见了，这官司一旦到了法院，等着万铎的，肯定是只输不赢，然后是房子被拍卖。

所有的办法他都想尽了，夜里，他和季玫说。

季玫仰着头，看着他的脸，一声不响，过了好久，他听季玫窸窸窣窣地起了床，去了客厅，然后他陆续听见了啪啪的几声开灯声，所有房间里的灯亮了。

万铎瞪着天花板，觉得眼睛很疼，疼得他躺不住，就起床了，看见季玫正在挨个房间看，看厨房看阳台看储藏间，但没去看父母和嘉儿的房间。

她深情地看着房子的每一个角落，泪光闪闪。

万铎定定地看着她，就觉得内心里有堵墙一样的东西，轰然地轰然地坍塌个不停，他默默地走到她身边，揽着她，把所有灯都关了，回卧室，把她按在床沿上，说，我想想办法。

事实是，他没办法可想，因为是外地来青岛的，人脉本就不广，再加上没上几年班就辞职开了公司，除了生意上的交集，和外界联络的就更少了，至于生意场上交集的那些人，你亲我热也不过是为利益往来，真情含量比较低，但他还是抱着侥幸的心理试探过了，结果和他预想的一样，还没等开口借钱，只说到抵押借款，韩方老板跑了，人家的眼神就开始飘忽，婉转一点儿的，开始和他比赛哭穷，这样一哭穷，纵使他脸皮再厚，借钱的口也是张不开的，人家都说没钱了，还怎么张？有的直接连哭穷比赛也不和他搞，不是借口有急事要办就是接个电话哼哈几句，随便编个理由就撤了，而万铎，就像一谁都不待见的孤魂野鬼，被丢弃在人情冷漠的荒野外。

## 4

季玫回了几趟老家，惹老袁挺不高兴的，嫌季玫回娘家回得勤了，二百多里的路不说，回娘家总不能空着手吧，礼物总要办上点儿，回趟娘家成本太高，就跟季玫嘟哝。季玫耷拉着眼皮，就跟没听见一样。

在这个周末的傍晚，季玫还是跟万铎要了车钥匙，打算回娘家。从季玫开始收拾包，老袁就在她身边转来转去地说着风凉话，说都结婚的个人了，不能老顾着娘家，就算万铎能挣，那也是血汗钱，做女人的，要知道心疼自家男人，将来和你过一辈子的是你男人万铎，不是你娘家人，你要有点儿啥事，顶得起来扛得起来的人还是万铎，不是你娘家人。

季玫一直没说话，拎起收拾好的包，跟万铎打了声招呼，就走了。

老袁气得要命，指着她的背影结结巴巴地说，万铎，你看见了？看见了没？

在老袁感觉，她嘟哝，季玫不吭声，那不是怕她，那是对她的无视，可她又不能跳起来和季玫吵，否则万铎肯定说她故意找碴儿，因为人家季玫一声没吭嘛，你总不能说是一声不吭的那个人找碴儿吧？

这三年来，老袁对季玫还是挺满意的，不但没像小儿媳妇似的指桑骂槐也没和她红过脸，但毕竟婆媳难处，小疙瘩还是有的，没疙瘩到必须爆发的份上就是了。这点，老袁是明白的，所以，在这种时候，她得忍着，却又咽不下这口气，季玫前脚出门后脚她就跟万铎跳了高，一把抽掉了万铎手里的报纸。

万铎抬头，两眼空茫，好像不知刚才发生了什么事，说，妈，季玫想她爸妈，回去看看，哪儿不对了？

想也不用一礼拜想一次吧？老袁觉得自己嗓门高了点儿，像故意挑季玫的不是似的，以前因为她说季玫的口气歹毒了点儿，万铎和她不高兴过，就改小声嘟哝，二百多里路，光油钱吧，不买东西她空着手就能回了娘家？

妈，季玫花您的钱了？万铎忍着怒气，压低了嗓门，说，季玫有工作有工资，她自己挣的钱她想怎么花就怎么花，我没意见，您最好也不要有意见。

万铎从未像现在这样感到深深的疲惫，像老万似的，突然的，就有了丧家狗的沮丧感，又冷又饿，在荒凉的旷野里游荡着，看不见退路也找不到方向，曾经的豪情万丈，像只爆掉的气球，随着咣的一声巨响，不仅碎屑狼藉满地，还抽得他浑身生疼，他举了举手，向老袁做了个打拱的姿势，求她，不要再说了。

这三年来，每当老袁愤愤地控诉季玫时，他在心里，都是这样的，向着生他养他的亲爱的母亲，打拱，求饶，其实，季玫也没做错什么，大不了就是一句话一个眼神不对老袁心思，季玫是个隐忍的人，虽然公婆年富力强，但她从没像其他儿媳妇一样，把家务都推给公婆，自己甩手享清闲，她还是和以前一样，上班的时候把嘉儿捎到幼儿园，下班时接着她顺道去买菜，回家洗菜做饭，每个月还会给老万他们几百零花钱。其实，老袁他们也挺满足的，可是人嘛，都是贪心的，好处得习惯了就成应该的了。

偶尔的，老万和老袁说季玫这儿媳妇不错，比万飞老婆好。

老袁也承认，也承认人的性情不一样，有的人天生就是好，可都一个脑袋两只胳膊两条腿的人，为啥有的人性情好，有的人性情不好？说叨来说叨去，老袁就觉得，季玫的性情好是因为万铎能赚钱让她过上好日子，不性情好成吗？据说城里有的是条件好的大姑娘嫁不出去，何况她，相貌一般，身高一般，再不性情好着点儿，咋能抓得住万铎的心？这么想来想去，季玫的好性情，在老袁那儿就成了抓住儿子心的心计，善良一旦被理解成心计，也就不值得领情了，甚至会下意识地产生抵触心理，所以，很多时候，她对季玫的不满，不是季玫做了啥不地道的事情，而是她老拿挑剔的目光打量季玫，鸡蛋里挑骨头似的，季玫又不是完美天使，肯定能挑出毛病来。

见儿子打着拱的一脸苦相，老袁有再多的愤愤不满，也只能装作冰雪消融，不能让儿子作难不是？

季玫周末回娘家，其实是回去借钱，挨家亲戚家串。

季玫是个非常自律、也从不给任何人添麻烦的人，万铎不敢想象向来清高的季玫是怎么和亲戚们开口借钱的……一连三个周末，她串了三个亲戚家，借回了八万……万铎觉得，那一张张的粉红钞票，不是钱，是耳光，带血的耳光，一下一下地抽在了他的心上。

本来，他想和季玫一起回去来着，可季玫不肯，说两口子，有一个豁上脸皮的就行了，犯不上俩人都搭上，何况亲戚都是她家的，拽上万铎回去借钱，除了让人看低万铎，没任何作用。

其实要论亲戚，万铎家比季玫家亲戚多，可借钱的事，万铎想都没想，父母和亲戚们的关系一般，有的已多少年不来往，有来往的，也淡得跟白开水似的，再就是老万两口子虚荣，自打万铎考上大学，毕业留了城，就跟打了补钙剂一样，在亲戚朋友跟前不仅腰板挺得直直的，大话也放出去不少，不外是万铎在城里混得多好，好到什么程度呢，姑娘们主动往怀里扑。在乡下，从儿子出生开始，为人父母的就谋划上了，拼命干，攒钱，盖房给儿子娶媳妇，可他们万铎用不着这样，因为儿子有出息，没让季玫倒贴就算便宜她了。这冷不丁儿的，万铎要回去借钱，不仅亲戚朋友得惊掉眼球，老万和老袁也得蹦高，因为接受不了儿子混到回乡下借钱的份上，这不把他们的面子给往地上扒拉吗？当然，就算万铎硬着头皮回去借，十有八九是借不出来。所以，尽管万铎被借贷公司逼得像连墙都没得跳的疯狗，可回老家跟亲戚借钱这茬儿，他连想都没想过，季玫要回老家借钱，他拦过，可季玫哭了，坐在他跟前默默地流泪，一点儿声音也没有，其实他宁肯季玫毫无修养地号啕大哭，甚至打他骂他，都行，可季玫不，她只是默默地流泪，流够了泪才说，没事的，她家还有几个关系比较好，也有实力的亲戚，说不准能借出钱来，这样房子就不会被拍卖了，她在青岛漂了十年才有了自己的家，她不想失去它，就像小孩子不愿意失去妈妈的怀抱……万铎也只能由着她去了。

就万铎了解的曾经的那个季玫，不要说借钱，连开口求人都没干过。房子刚装修完那会儿，他和季玫在商场遇到了一学生家长，攀谈中，万铎知道那学生家长是商场的家电部经理，这要是别人，一定会赶紧说自己是来买家电的，让家长给帮忙拿最低折扣，可季玫非但没有，人家问她来干啥，她风轻云淡地说，周末没事出来转悠转悠。后来，万铎问她干吗不实话实说，季玫说怕学生家长非要帮忙，她不愿欠人情，尤其是欠学生家长的人情，怕没法面对学生。

这就是季玫。

就这样一个季玫，连学生家长给打个折的人情都不愿意欠的季玫，却在每个周末回娘家找亲戚借钱。

万铎想一想都觉得心尖上挑着针扎一样的疼。

就这样一个女人，父母还要挑她的毛病，好像结婚之前，她生活在水深火热中，自从嫁了他才过上了好日子，所以，理所应当他们都是季玫的恩主。

这要在以往，万铎替季玫说话也会说得很婉转，可今天不行，他心疼季玫，什么也不想说，只想求老袁闭嘴，不要再说了，否则，他会控制不住脾气，跳起来和她大吵一架……

老袁也从万铎黑沉沉的脸上感觉到了不妙，讪讪地收了声，一扭身子，发狠似的打开电视，整个客厅，登时就轰的一声，满是狗血剧的大呼小叫。

万铎起身回卧室，关门的时候，用力稍大了点，有点儿摔的味道，他躺在床上，听见了老袁的呜咽。如果这是在乡下，老袁肯定是往地上一坐，扯着嗓子号啕，可这是在城里，她得守城里的分寸。有一次，万铎夫妻都上班去了，老袁和老万不知因为什么吵起来了，老万推了老袁一下，老袁就势一屁股坐在了地板上，哭得如丧考妣，把物业都给惊动了，打电话把万铎夫妻从班上拖回来，现在回想起来，万铎还觉得丢老鼻子人了。那是个冬天，有集中供暖，家里暖和得很，老袁和老万平常在家只穿内衣，胖滚滚的老袁穿着绛红色的内衣内裤坐在地板上号啕得涕泪横流，不堪入眼，让万铎恨不能就手磕一地缝钻进去，等物业走了，万铎生平第一次，和父母狠发了一顿火，告诉他们，这是城里不是农村，有理讲理不待操妈日祖宗地骂，也更不待扯着嗓子号啕大哭的，再就是哪怕气温40℃，他们也得把衣服穿体面了，在家待着也不许只穿内衣！

老袁是个要好的人，打那以后，就比较注意了。

万铎躺在床上，耳边是老袁分贝不大的哽咽，心乱如麻，因为他正酝酿着和父母狠吵一架，最好这一架吵到彼此翻脸，父母震怒之下，收拾行李回乡下老家。

对，他要的就是这结果，因为过不了多久，民间借贷公司就会把他告上法庭，然后房子就会被拍卖，就像当初抵押贷款没敢让父母知道，房子被拍卖，他更要瞒着，不管父母在旁人眼里有多少毛病，都是生养了他的父母，他们老了，老得身子骨不抗摔打了，连心气都老没了，摔倒了都没力气爬起来，尤其是他们一直把万铎当钻石镶在额头上炫耀惯了，一旦知道万铎即将面临的窘境，他们会被打击成什么样？万铎不敢去想，他宁肯把他们气回老家，也不能从心气上灭了他们。

万铎正躺床上设计这架要怎么和父母吵才能把他们气回去，手机又响了，是借贷公司的，这一阵，借贷公司跟催魂一样，每天至少打三个电话，问他款准备得怎么样了。

万铎已实事求是地告诉他们了，还不上。说实话，他不怨恨借贷公司，欠债还钱，天经地义的事，如果还不上钱的都要求通融，那借贷公司就甭干了。

万铎没接电话，因为一切都和昨天一样，那些说了无数遍的老话，都懒得重复了，但他给借贷公司的光头经理回了个短信，说筹齐钱的可能不大。

发完短信就关了机，一想到房子要被拍卖，又要重新过回居无定所的日子，万铎的心，就疲惫成一片，荒荒凉凉。

## 5

季玫回老家了，老袁被万铎气了一顿，家里没晚饭吃。

万铎看着冷清的锅灶，和老万说，爸，咱出去吃吧。

老万冷着脸哼了一声，事情的原委，老袁已和他说过了，别看他和老袁整天吵得鸡飞狗跳，可在关键时候他绝对站老袁这边，更何况绝不能给万铎他们惯毛病，父母是可以随便呵斥、随便欺负的吗？父母就是骑在脖子上拉屎他们也得认了，就因为他们是生养了他们的爹娘！

老万一直板着脸，点了支烟，对万铎看都不看。

万铎已铁了心要把二老气回去，索性软话也就不说了，哈腰抱起嘉儿，问她想吃什么，嘉儿说汉堡、薯条。万铎说好，爸领你去吃。

老万瞪着通红的眼看着万铎，把抽到一半的烟往烟灰缸一掐，一把拽起还一脸委屈的老袁，说，走！

老袁，扭了一下身子，瞪他一眼。

老万骂骂咧咧地说你他妈的不饿就不管我了？说着就手拿起饭橱上的酒瓶子墩了两下，说，你他妈饭不做菜不炒地吊了大半晚上丧，我拿啥下酒？

老万一天两喝，中午晚上必须喝酒，年轻那会儿早晨也喝，这两年年岁不饶人了，在万铎的恩威并施之下，早晨的酒算是戒了，可中午晚上戒不了，理由是不喝酒他吃不下饭，除非万铎不打算让他活了。

万铎皱了皱眉，知道老万的酒瘾上来了，只要上来酒瘾没下酒菜老万就骂骂咧咧的满嘴脏话，拉都拉不住。

万铎不想让嘉儿听脏话，就把她领到了大门外，虚掩了一下门，说，爸，妈，快点儿，嘉儿饿了。

老袁这才不情愿似的换鞋，和万铎父子出去了，好像出去吃饭就是赏万铎的脸，成全他孝心似的。

因为有老万，就要喝酒，不管肯德基还是麦当劳都不让喝酒，万铎先去肯德基给嘉儿买了汉堡和薯条，出来找了家小馆子，点了几个菜，要了一瓶二锅头，给老万和自己各倒了一杯，这让老袁吃了一惊，怔怔地看着他，说，你咋也喝上酒了？

因为老万的恋酒成癖，万铎一直以来引以为戒，若不是因为应酬，基本滴酒不沾。

万铎笑笑，说想喝。

老袁马上又一副眼泪汪汪的模样，说，让我烦的？

不是。万铎嘴里这么说着，心里一忽闪，何必非要把他们气回去？能好说好商量地把他们劝回去最好了。遂抿了一口酒，深深地看着老袁他们，琢磨着话要怎么说才合适。

老袁也觉出来今晚的不平常，更觉出了万铎似乎有话正斟酌着怎么出口，就问，有话要说？

万铎张了张嘴，觉得话还是不好说，话锋一转说不知我姥姥怎么样了。

老袁说前天才通了电话，好着呢，说等秋天收拾完了，让你舅舅送来住一阵子。

万铎一听就晕了，几乎是瞠目结舌地说，妈……您……您说……我姥姥也要来咱家？

老袁理所当然地啊了一声，觉出了万铎的不悦，遂小声说，你姥姥打小就疼你，就来住一阵儿又不是长住……

话虽这么说着，老袁的嗓门还是低了下去，因为知道有点儿过分。前天她和母亲通电话，正好二妹在，二妹是个张扬的人，恨不能全世界都知道她是菩萨心肠的大好人，哪怕给母亲一毛钱，也要在兄弟姊妹间大肆广播，好像所有兄弟姊妹加起来都没她孝顺。见是老袁从青岛打回来的电话，没等母亲说完就把电话截了过去，又是一顿炫耀，说她在济南的女儿给姥姥买了双软牛皮鞋，老袁不甘示弱，就和二妹吹牛说万铎说了，等过一阵儿要把姥姥接来住段时间，心里憋着的那口气，算是长长地出来了，总算压了二妹一头，因为不管二妹吹女儿多有出息多孝顺，她可从来不敢吹女儿要把姥姥接到济南住一阵儿。

尽管这先机让她占了，可一撂下电话，老袁也忐忑了，毕竟这不是儿子一个人的家，她也看出来了，她和老万住这儿，也不是儿子儿媳妇心甘情愿的，是他们豁上老脸硬挤进来的，这要再把自己母亲接来，是有点儿蹬着鼻子上脸，正愁着怎么开口呢，万铎这就把台阶递过来了。

万铎怔怔地看着老袁，又看看老万。

老万抿了一口酒，耷拉着眼皮说，别看我，诺是你妈许下的。说着也有些不满地瞪了老袁一眼，接着说，兄弟姊妹七八个，就显着你了？

老袁嘟哝着说，我这不话赶话赶到那儿了嘛。

老万哼了一声，说，住个三天两头地就给送回去！这么说，看上去是在训斥老袁，其实是在说话给万铎听：放心吧，我不会由着你妈逞能把你姥姥放这儿长住的。

可万铎知道，话是这么说，到时候事肯定不会是这么回事。八十多岁的姥姥虽然身体健康，就算能安然无事地跋涉几百公里到青岛，他万铎这做外孙的好意思让她住个三天两头就往回送？怎么着也得住个一个月两个月的吧？

催债的眼瞅着就要堵门上了，他都恨不能这就把父母送回乡下，哪还敢往这儿接姥姥？万铎心里又烦又乱，脸上就挂了相，说，妈！这是我家，您想干什么就不能提前和我商量一声？！

旁边桌子上的人纷纷回头看万铎。

万铎知道自己嗓门高了点儿，可他再也搂不住火了，接着说，家里一共就那么几间房，我姥姥来了住哪儿？！

这一次嗓门更高了，把在吧台里算账的胖老板都给惊出来了，张望着这边，眨了几下眼睛，仿佛在观察会不会有啥危险波及他的店面。

万铎的目光和胖老板对接了几秒，胖老板貌似看出了他的苦衷，用胖胖的手指在自己嘴上捂了一下，又往下一压，大约是想告诉他，少说两句，把火往下压压，就天下太平了。

万铎虚弱地笑笑，无可奈何地看着又擎了两眼泡泪的老袁，说，吃饭，有话回家说。然后夹了菜，大口大口地往嘴里塞，他含着满嘴的菜咀嚼的样子很恐怖，好像吃的不是菜，而是不共戴天的仇人，要把他咀嚼烂了，再呸到马桶里去。

老万虽然沾酒就迷糊，可他也看出来了，万铎心里很不痛快，具体这个不痛快是因为啥，他不知道，也不想问，因为知道问了也没用，他老了，操不起那心了，活一天享受一天吧。

老万就像什么都没听见一样，继续喝他的酒吃他的菜。

那顿饭吃得很沉闷。

万铎想好了，这事儿不能再拖了，也别等着吵架气他们走了，还是直接说吧，让他们回家住一段，可理由呢？让他们回家的理由是啥？

万铎想到这天晚上的十点半，眼瞅着老袁看着看着电视就开始打瞌睡了，他顿了顿嗓子，说，妈。

老袁啊了一声，抹了一把嘴角的涎水，放下遥控器就要往卧室去。

万铎说，妈您等会儿，我有话要和您说。

老袁又啊了一声，清醒了一点儿，看看老万。老万仰在单人沙发上，早已鼾声大作了。万铎喊了一声，爸，老万迷糊着，好像被人推到了荒野找不到北，咕哝道，啥，干啥？

万铎说，我有事儿跟您和我妈说。

老万往上耸了耸身子，端起茶杯，抿了一大口茶，看着万铎。

爸，您和我妈来我这儿住了快三年了吧？

老万啊了一嗓子，看着他，很警惕，意思是干吗，小子，想撵我们走啊？

万铎顿了一会儿，艰难地说，爸，您和我妈能不能先回老家住一段？

老袁一听就炸了，说，咋了？敢情你真要撵我们走啊？说着大嘴一张，就要号啕，被万铎一嗓子给喝住了，妈！不是撵您，您和我爸身体还结实，先回老家住两年，不用您种地，生活费我出，不行啊？

这是谁的意思？老万也恼了，可他是男人，都当爷爷的人了，不能跟老袁似的，一点儿风吹草动就得扯着嗓子嚎一顿，他得有个男人架势，先把原因搞明白了。

我的。万铎说。他知道，尽管如此，可在父母那儿，百分百会认为是季玫的意思，而且是季玫逼他开口撵老两口走的。果然，老袁抹着眼泪愤愤道，还用问？肯定是季玫的主意！怪不得一到星期天就往娘家跑，是故意的吧？给你下完任务就跑了，把你推出来当枪使，她这主谋跑娘家去躲着装没事人。说着气势汹汹地跟万铎要季玫娘家电话号码，她要打过去问问，她这当婆婆的哪儿对不起她了，惹得她这儿媳妇下命令往外撵。

不该季玫的事，她不知道。万铎说。

老袁很用力气地嗬了一嗓子，那意思是鬼才信呢。

万铎也不甘示弱，说确实跟季玫没关系，这阵儿他一直在想这问题，趁老万夫妻身子骨还结实，回乡下生活几年没问题，把给他们做卧室的那间房腾出来，季玫利用周末和假期办个特长班什么的，如果特长班办火了，她就辞职办所特色教育机构，这个计划，在买这套房的时候就设想好了，可没承想老万夫妻来了，就给搁浅了，现在又提起这茬儿是因为这一两年企业不好做，如果季玫办班能办好的话，他就把公司关了，和季玫一起创业。

老万黑着脸抽烟，唯有老袁在啧啧不停地、愤愤地说，这不都是她的主意？还说和她没关系。见万铎不吭声，过了一会又道，放着好好的老师不当，她打算当个体户？谁信？我看她就是找辙撵我们走！

万铎也没客气，说，妈！我发现您对季玫从来就没往好处想过，您以为老师是那么好当的啊？今天这个考核明天那个考核，甭管五冬六夏，早晨六点必须出门，如果这事能成，就能过上舒服日子，不行啊？

老袁抹着眼泪，说，你眼里就只有老婆没爹娘。

万铎不想在这些永远纠缠不清的话题上纠缠下去，就说，您随便怎么猜怎么说，这都是我的意思，和季玫没关系。老袁赌气说等季玫回来，她一定要问，这到底是谁的主意。

万铎说，随您的便。关于让父母回老家的事，他和季玫说过了，季玫的意思是把原因实事求是告诉父母。万铎不让，怕会让父母伤心，伤心这东西，伤人元气，父母这么大年纪了，伤不起了。末了，季玫说父母是他的，随他看着办吧。

可季玫做梦也没想到，万铎处理来处理去，战火终究还是烧到她身上了。

## 6

第二天中午，万铎坐长途车去了季玫娘家。

这一次，季玫回来，本来是求助于一个办企业的表哥，一大早，就和父母提着礼物去了，去的路上，季玫的脸火烧火燎的。她原以为连续借了好几周钱，脸皮已经练厚了，可见着表哥，才说两句，眼泪唰地就掉了下来。

表哥叹了口气，什么也没说，从文件柜里拿出几份借贷合同，摆到季玫眼前。季玫看了一眼，就啥也不说，眼泪掉得更快了，这几份借贷合同告诉季玫，这位看上去很风光的表哥，处境比万铎好不到哪里去，他的厂房和设备都已经抵押贷款了，而且抵押设备的那份贷款已经逾期了。

中午万铎赶到的时候，她正坐在娘家院子里流泪，一看这情形，万铎就知道，他们曾寄希望的最后一根稻草沉溺了。他默默攥着她的手，一句话也说不出来，从包里掏出她之前借回来的那八万，说，还回去吧。

是啊，八万对一百万来说，是杯水车薪，不还回去也没用。

当天晚上，他陪着季玫挨家把钱还了，道了谢，晚上和岳父喝了两杯，因为季玫到处借钱，房子要被拍卖的事，岳父母都已知道了。岳母是个话少而善良的人，一整晚上她都团团地在灶上忙活着，喊她过来，她怎么都不肯，偶尔的拿袖子蹭一下眼角，但每次都好像是被烟熏了眼，顺道擦了一下而已，可万铎知道，老人家一定是落泪了，只是，她不愿意让大家看着她落泪，怕大家因她落泪而更沉重，所以，她尽量在灶上忙活着，直到实在没什么可忙的了，她坐过来，一脸好像什么都没发生一样的平静。

大家说话的时候，她默默地听着，末了说不怕，还年轻，有手有脚的从头来过也不怕。

岳母有句口头禅：眼是狗熊手是英雄。脚踏实地了一辈子的淳朴老人，她没埋怨万铎也没数落季玫，说城里要是混不下去，就回村里来，家里房子地角好，挨着马路，他们老两口可以帮他们开家店，只要人肯吃苦舍得下力气，这世上就没过不去的火焰山。

岳母越是这样万铎心里就越是难过，觉得自己对不起季玫也对不起他们，吃着吃着饭，大颗的眼泪就滚了下来。知道败局已无法挽回，季玫倒淡定了，微微笑着说，你干吗啊，十年前我们上无片瓦下无立锥还不一样活好好的？

万铎就含着泪坚强地笑了一下，使劲攥着她的手，往桌上顿了顿说让岳父母二老放心，他不会让季玫受太多苦的。

他看见岳母背过身去，又悄悄擦了一下泪。

第二天，在回青岛路上，万铎把和父母交涉回老家的事说了一遍，估计季玫回去了，他们会冲她发难，让她担待着点儿。

季玫幽幽地说就不能实话实说啊？

万铎别着脸看车窗外，假装没听见。

路两边是一片片叶子开始发黄的花生地，还有林立的玉米地。它们在路的两边，唰唰地往后跑着，就像擦着万铎的身子，难受，却又无处抓挠。是的，以前因为这季玫和他吵过架，还不止一次。他和季玫谁都清楚父母的虚荣，季玫说这不能全怪他的父母，有相当一部分的虚荣，是万铎给培养起来的。譬如他们以为万铎的公司很有实力很有前途很赚钱，万铎从来都是沉默地让他们以为自己的想法是正确的，他们的儿子在青岛开公司了，做老板了，混发达了，他们当然也要跟着风光了……直接导致的结果就是老家但凡和万铎有点儿联系的人，不是托他帮着办这个事那个事就是借钱。还有万飞，今天这事儿不方便跟老婆要钱明天那事儿不能让老婆知道，好像老婆是他合法的奴隶主，她存在的使命就是没收他的工资和奖金，而万铎作为他哥哥的使命就是充当他的掏钱救星。

季玫说不仅万飞还有他父母，都摸着他软肋了，不管是不是当着万铎的面，逢人就夸他孝顺，把万铎生生地夸成了架上的鸭子，下不来了。季玫说他这是用愚孝培养父母的坏毛病。万铎也明白，可父母一辈子就没趾高气扬过，因为他，好容易他们可以挺直腰杆喘几口粗气了，万铎不忍心不让他们舒坦地喘几口。

然后，一路上，两人再也没说话。

## 7

到家已经是晚上七点多了，季玫和老袁他们打招呼，老袁像聋了一样，连看她都不看，坐在沙发上，两眼盯着电视。老万在沉着脸抽烟，季玫知道，虽然老两口谁都没说话，可摆出来的姿势，都是准备好了开战的，她决定不再说话，只要她不开口，他们就抓不着和她开战的茬儿。

季玫径直回卧室，打开衣橱，找了套干净的居家服，准备洗澡，嘉儿却跑过来，小声叫妈妈，好像装了一肚子骇人的秘密要告诉她。季玫看着刚七岁的嘉儿，想到过不了多久她就要和他们一起过居无定所的日子，心里酸酸的，抱起她在脸上贴了贴，说，嘉儿，想不想和妈妈一起洗澡。

嘉儿摇了摇头，说，妈妈，奶奶说要找你算账。

季玫心里一震，但依然外强中干地笑着说不会的，奶奶那是说着玩儿的。

嘉儿严肃地否定了她的说法，说，奶奶说妈妈不孝顺，要把爷爷奶奶撵回老家，回老家就见不着嘉儿了，见不着嘉儿他们会伤心的，所以他们是坚决不会投降的。

季玫知道老袁这是在动用亲情战术，虽然回来路上她没和万铎说话，但主意已拿定了，既然万铎愿意瞒他们就让万铎瞒着办吧，反正她是不吭声，就算老袁跑到跟前指着她的鼻子吵她都不回敬一句，就这么着了。

所以，她抱了抱嘉儿，说事情不像奶奶说的那样。嘉儿问，那是什么样？季玫就给问住了，愣了片刻，艰难地笑了笑，问嘉儿觉不觉得妈妈很坏。嘉儿摇头。季玫就笑了，说所以嘛不是奶奶说的那样。

嘉儿也笑了。

万铎一进门，借贷公司的电话就来了，总不接也不是事，也怕老不接电话，借贷公司的人会找帮混子堵到门上，这是借贷公司常用的催债手法，到时候，把老人孩子的惊着还算轻的，就老袁和老万的虚荣劲儿，知道最让他们骄傲的儿子混得就要被撵到大街上去了，肯定会觉得没脸见人，连跳楼的心都有了。

所以他边接电话边往阳台走，并顺手关上了阳台门，实事求是地把情况说了，希望他们能通融一下，在他们的监督下把房子卖了而不是通过法院拍卖。万铎早就打听过了，抵押借款式的民间借贷，只要还不上钱，没别的说，走司法程序，拍卖抵押物还款，可不管抵押物是什么，一旦拿到法院拍卖，价格上是要吃很大亏的。

借贷公司不肯，说没法院协助，他们的权益得不到保障。

万铎怕父母还没走呢，他们就堵到门上，只好好声好气地说，那就按他们的程序来吧，该起诉他起诉他，他不上诉，判决生效了就拍卖房子。因为知道上诉是百分百的垂死挣扎，吗用没有，由此产生的费用还得由他承担，他犯不着折腾自己。现在，万铎觉得自己虽然还活着，还有心跳，可已躺在了砧板上，那柄即将斩下来的利刃，也高高地悬在那儿了，除了老实地成为肉，他无路可逃。

他老实的态度，让借贷公司的光头老板有点儿意外，挂了电话，晃了一会儿脑袋便兀自说，到底是文明人，识大局。

万铎从阳台出来，就见老万和老袁虎视眈眈地盯着他。

万铎知道，这二老肚子里都攒了足够的火药，正瞄准呢，遂没吭声，耷拉着脑袋拖了把椅子在离他们稍远点儿的地方坐了。

老万沉着嗓子说，万铎。

万铎嗯了一声，不响，甚至都盖不过从卫生间门里隐约传出的水声。

我和你妈出来那会儿，街坊邻居和亲戚朋友没不知道的……

对，您二老生养的儿子都有出息，孝顺，接您二老进城养老，不回乡下那要啥缺啥的破地方了，还有我叔叔，他不是去告您嘛，不是告赢了嘛，瞧把他本事大的，瞧他能拿您怎么办，有本事他让法院把您绑回去，看哪儿值钱把哪儿切下来卖了。他不来青岛绑您说明他没本事，让您主动送门上去，这辈子他就甭做这美梦了。万铎知道老万会这么说，索性替他说了，说得不徐不疾，连他自己个儿都觉得有点儿残酷，接着说，您现在冷不丁儿回去，怕街坊邻居笑话您被儿子媳妇撵回来了。

老万涨红着脸，举了举手里的水杯，做要摔状，说，万铎，我和你妈活这把年纪了，还怕什么笑话？啊？我和你妈是怕给你脸上抹灰，往后你回村，咋抬头？

那我就不回去了。万铎说。

你打算不认我们了？啊？万铎！你小子过上好日子就打算不认爹娘了？！老万的杯子啪地就扔到了地上，强化玻璃杯很结实，在地板上打了几个滚，滚到角落里去了，憋屈地窝在角落里，黄黄的茶水，像一条强壮的小便，在地板上曲折迂回地撒了一线。

随着水杯落地，老袁开始号啕，这次，她毫不节约力气和嗓门，儿子都要撵他们走了，她还号啕得那么顾忌，显得她不够伤心，一定得撕心裂肺才成。

万铎抱着脑袋深深地把脸埋进了手掌，突然，感觉有人碰了他的胳膊一下，他抬头，是嘉儿，吓坏了一样，怯怯地看着爷爷奶奶，嘴里喃喃地叫着爸爸，万铎就觉得心尖上被人剜了一刀，他抱起嘉儿，说没什么的，就进了卧室，摸着嘉儿的脸说，爷爷喝酒了，所以嘉儿不要怕，等爷爷醒了酒就好了。嘉儿也怯怯地说爷爷喝了好多酒，他说喝了酒才有力气和爸爸打架，嘉儿问爷爷为什么要和爸爸打架。

万铎想了想，说，因为爷爷生气爸爸没出息，以后啊，爸爸一定要努力，等爸爸有大出息了，爷爷就不生气了。

万铎不想让嘉儿懂太多，现在想来，童年是人生最快乐的时光，越长越好，别的家长喜欢自己家的孩子早点儿懂事，万铎不，他希望嘉儿越晚懂事越好，这样可以把快乐抻长一点儿。

事已至此，万铎不想多辩解什么了，就咬定了一件事，那就是父母必须回老家，把嘉儿安顿好，到卧室阳台给万飞打了个电话，说最近他这里不方便，可父母又觉得回乡下没了面子，让他过来把父母接过去，就说他想父母了……这样的话，估计父母都心气会顺一点儿。

万飞刚接电话的时候还哥长哥短得毕恭毕敬，一听是让他把父母接回去，就支吾起来了，说最近忙，抽不出时间。这要以往，听出万飞的推诿躲闪，万铎就算心头不悦，也不会说什么，把电话一挂了事，可这次不行，不管是借贷公司派道上小弟来蹲点还是被法院封门，在父母这老一辈人的心目中，其毁灭性不亚于旧社会被满门抄斩，到时候，老袁还不得一天打五次挺？老万还不得借酒浇愁把自己醉死？

这些，都是万铎不敢去想象的，尽管他知道万飞是无论如何也不愿意让父母去他家住，更知道万飞老婆很可能会为这撒泼耍横，但是万铎顾不了那么多了，他必须找一个比让父母崩溃更为安全的地方，把他们老两口安顿了。

万飞两口子的作为或许会让父母暴怒，但暴怒总比留在他这里灰心绝望地崩溃要好。

这要以前，不管做什么事，只要万飞口气里流露点儿难为，万铎通常就会把那些难为揽到自己怀里，让万飞享受不难为的好日子去，可这次不行，他没理会万飞言语里的推诿和口气上的装可怜，径直说再忙周末也休息吧？

万飞只好啊了一嗓子。

万铎说那就下周末，过来把父母接回去，不愿和父母一起住，就给送回老家，等过两年，他再把父母接回来。

打完电话，万铎从房间出来，老袁已经不号喕了，正小声和老万嘀咕什么，见万铎从卧室出来，立马就止住声，老袁的手一扬，嘴一张，又要继续号啕，万铎大着嗓子喊了一声，妈——！

老袁大大张着的嘴，就跟电影定格了一样，没出声，待在那儿半天合不上。

万铎说，下周末万飞过来接你们回去。

老袁那颗原本燃起了一点儿希望的心，一下子又跌了回去，号啕着又哭上了。

万铎决定了，铁石心肠，不为所动，从茶几上拿起报纸说，没事你们早点儿休息吧。说完，和刚从卫生间出来的季玫一起回了卧室，那架势，在老袁和老万看来就是到底咋办我已经说明白了，想怎么折腾随你们的便，没用。

## 8

老万和老袁面面相觑，老袁抹了一把眼泪说，都出来快三年了，这要回去，还不让那些擎等着看笑话的人把笑话给瞧了去啊？

老万也一肚子怒气没地发泄，看了看眼前，又看看茶几，老袁就知道他想找东西摔，见他一把抓起了电视遥控器，忙扑上去夺过来，说，摔坏了你给买啊。说着，把一个沙发靠枕塞他手里，说，摔吧，使劲摔，摔不破还没动静。

妈个X的，你儿都往外撵你了，你还替他着哪门子想？说着，探身过来抢遥控器。老袁往身后藏，不给，喝了点儿酒的老万没把持住，整个身子压在老袁身上，老袁让他压得哎呀哎呀地直叫，还被老万打了一拳，也没多重，因为捞不着摔遥控器，纯是泄愤。

老袁呜呜地哭了起来，这次哭，和之前的号啕大哭不一样，之前的号啕大哭是战术，现在，是因为伤心还有灰心难过。

老袁的哭声穿门而入，万铎就觉得这哭声像上帝的审判一样，在他心里翻滚着轰鸣着，像雷管一样炸得他的心剧疼，他抽出枕头，死死地压在自己头上。

季玫知道他难过，伸手抚摸了一下他的脸，全是泪，遂心里也揪了一下，把他的头揽进怀里，说睡吧。

是啊，除了睡吧，还能干什么呢？在万飞过来接父母之前，他的良心还要忍受七天煎熬。

季玫说，要不……别等万飞了，反正你没事，你送回去得了，再说咱爸妈身体也硬朗，就算没人送也回得去。

万铎说不行，如果他把父母送回去，村里人会说瞧，大儿子和媳妇容不下老万夫妻，给送回来了，可要是万飞来接，就变了，人家会说小儿子想爹娘了，跑到青岛给接回来了。

季玫叹了口气，说想这么周细，累不累啊。

老袁说，要不，咱回吧，别让万铎作难了。

老袁琢磨，万铎铁了心要撵他们老两口回去，只有一个原因：儿媳妇容不下公婆。现如今这样的事遍地都是，莫要说她和老万住了快三年了。听说有不少城里媳妇，对乡下公婆连一星期都容不下，也是因为这，老袁在季玫跟前一直很硬气，不是她想当个恶婆婆，是怕自己硬挺不起来，会让季玫觉得她这乡下婆婆到她地盘上了，想怎么捏就怎么捏她。

老万后脑勺一炸一炸地疼，知道血压又上来了，摸着黑，起床摸了片降压药，连水也没倒就干咽下去了，使劲儿抻了抻脖子才说，不回！

老袁说按说儿子媳妇可以了，人家都是供个大学生累得脖子伸老长，可他们家就没，不是他们家富裕，是万铎懂事，自打大一下学期就干兼职干家教，基本没跟家里要一分钱，为了省钱也为了挣钱，上了四年大学暑假就没回过老家，过年回家也不忘用打工赚的钱给老万买两瓶酒给老袁买件衣服，后来又谈恋爱、结婚、买房也没向家里伸一分钱的手，街坊邻居们看着是既羡慕又眼气，儿子媳妇白手在城里安了家，还容他们住了小三年了，可以了。

老万眼珠子一瞪，说，他还在我家住了十好几年呢！我要他领情感恩了？

那是！你少让孩子领情感恩了？喝点儿酒就絮叨君君臣臣父父子子那一套，还不是念经给孩子听，生怕孩子不孝顺你吗？真是的，你不追着儿子领情感恩能在儿子家赖唧唧住三年？老袁反驳他，虽然一想到回去会招惹街坊邻居的说道她也打怵，可到底是做妈的心软，一想到儿子那硬得跟冰溜茬子似的态度，就琢磨着他一定是在媳妇跟前犯了难的，媳妇又不是件衣服，不称心了就脱下来扔，再不好也要凑合一辈子才叫个圆满，尽管城里生活比乡下舒服多了，可要因为她和老万让儿子和媳妇过不舒坦，她这心，就跟推着木轮车走在崎岖不平的石子路上似的，在胸膛蹦跶得忐忑，心直蹦跶着不得安生的日子，再舒服也不招人稀罕，老话说得好，心不踏实短人寿呢，自己亲妈还健朗着呢，她更得惜命爱身子。

老万还是咽不下这口气，在黑暗中瞪着她。

你不回我自己回！老袁翻了个身，说，当爹你就有功劳了？

照你这么说我生了他造了他给了他一条命，我还有罪了？

呦，瞧你这高尚劲儿吧，当年……老袁觉得有点儿不好意思说，可不好意思说那事吧，以着她那点儿文化又掰扯不清楚，说，当年你一到黑夜里就往我身上爬是为了造万铎？！你……你是为了自己快活！造出个万铎来，是你自己快活的副业！跟做豆腐必得出豆腐渣一个理！

老万被噎得一句话也说不上来，只剩了使劲咳嗽的份儿。其实他没感冒嗓子里也没痰更没其他会造成他咳嗽的毛病，他是理屈词穷。老万就这样，每每理屈词穷了就会使劲咳嗽，好像要把喉咙咳破要把肺咳碎了吐出来似的。

每当老万像头老驴似的咳起来没完，老袁就得意扬扬地痛打落水狗，说，也就咱万铎，就你这号爹，要搁别的儿子身上，大学没用你供，结婚你没掏一分，买房的时候你袖着手，人家啥都打点停当了，你倒摆起当爹的谱来了，该你尽心的时候你哪儿去了？孩子仁义不和你计较，你还把自己当孩子一辈子还不完的债了？

老万再也不咳嗽了，噢了一嗓子，回！我他妈的这就回！你那张X嘴也给我闭上！

老万的恼羞成怒，万铎他们听见了，季玫悄悄捅了他胳膊一下，说，过去看看吧。

万铎说算了，父母是两口子，一起过了大半辈子了，再吵也恼不到哪儿去，他一掺和，反而尴尬了，既然他们吵来吵去决定了要回老家，不正好嘛，他去说什么？劝他们不吵了？除非他立马改弦易辙不让他们回老家了，这不自己犯抽吗？如果不是这样，说其他的都没用，他也就没自找挨呛的必要了。

万铎一夜没睡，半夜，他听见母亲进进出出，去储藏间，去嘉儿卧室，间或里传来开橱门或是弄纸箱子的声音，就知父母已商量好回老家了，母亲在打点东西呢，就一阵黯然地揪心。

## 9

次日，万铎早早起了床，去早市买了老万最爱吃的油饼和老袁爱吃的茶蛋，拎回家，见季玫端着锅从厨房间出来，身后还跟着跟她抢锅的老袁，看样子是老袁非要做稀饭，季玫不肯。

别看老袁身强力壮地在城里住了小三年了，但老袁从不做饭，理由是她只会做庄户饭，怕把好东西做得别人不爱吃，更怕做糟践了，当然，万铎明白，老袁的这些说辞，不过是说辞而已，真正的原因是她不愿意下厨房。

季玫边在水龙头下洗米边说，妈您歇着吧。

老袁抄着手，带着哭腔说，这就要回去了，你就不能让我给你们做顿早饭?

季玫还是坚持让老袁看着电视等她把早饭做好，声音淡淡的，好像本来就这样，也应该这样，她已是适应，不图改变，虽然声音里没有丝毫的谴责和怨气，但在这个特殊的早晨，在万铎听来，就觉得这淡淡里透着残酷，就把吃的放在了餐桌上，拉了季玫一把，说咱妈想做就让咱妈做一顿吧。

季玫低着头，像在拣米里的石子似的，说不用了。其实米很干净。

以往，万铎觉得季玫的倔里透着可爱，可今天，觉得她有点儿过了，就有点儿强硬地拉了她一下，她微微一趔趄，原本扶着锅沿的手，就松了，锅一歪，湿漉漉的米和淘米水洒得到处都是。

那态势，很是狼狈，不像不小心，倒像夫妻俩吵架，洗米的那个一赌气，把盛了米米水水的锅给扔了。

在场的人，都愣了。

老万从房间溜达出来，瞥了厨房一眼，赌气似的，把自己一屁股扔到沙发上，打开电视。老袁也生气了，好像看出季玫是成心要摔锅给她看，身子一扭，去了客厅，敞亮着嗓门说，放心吧，我和你爸脸皮没恁厚，我们吃了饭就回!

可老袁他们还是没走成。

因为万铎的手机在卧室响了。

万铎边往卧室去边纳闷，琢磨着是谁呢？一大早就打电话，不可能是借贷公司的，因为该说的话他昨天已说了，何况他是抵押了房子借的款，想跑路赖账都跑不了。

拿起手机，发现号码很陌生，号码归属地是老家。

万铎嘴里嘀咕着这谁呢，就接起了电话，是女的，果然是老家口音，上来就说我找万铎，口气很横，跟讨债未遂凶相毕露似的，尽管知道老家人说话就这样，可万铎还是有些不快，嗯了一声，问对方是谁。

对方说，我小金。

小金？万铎把脑子翻了一个遍也没想起小金是谁，就嘟哝着到了客厅，问，小金？哪个小金？

老袁的眼珠子却噌地就亮了，警惕地站了起来，说，小金？你小姑家小金？

老袁这么一点拨，万铎想起来了，他确实有个叫小金的表妹，只是已经二十年不来往了，所以，也就忘了，他恍然大悟似的啊了一声，说小金啊。

那边的小金就有了哭腔说，哥，你在青岛？

万铎啊了一声。

小金没容他再说啥，就局促地说，我和俺爸妈来青岛了。

万铎噢了一声，很淡漠，这淡漠是有原因的。话说，万铎的初中要到离家十二里地的镇上读，从家到镇上的山路崎岖的很，每天往返不现实，只能住校，可学校没学生宿舍，想读中学就只能寄宿到镇上或镇附近的亲友家，实在没亲友可投靠的，就几个孩子合伙租间民房。老万和老袁倒不愁，因为万铎的小姑万春燕嫁到了镇上。开学前，老万和万铎捎着礼物去万春燕家坐了坐，事就这么说定了，万春燕答应得很爽快，说只要炕能容得下，就没问题，因为在万铎之前，已有其他亲戚家的孩子在这借住了。可万铎才住了不到一个学期，万春燕就找理由不让万铎住了，据说是她一有钱亲戚家的孩子也要来借住。在一个冬天的晚上，下了晚自习，被告知没地睡觉的万铎，只好把铺盖捆到自行车后座上，蹬了十二里的夜路，一路磕绊一路跟头地摸回了家，看着摔得鼻青脸肿的万铎，老袁的火就搂不住了，第二天就上门把万春燕骂了个底掉。从那以后，老万和万春燕就绝了往来，万铎和李玫结婚那会儿，老万要在家摆几桌酒，就有人好心好意地劝老万，都这么些年了，就借着孩子的喜事，跟小妹妹把好和了吧，老万觉得也是，可是明明是妹妹理亏在先，他一当哥哥的总不能主动低三下四吧？就派万铎去请，万铎虽不情愿，老父亲的意思又不好违，只好硬着头皮去了。到了万春燕家门口，正好碰见她出来拿草生火做饭，就叫了声小姑。万春燕看了他一眼，没吭声。万铎就接着说改天他大喜，请小姑过去吃喜酒。万春燕用鼻子轻轻哼了一声，好像没听见，从草垛上扯了一簸箕草就兀自回家了。万铎在万春燕家街门前站了一会儿，举着手，想打门，手颤了好几颤，终还是没落到门上，回家和父母说了，老袁气得脸涨紫，说就没见过这号给脸也不要的主，然后，咬牙切齿说，以后就是万春燕死了，都不用去给吊丧！

这一晃，又是十年过去了。

万铎听母亲说过，小姑万春燕打小就被哥哥姐姐们惯坏了，跋扈得十里八村很出名，找婆家都没人敢要，直到三十一岁了才嫁给了老实得有些窝囊的老金，小金是他们唯一的孩子，怕也快三十岁了吧？万铎想，他没问小金和小姑来青岛干什么，不是他冷血，而是疏远了二十年的亲情，都已经淡漠得跟陌生人差不多了，何况淡漠的原因是伤害呢。

小金开始用带着哭腔的家乡话说，她妈病了，来青岛做手术。

万铎觉得再只说噢不接茬有点儿过了，就问在哪家医院，小金说在青医附院，然后让万铎等等，她妈想和他说话。

其实万铎一点儿也不想和小姑说话，甚至恨不能手机立马没电自动关机，或欠费停机，因为他知道，但凡乡下来青岛治病的人，找在青岛的亲戚朋友，不外是希望给托托熟人，再要么就是借钱。万铎在脑子里飞快地划拉了一圈，是的，他不认识青医附院的人，绝不是推托，是千真万确地不认识。

可万春燕找他不是让他帮着托人，而是借钱。她在电话里叫了声万铎，就嗓门哽咽地说，万铎啊，当年是小姑不对，你别记恨我。

万铎简短地说，不会。老袁在一边瞪眼看着他，满脸的好奇，都恨不能上来抢电话了。万春燕接着说她做手术要交押金，家里实在拿不出钱来了，问他能不能借她点儿。万铎登时脑子就嗡了一声，啊啊了几声，没应成句，说，多少？

这时，万春燕可能觉得自己以长辈的姿态扮哀兵扮得差不多了，声音立马就虚弱了下来，说万铎啊，我累了，没劲儿说话，让你妹妹和你说吧。这口气，让万铎刹那间怀疑，他和表妹的感情好到了曾经青梅竹马似的。

有了万春燕在前面的感情铺垫和楚楚可怜的哀兵唱，小金似乎有了些底气，张口就说押金要交五万块钱。

万铎下意识地反问了一句，这么多？

小金说，医生说了，这是手术押金，交不上不给做手术。

万铎沉闷了一会儿，还没说话呢，小金就飞快地说，我一会儿把银行卡号发短信发给你，你把钱打到我卡上行了。

万铎看了老万他们一眼，都眼巴巴地看着他呢，又不好直接说没钱，只好模棱两可地说看看……就匆匆挂断了电话。

然后，老袁老万就围了上来，问咋回事，万铎大体说了一下，老袁像等了百年终于等来了复仇机会的复仇者似的，啪地拍了一下大腿说，她也有今天！然后虎视眈眈地盯着万铎说，万铎，我咋听你说看看，咋？你还真打算借给她？

万铎心里有点儿乱，说，妈，我说看看就是借？

情急之下，又追了一句，我拿命借给她啊？

老袁正沉浸在落水狗送上门来让自己痛打的快意恩仇里，万铎说拿命借给她这话，根本就没入心，以为这是万铎不想借钱还找了个说辞，遂恨恨地说，对她这号人，你用不着藏着掖着，也更用不着怕得罪她跟她哭穷，直接说，不是没钱，是不借！

老万一直乜斜着眼，没吭声，当年万春燕深更半夜把万铎赶出来他也很生气，可毕竟是他最疼爱的小妹妹，这些年虽然没走动，可关于她的消息，乡里乡亲的嘴巴还时不时地往他耳朵里送。大约是十年前，听说一大工厂来镇上征地建厂，其中有万春燕家的五亩，一亩补偿两万，她家五亩地就是十万，最值得高兴的还不是她凭空得了十万块钱，是她男人老金进了征他们地的那家工厂，修理了大半辈子地球，突然洗脚上田，过上了农民连梦都不敢做的日子，当工人了，不仅不用面朝黄土背朝天，还风吹不着雨淋不着太阳也晒不着地月月有工资拿。老袁眼珠都快羡慕红了，直后悔当年找婆家没往镇边上的村里找，最气人的是，老金上班第一个月发了工资，万春燕就买了新衣服，打扮得花枝招展回了趟娘家，和老万闹翻了不上门，她去二哥家，故意穿着鞋跟钉了铁片的高跟鞋在巷子里走来走去，把石板路踩得咯噔咯噔地硌老袁的耳朵眼子……老袁正在院子里喂鸡，一没好气，连盆带鸡食从门口扔了出去，铝盆子本就磕得凸一巴掌凹一拳头的，咯愣愣在巷子里打了几个滚，用麦麸和剩饭菜拌的鸡食溅了万春燕一身，姑嫂俩个又是一顿恶吵，吵得整个村子都安静了下来，所有人都在竖着耳朵听她们俩荤荤素素地操妈日祖宗，最后，还是老万出马，赏了老袁和万春燕各一巴掌才算结束了战事。在所有人眼里，老万除了喝酒吹牛就没干过多出彩的事，但老万很疼小妹万春燕，听说被他扇了一巴掌的万春燕回家不久就检查出了糖尿病，逢人就控诉这病是让他哥一巴掌扇出来的，为此，老万还愧疚了好一阵，琢磨着是不是拿点儿钱给万春燕表达一下，被老袁拦下了，说先找个明白人问问再说，自己跑到镇医院，问了个大夫，就跑万春燕家门口又骂了一顿街，骂她泼皮无赖，自己好吃懒做吃出来的糖尿病，居然往娘家哥哥头上赖，太臭不要脸了。

老万又使劲儿咳嗽了一下，把万铎拉到一边，小声问小姑住什么病房。

万铎说没问。

老袁就撵过来，说老万咸吃萝卜淡操心，让他赶紧洗脸刷牙，吃了早饭就去赶长途车，行李她都打好了。

老万定定地瞥着她，老袁也不甘示弱。

万铎的手机响了一下，是短信，是小金的，发了一个银行账号，还有他们在医院的病房号，末了，没头没尾地附了三个字：快点儿啊。

老万歪头来看，可眼花了，没戴老花镜，看不清，就问，谁的？

万铎说，小金的。

说什么？

给了个账号和医院病房号。

老万噢了一声。

老袁说，万铎，删了。

万铎有点儿为难地看看她又看看老万。

敢！老万从牙缝里挤出一个字。

## 10

吃完早饭，老万像往常一样，往沙发里一瘫，对拖着行李站在他跟前的老袁看也不看，说，今天不走了。

如果不是小金来电话，老袁或许走不了这么积极，可就因为小金这电话，她觉得，非走不可，而且走得越快越好，因为她知道老万，别看面上不和万春燕来往了，可心里惦记着呢，在老家的时候，他是逢镇上的集就赶，没东西要买也没东西要卖也得去，图什么？遛腿啊？才不呢，人家是遛眼暖和心，图的就是到万春燕的点心摊前站一会儿，别看万春燕连块点心都舍不得给他这当哥的吃，可他这当哥的才贱着呢，只要看他小妹一眼，就心满意足的，等吃够了万春燕喂的白眼，才拖着两条站麻的腿往家走。

为啥不走？老袁明知故问，知道他惦记着在医院里的万春燕。

万铎不都和万飞说好了星期天来接嘛，你走啥走？急着回去抢屎吃？老万没好气地说。

万铎也明白老万的心思，知道现在让他走了，他也会因为挂念小姑而心翘翘着，遂说，妈，不差这几天了。

老袁知道，哪怕她现在就拖着行李去长途站，惦记着万春燕的老万也绝不会就范，遂把行李箱一扔，跟万铎说，不走可以，给小金打电话。

干吗？万铎有点儿摸不着头。

告诉她你没钱，让她另想办法。老袁边说边拿白眼挖老万。

其实，自从接到小金的电话，万铎就在琢磨着怎么回复她，虽然这二十年和万春燕和小金没多少交集，但他还是不想让小金他们觉得他说没钱借是因为记仇而故意的。至于自己的实际情况，他不想和小金说，其一，告诉了小金，很快就会传回乡里，虽然他没干什么丢人的事，可把他当骄傲的父母脸上会挂不住；其二，在小金跟他借钱的时候他说这些，就算是事实，也会给人故意哭穷推诿的感觉。

看着随时会对老袁一跃而起的老万，万铎一横心，说，好，中午我去医院看看，顺道告诉小金，让她另想办法。

老万说，我也去。

万铎说，好。

老袁知道拦不住这父子俩，转而对正要领嘉儿出门的季玫说，季玫，把万铎身上的银行卡收起来。

季玫浅笑了一下，说，妈，收不收的都一样，他没钱。

万铎怕季玫被老袁追急了给说出实情，忙把手包里的银行卡一股脑拿出来塞到季玫手里，然后催她快走，别迟到了。

见季玫把万铎的银行卡收到包里出了门，老袁才一脸胜利地看着老万，那意思，儿子的财政大权都交了，我看你还能怎么着。

果然，老万黑着脸，从玄关上抄起帽子，边往外走边招呼万铎，说，走。

万铎有点儿愣，问，爸，您这是要上哪儿？

老万说，不是中午要去看你小姑吗？

可这会儿才早晨，我得先到公司上班。万铎心里一阵发慌。

我跟你去公司，省得中午你跑回来接我。老万到底是老了，再加上爱烟嗜酒，记忆力衰退得厉害，所以，来青岛快三年了，他的活动半径就是绕万铎家五百米范围内，再远了就不敢去了，怕找不回来。

万铎心里一阵叫苦，满脑子都是怎么说才能把老万拦在家里，可老万已出了门，张着手就等他出来关门了。

万铎僵持着，说公司事多人也多，反正中午从公司去医院也要路过家这边，顺道接着他就行了。

老万翻了老袁一眼，说懒得看有些人腚一样的脸。万铎还没开口呢，就被老袁从门里推了出来，说，他愿意跟着你就跟着吧，好像他那张锅门爷爷脸还挺招人稀罕似的。说着，咣地就把万铎关在了门外。

老万见万铎呆呆地站在门口不动，招了一下手，说，走啊。

万铎就觉得两腿跟灌了铅一样的沉，他一步一步挪到电梯门口，艰难地咽了一下唾沫，说，爸，您回家吧，别跟我去公司了。

老万有点儿不高兴，说，咋？怕我给你丢人？

万铎说，不是。

老万按了电梯下行按键，说，去了我不多说话。以前老万跟万铎去过几次公司，次次都闹得不愉快，因为老万一进万铎公司就摆出一副老太爷的架势管东管西却又管不到点儿上，就把人家员工给管毛了，员工一毛，就得万铎出来摆平，免不了要数落老万两句，老万觉得万铎在外人跟前太不给他这老子的面子了，就跟他对着吼，吼过几次之后，万铎就不让他到公司去了。

今天，他倒不担心老万和员工闹顶了，因为工人早就跑光了，关键是工人跑光之前搬光了所有能搬的东西，整个公司就跟劫后的战场似的，老万不傻眼崩溃了才怪呢。

电梯来了，万铎机械地上了电梯，又下到了地下车库，发动车子后，他歪头对老万说，爸，我们直接去医院吧。

老万眉开眼笑，嘴里却说不是中午吗？

万铎笑笑说，上午中午都一样。其实，他只是不想让老万看见公司的惨败模样。去医院的路上，在路边的小超市买了些营养品，看万铎付钱的时候，老万一下子想起他给了季玫的银行卡，就小声问万铎身上还有其他卡没？万铎说，没有。

老万踌躇了一下，问万铎是不是还恨小姑。万铎说都这么多年了，谈不上恨不恨的了。

就是，怎么说也是你小姑，身子里都淌着老万家的血。

从超市出来，老万走得很慢，琢磨着找词把万铎和万春燕的关系往近里拉一拉，就说当年的事不能只怪小姑，老袁也有责任，万铎爷爷奶奶去得早，没出嫁的小姑跟着哥嫂过日子，虽然他和二叔惯着小姑，可老袁也没少给小姑脸色看，还经常做了好吃的藏起来，原本说好了万铎住小姑家，饭也在她家吃，一月是要给小姑一百斤苞米的，可万铎都住了好几个月了，小姑一颗苞米粒都没见着，就在老袁跟前有意无意地念叨家里粮囤空了，老袁都跟没听见一样，她一气之下，才把万铎撵出来的。

万铎有点儿意外，说，撵我不是给另一个有钱亲戚的孩子腾地方嘛。

听你妈说！就你妈那人？啥时候她承认自己做过错事？有粉全往自己身上揽，有屎都往别人身上抹！

万铎打开后备箱，把东西码进去，后备箱盖都合上了，却见老万依然在一脸期望地张望着自己，就知道他其实是有话要说的，当然是希望他能借给小姑钱，万铎不敢接住老万满是热切期望的目光，遂装作没看见一样，匆匆绕到车前，发动了车子。老万拉开了车后门，想了想，又关上了，坐到了副驾驶位置。

车开出去二十几米了，老万终于忍不住了，说，万铎……

万铎用鼻子嗯了一声。

别不借……

万铎从没听过父亲用这么柔和的腔调和人说过话，带了些乞求。

万铎默默地开着车。

老万侧着脸，一直看他。万铎把车停在路边，搓了几下脸，说，爸，我想借。

就是，咋说也是你小姑。老万眉开眼笑。

可是……万铎看着老万，说，可是，爸，我没钱。

老万的笑脸，就像瞬间冻僵了一样，老半天才缓过来，说，没……没钱？万铎，你公司好几十号人养着，大房子住着车开着，你说没钱谁信？

爸，这是真的。万铎知道，瞒不过去了，说，我真没钱，我让人坑了，公司早就停产了，还欠了一屁股债……

话说到这里，万铎没敢说家里房子很快就要被拍卖的事，只是艰难地梗了一下脖子说，所以我才希望您和我妈先回乡下住一段，好让季玫办辅导班，多少也能挣两个钱，先把难关渡过去再说。

难到仨瓜俩枣也要挣的份上了？

万铎点头说，工人的工资还欠呢。

照这么说……你是真没钱借给你小姑了？

万铎还是点点头。车已到了医院，万铎下车，把东西拎出来。老万定定地看了他一会儿，把东西拎过来，说，你别去了。

别，我来都来了，别让小姑觉得我还记她的仇。万铎躲闪着，老万却霸道地把东西抢到手里，说，蠹到她跟前，你又没钱借，这不找不自在吗？我就说你一早接了个电话，出差了。

万铎鼻子一酸，到底是父子，老万再浑也明白这时候的万铎去了医院，只有徒增尴尬的份儿，就拎着东西，快步往病房去，边走边回头招呼万铎，公司的事，别告诉你妈。

万铎啊了一声，追了两步，说，我在这儿等您。

## 11

一见着万春燕，老万的眼珠子就红了。是糖尿病并发症，万春燕的两条小腿烂了，整个房间里弥漫着一股消毒水混合着腐肉的味道，眼睛也红肿得厉害，但不是哭得，也是糖尿病并发症，据说早晚会瞎的。

医生说了，万春燕想要活命，得先截肢，就是从膝盖以下齐刷刷地拉掉。

老万看了她一眼就不敢再看了，觉得看一眼自己的眼睛都疼。他坐到床边，握着妹妹的手，泪水双流，万春燕抽抽搭搭地哭着说，哥你可不能不管我。

把病房唯一的方凳给了老万以后，老金就只能站着了，站了一会儿，好像累了，靠墙蹲下了，显得人更憔悴了，非洲难民一样又瘦又黄。小金看样子怀孕有五六个月了，挺着个肚子坐在床脚上，陪着她妈哭，这情形，简直是凄凉透了。

老万问，手术押金还差多少。

小金说，不都告诉我哥了嘛。

老万说，万铎是说要交五万押金，然后没再往下说，看看老金，意思也很明白，一共五万块钱的押金，你们总不能一分没有吧？

小金明白了老万的意思，讷讷地说，差五万。

老万吓了一跳，说，你们就一点儿也没准备？

万春燕就又哭上了，她得糖尿病的这些年，早就把家底花空了，能凑齐来青岛的路费交上住院押金就不错了，哪儿还有交手术押金的钱。

老万的脑袋嗡嗡的，小金就哭着说，她爸虽说是在工厂上班，可还是农民合同工，没啥保障，因为她妈老是生病住院，她爸就得请假陪着，厂里不愿意了，合同期一到就不续签了，都在家闲两年了，日子还不如没征地那会儿呢，只要有地，没工作也饿不着，反正还能种种粮食种种菜，把吃食淘换出来没问题，如果年景好庄稼侍弄得法，还能卖俩钱，现在可好，工作没了，地也没了，就征地那俩钱，前几年觉得还是俩钱，可这几年钱毛得越来越不当钱使了，家一点点地花空了，她爸妈也老了，打工没人要，没退休金没医疗保险，有心种点儿粮食自己吃还没有地种……这日子能不让人上火吗？她呢，结婚了，娶她这媳妇，婆家又是盖房又是彩礼的，欠了一屁股债，也拿不出钱来。

小金这边说着，万春燕那边哽咽得就更是声声断肠了，死死攥住老万的手，说，哥，哥哥姐姐家我都借遍了，我就剩你这么点儿指望了，你要不借给我，我就死路一条了。

老万艰难地点点头，说，我想想办法吧，就不想多待了，因为待着难受，就像你眼睁睁地看着自家亲人掉深井里去了，你够不着捞不着，就算义薄云天跳下去救，也是枉搭性命……

老万站起身，喃喃地说，我想想办法，想想办法，就出了门。

万春燕从老万的喃喃里大抵是看出了无望，从床头捞起杯子就往老金身上砸，边砸边骂他没本事窝囊废，跟他没过一天好日子，得了病只能等死……

老金披着被砸了一身的热水追出来，在走廊里撵上了老泪纵横的老万，说，哥……

老万有心不住脚，可听着老金那嗓门里带血的声音，心一软，就站住了，说，老金，你老婆是我妹妹，但凡我有点儿能耐，我能眼看着自家妹子遭罪袖着手不管？

老金使劲儿点头，说，知道。然后搓着手问老万有没有烟。

老万说，有，掏出烟，刚要点，从护士站出来一护士，瞟了他们一眼，水灵灵却冷冰冰地说，病房区不准抽烟。

老万忙收起烟，说，不抽了不抽了。对老金说到院里说。

老万特意和老金去了后院，怕老金看见万铎，其实，就算看见，老金怕是也不认识万铎了，都快二十年没见了，那会儿，万铎还是个没长开的愣头小子。

两人找了个石凳子坐下，点烟。老金抽了两支烟，才慢慢打开了话匣子，老万这才知道他们来青岛都一个礼拜了，要不是被手术押金逼得实在没辙了，他们也不会给万铎打电话。

他这一说，老万这才想起来，都这么多年不联系，他们从哪儿搞到万铎手机号的？老金说跟二哥要的。

老金说的二哥就是老万的弟弟，对，就是那个和老万打官司、把老万打输了的弟弟。

老万噢了一声，说，也怪，都不来往有些年了，他怎么会知道万铎的手机号？

老金说不知道，反正他一问，二哥就告诉他了，然后，老金又说二哥托他捎话给老万，斗了这些年气，仔细想想怪没意思的，到底是从一个娘肚子里爬出来的亲兄热弟呢，树压塌的厢房，他已经修好了，不用老万赔了，再就是如果在城里住得舒坦，就住着，家里的老房啥的也甭惦记，刮风下雨的，他都搭梯子站在墙头上张望张望老万家的门窗，今年夏天一场大风把东屋窗户刮坏了，潲进去的雨，把炕泡坏了，他翻墙过去把窗户修好了。如果老万在城里住够了，打算回老家，提前告诉他一声，他提前给他盘铺新炕……

老万听得长一声短一声地叹气，心里，却像沸水一样地滚着，人啊，少挪贵，老挪贱，要不是治那口气，为了那巴掌大的一点儿面子，都这把年纪了，谁愿意背井离乡地挪腾。

老金絮叨了半天，才说，哥……我知道你没钱，我们是想找万铎帮帮忙，我也说了，按说我们没脸跟万铎张嘴。

老万知道老金早晚会绕到万铎身上，就琢磨着这话要怎么说，才不会让老金觉得是万铎记着仇故意不帮他们，瞧他小姑在恶有恶报里挣扎的热闹。

他姑父……老万每一个字都吐得很慢，万铎的事，我也不知该咋跟你说……怎么说呢……万铎公司让人坑得都停产了，工人的工资都发不下去，孩子也难着呢。

说着说着，老万就觉得老金的脸色不对了，是那种明知道开了口就会让人啐一脸唾沫，却还是不愿意相信事实的残酷性，心存侥幸地迎上去开了口，却果然落了一脸啐，无地自容、尴尬的表情。

老金是个没多少文化的农民，可面子特薄，知道他现在肯定是恨不能找个地缝钻进去，老万觉得他必得做点儿什么，向老金证明，他不是故意不借，更不会趁自己亲妹妹生病的时候快意多年前的恩仇，就说，其实万铎来了，因为没钱，所以他就没让他上病房去，怕大家都尴尬。说完就噌地站起来，拉着老金说，别光听我一张嘴说，让万铎拉你去公司看看，都停产有些日子了。

老金跟着老万趔趄了几步，就停下了，去看什么呢？去验证一下人家没撒谎？咋借钱还借出强势来了？这就像端着瓢去邻居家借粮食，邻居都说没有了，你还非得去掀人家粮囤子看看啊？不行，这么不要脸的事，他老金干不出来，所以，他挣脱了老万的拉扯，说，哥，您瞧您说的，我信不过旁人还信不过您啊？不去……我不用去看。说着，转身回病房，说，你告诉万铎，别为这事上心，我和他姑都体谅他，我再另想办法。

老金边说边逃也似的回了病房。

因为了解老金的心气，老万也就没再勉强，觉得心里怪不好受的，又坐回石凳上抽了根烟，掏遍了身上的口袋，一共才一百五十七块钱。三年前到万铎家，他身上一共就剩了几十块钱，这点儿钱还是万铎平时给的零花钱攒下的，他一张张理整齐了，站在住院处门口等着，见出来一护士，便上前拦了，托她把这钱捎给老金，又把病床号和名字告诉了她，护士不大情愿，说你自己上楼送不就行了。

老万咳了一声，说，我送他不会收，拜托了，对护士拱了拱手，转身往万铎停车的地方去。

远远看见父亲来了，万铎推开了车门，问，小姑怎么样。

老万搓了一把脸，就说了俩字，不好。又挥挥手，说，走吧。

万铎正想把老万送回家，老万却说要去公司看看，万铎有点儿急了，说，现在公司连个工人都没有，有什么好看的。

老万斩钉截铁地说，没工人我就看机器。

万铎顿了顿，说，机器也没了。

老万盯着他不相信似的。

没钱发工资，让工人搬走了。万铎小声说。

那我就看厂房！老万火了一样，嗓子就亮了上去。

万铎把方向盘一打，在马路边停了，说，爸，您这是怎么了？就几间破厂房有什么好看的？！

我愿意看！

我不让看！

老万倔劲一上来，就来拧车钥匙发动车子，在老家那会儿老万是最早一批拖拉机手，在老万印象里，拖拉机和汽车一样，都是汽车，只要会开拖拉机就会开车，跟万铎说几次了，等哪天有空了，找个空旷地方，让他试试手，万铎一直没敢。

万铎一把捂在老万手上，说，爸，您这是干吗呢？没见满大街都是车吗？

老万就一句话，必须去公司看看，否则，这家他还就不回了，不是不回乡下的家，是不回万铎的家。

爷俩就这么在街上僵着，把本就不宽敞的江苏路给堵了，好不容易绕过万铎车子的车，错过他车窗时，都不忘冲他瞪一眼。万铎知道，再僵持十分钟警察就该来了，只好投降。

## 12

站在空荡荡的、灯管上结了长长的蜘蛛网的车间，老万只是踢了踢地上的一只破纸箱子，什么也没说，就转身走了。

万铎问他去不去办公室坐会儿，老万没说话，披着一脊梁的阳光，走在秋天的大街上，他粗糙的右手举到齐耳的高度，笨拙地张开着，像一把苍老的树根，微微地摆了一下，意思是不要了。

万铎锁上车间门，追出来，载着老万满街地晃荡。

大概晃荡了一个多小时后，老万才问，你天天来上班？

万铎嗯了一声。

天天守着这么一个空荡荡的烂摊子？

万铎还是嗯了一声。

这烂摊子有什么好守的？守着难受啊？说完，老万脸上，就跟洪水开了闸一样，他疼儿子，怎么能不疼呢，想到儿子每天守着一个破败的公司，心得荒凉得跟冬天的旷野似的他就难受，他哽咽着说，等过两天，等你小姑做完手术，我就和你妈回老家。

爸……万铎不知道该说些什么才能安慰父亲那颗滴血的心，虽说谁都知道，生意场上没常胜将军，可一旦失败轮到自己头上，还是接受不了，尤其是像他这么惨烈的失败，想到这些，万铎说，我公司的事，您别告诉我妈。

老万在嗓子里啊了一声，算是答应了，说，就这么让他们白坑了？

万铎说遇到这种情况的不只他一个，区政府已在着手办这事了，组织大家去韩国维权。

有指望么？老万的眼里泛起了一层薄薄的亮光。

有的，政府出面。其实万铎心里没底，但他愿意给老万点儿希望。

就是嘛，外国的怎么了？有理走遍天下，无理寸步难行！虽然在城里住了快三年了，可老万到底还是乡下人，骨子里还是很淳朴的，心思简单，很认真地以为，这天底下的事情，黑就是黑，白就是白，没什么值得怀疑的。

爷俩开着车在马路上晃荡。

老万叹气说，我和你妈不是非要赖在你家，你妈这人好咋呼，爱掐尖，有你们兄弟俩给垫着底，在村里没少得罪人，整天炫耀俩儿子抢着要接我们进城享福，借着和你叔打官司治气这茬进了城……结果呢？我和你妈攒了一辈子的家底帮万飞买了房，还是让万飞媳妇给撵出来了，回老家脸没地儿放，来青岛三年了，既然是出来养老享福的，哪儿有年纪越大越往家送的道理？我就怕人家说，抖擞了一圈，还是让儿子给撵回来了，咳，人要脸树要皮……脸往哪儿搁啊……

万铎不知说什么才好，只好假装专注地开车。

老万歪头看着他，说，和你说实话，你妈真是羊角风。

万铎大吃一惊，说，爸！您不说是神经官能症吗？

糊弄他们的！想笑话我？没门！老万脸上浮起一丝狡猾的笑意，很快就消失了，说，你发现没？

啥？万铎歪头。

自打到你家，你妈就没大犯病。

万铎嗯了一声。

大夫说了，这毛病不能生气，在你家没人招惹她，日子过得舒心，她就不犯病了……单是因为这我也不愿回老家，你妈跟我大半辈子没享啥福。老万眼里滑过一层水花。

万铎这才明白，老万其实也不是个就知道喝酒的坏脾气男人，也知道心疼自己的女人。万铎哽咽了一下，说，爸，等情况好点儿了，我就把您和我妈接回来。

转来转去，就转到中午了，爷俩找了家小酒馆坐了，给老万要了瓶小二，老万拿起酒瓶端详了一下，把酒还给了老板，说，中午喝不下，要两盘饺子就成了。

万铎有点儿吃惊，说，真不喝？

老万摇头，说没心思。闷着头等饺子的时候，又突然问，让我和你妈回老家，就是怕她知道你工厂的事？

万铎想了想，点着头嗯了一声。

老万有点儿羞涩地小声哼哼，其实我慢慢和她说，她受得住。

万铎的脑袋就轰的响了一下，说，爸……

老万有点儿结巴地说，万铎，爸不是要赖你家……你妈也这把年纪了，我想让她过得舒心点儿。

饺子上来了，两盘，热腾腾地横在万铎和老万之间，袅袅的蒸汽，像一道雾帘一样模糊着父子在彼此眼里的神态。

万铎抿了抿嘴唇，知道不说实话不行了，就哽咽着叫了声爸，然后，才说房子很快就要拍卖了，他是怕父母受不了这打击才让他们回家的。

老万木雕一样坐在那儿，半天没动。

后来，万铎把两盘饺子都打了包，扶着老万上车的时候，突然觉得父亲一下子苍老了，背塌了，腿弯了，轻飘飘的也没什么力气。

万铎给父亲系上安全带，说，爸，我本不想告诉你，最近李玫一趟趟回娘家，也是为了借钱补窟窿。

老万的眼睛亮了一下又飞快暗淡了，因为万铎说借到的钱是杯水车薪又还回去了。

然后他们回了家，在小区的地下车库里，爷俩呆坐了半天，最后老万挣扎着坐直了，拍拍万铎的手，说，天无绝人之路。

万铎笑了一下。

老万又说房子要拍卖的事，不能告诉老袁，让万铎放心，这一路，他也想明白了，什么面子不面子的，还不就是想活在别人嘴里嘛，既然别人的嘴里含着自家的面子，那他就自己个儿先把面子给吐出来，回村！一进村口他就要吆喝，在乡下过惯了，不习惯城里的日子，这不，好一顿吵闹万铎两口子才放他们回来。

万铎点头，让老万放心，就算房子被拍卖了，也比刚毕业留城那阵强，至少他还有辆车呢，拍卖了房子，除了还借贷公司的欠款，估计还能剩个十万二十万的，足够支撑他东山再起。

老万使劲儿点头，表示信他，爷俩等电梯的时候，老万突然看着万铎欲言又止地张了张嘴，说，万铎……

万铎嗯了一声，看着他。

你这辆车值多少钱？

这辆桑塔纳虽然车龄不高，但买的时候就是辆二手车，买到手又开了小两年了，万铎大抵盘算一下说大概也就五六万吧。

老万默默地点了点头，自言自语似的说，不知道卖了车给你小姑交手术费还来不来得及。

其实，老万张口问这辆车的价钱时，万铎就想到了，只是没吭声，他愿意把这个表达权首先给父亲，让他有机会叙述作为一个哥哥，对亲妹妹的关爱，遂笑笑说，好歹也是辆车，恐怕不是说卖就能卖得了的，不过，可以去典当行抵押借款，跟他抵押房子一样，抵押三个月，等三个月后，估计房子也拍卖完了，余下的款项该给他的也给了，正好可以拿来赎车。

老万没想到万铎会这么痛快，忍不住眼睛又酸了，说，到底是血亲。又担心季玫会不会不愿意。万铎说不会，他和季玫从来没因为钱的事吵过嘴，尽管如此，作为夫妻，还是要相互尊重的，等今晚把事情和她说说，明天再去典当行抵押借款，反正小姑的病拖也拖了有点时间了，就不差这一天了。

爷俩这么商量定了，才上了电梯，在电梯里，老万又追了一句，借钱给你小姑的事，别让你妈知道。

万铎点头。

老万有些不好意思，定定地看着万铎，叹了口气，想笑，却笑不出来，只是咧了咧嘴，说，别怪爸。

万铎说，我怪您干吗。

你都这么难了，我还让你典车借给你小姑钱。

您不说我也会的。

老万也凝重地点点头，说，这点儿，你比万飞仗义，你小姑再不对，也是自己家的血亲，但凡有点儿办法就不能见死不救。

万铎说是啊，如果他不知道也就算了，可既然知道了，他就不能见死不救，否则，这辈子都睡不踏实。

## 13

那天晚饭吃得很沉闷，关于万铎公司的事，老万只字没提，只是让老袁把他的毛巾从包里翻出来，说他们都这把年纪了，就不大包小包地自己回了，还是等周末万飞来接他们吧。见老袁一脸不屑地看着自己，又自嘲了一句，等到周末，说不准万铎小姑的手术也就做完了。

老袁脸色一震，扭头看万铎，说，你借给她钱了？！

万铎说，没有。

老万把烟蒂死死按在烟灰缸里，说，全世界就咱万铎有钱啊？比万铎有钱的人多了去了，少他妈的人家一求你你就把自己当盘菜供着！

有回老家这档子事在胸口上横着，老袁心里已够不痛快的了，又让老万骂了一顿，一口气就抽了过去。

看着老袁直挺挺地横在沙发上，万铎恼火地喊了一声，爸，您都知道我妈这毛病，您呛她干吗！说着，手脚麻利地托起老袁的头，使劲儿掐人中。

老袁嗓子咯愣愣地响了几声，睁开了眼，万铎刚松了口气，可老万见老袁这么快就睁开眼了，以为老袁刚才是故意闹妖吓唬他，登时就火冒三丈地开了骂，骂得老袁嘴唇乌青直哆嗦着说不出一句话，现在万铎是真火了，说，爸，您干吗呢？我妈醒过来了不是好事？

老万依然破口大骂说，你妈给我玩这一手玩了都他妈好几十年了，没理了不认输她就放躺！一年不躺个七回八回她就不叫一年！

万铎不得不承认，老万说的是实情，可老袁有羊角风也是实情，遂两手打拱做讨饶状，说，爸，求您了……

老万这才像咽唾沫一样把到了嘴边的脏话咽下去。

让老袁折腾了一晚上，万铎上床的时候已是十点半了，和季玫说了白天的事，但打算去典当行抵押车的事没提，想看看季玫反应再说。

季玫依着床头坐着，脸冲着对面的墙，目光从眼梢里飘过来，落在他脸上，说，你有打算了吧？

万铎一阵惭愧，嗯了一声。

季玫说，咱家还能变成钱的，就剩车了。

万铎说是。

季玫扭头，看着他不说话。

万铎低了头，小声说，估计这车能抵押几万块钱，毕竟是我亲姑，总不能袖手旁观。和连命都快没了的小姑比起来，他还在意拥不拥有一辆车，显得很荒诞。

季玫当然也明白，这事她不想拦着万铎，也拦不住，在这世界上，钱办不到的事，有两桩，一是买不到感情，二是买不到命，大多时候，钱是满足欲望的纸片片，让人拥有更多。可是，拥有又意味着什么？被拥有、奴隶是相互的，从来不是单向的，就譬如一年前，她和万铎有了不用还贷款的房子和车子，她只是有了一点儿物质上的安全感，幸福指数也并没因此而增加许多。从今年知道韩国企业逃跑的那一刻起，他们就在不停地失去失去，先是要失去房子，现在又将因为小姑的病失去车子，是啊，她的心，是难受了一下，像被人在心尖上揪了一把那么难过，可想开之后，她也没觉得有啥，她还是以前的她，万铎也还是以前的万铎，嘉儿更是以前的嘉儿，还有更多混得不如他们的，不也照样活得朝气蓬勃的？

再往深里想一点儿，拥有太多其实就是惩罚太多，因为现在的拥有就是为了以后的失去，你拥有的越多，就要承受越多失去的痛，就算不是因为生意失败失去，将来也会因为生老病死失去，不过是来得早晚而已。

这些日子，她一直在温习一门叫接受失败的功课，钱没了不等于失败，没了一颗积极向上的心，才是最彻底的失败。希望或理想，她觉得自己内心不缺，万铎内心也不缺。钱买不到感情是永恒的问题，可在某些时候，钱还真能买到命，譬如现在，只要万铎放弃对一辆车的拥有，就可以给万春燕续上命，或许不长，三年五年或者七年，可只要是命，它就有价值，就是宝贵的，这么花出去的钱，是最值钱的，所以，她攥了攥万铎的手，说没问题，因为人的自私，钱替人背负了太多骂名，全当是给钱一个伟大的机会了。

万铎给感动得都不知说什么好了，把她使劲往怀里揽了揽，紧紧地搂在怀里，喃喃说，对不起，亲爱的，用不了多久我就又变成一无所有的穷小子了，又要让你跟我受二茬苦了。

想开了的季玫不想把气氛搞那么沉郁，就笑着说，吃二茬儿苦我不怕，就怕你要当二茬儿新郎。

万铎笑着说不敢不敢，然后低头来吻她，唇刚挨上她额头，手机就响了，季玫推了他一下，说，接电话。

万铎不想接，含混不清地嘟哝着这么晚了，继续吻她，手机响到自动挂机了又响了，一连这样响了四五遍，大有万铎不接它就一直响下去的架势，万铎没辙，只好松开季玫去接电话。

是小金的，问万铎见没见着老金。

万铎说没有啊，这么说的时候还有点儿惭愧，因为没钱，上午去医院没好意思露面。小金带着哭腔说，自从上午老金从院子里回了病房，就一直在挨她妈的骂，骂他窝囊废，没出息，早知道嫁给他要过这种穷得连命都保不住的日子，她宁肯一辈子老死娘家也不便宜了他这穷皮……老金让她骂得坐不敢坐，站也不敢站，出去了，小金还以为他不死心，又找万铎借钱去了呢……可这都快半夜了，还没见人回来，急了，人生地不熟的，怕他走失了或出什么事。

万铎问老金在青岛有没有其他认识人。小金说没有。万铎就觉得有点儿不大对劲，边起身穿衣服边安慰小金，他这就出门，在医院周围找找看，又让她告诉小姑，手术押金的事也别愁，明天他来想办法，挂了电话，跟季玫说了一下就出门了。

## 14

一直到第二天早晨，万铎才找到老金。

准确地说，老金不是被万铎找到的，是上山晨练的老人发现的。老金在一棵树下吊死了，在医院旁边的山头公园，瘦瘦的、窝囊了一辈子的老金，像一条风干的腊肉，挂在秋天的树林里，旁边的一块石头上，有一只空了的廉价白酒瓶子，还有一大堆烟蒂和两个空了的烟盒，也就是说，从病房出来的老金，在山上喝光了一瓶廉价白酒，抽光了两包廉价香烟，最后决定把自己挂在树上，因为他再也不想为这个世界操心了，他再也不想听老婆的咒骂了，他再也不想出去借钱了……

那些发现老金的人，久久不愿散去，都啧啧说，老金是个有责任感的好人，因为那些烟蒂，都是抽完了再放在石头上按得死死的，所以，石头的一侧留下了巴掌大小的一片青色烟灰，石头下面，还特意用手扒拉出了一个坑，烟蒂像一群听话而狰狞的小怪兽，乖顺地躺在坑里。

老金是个农民，在山上和树打了一辈子交道。

老金这是怕烟头引起山火，所以……

## 15

老金自杀了，万春燕的手术还要做，所以，万铎给万飞打了个电话，告诉他别来接父母了，万飞问为什么的时候，万铎能听得到潜藏在他心里的欢呼，遂说不为什么，他忙得很，以后再说，挂了电话。

怎么办呢？在太平间冰棺前，万铎问老万，他只能问老万，因为小金哭得像个傻子，什么主意都拿不出来。

火化了把骨灰盒抱回去行了。老万黑着脸，看看除了哭就知道哭的小金，说，别告诉你妈，就说你爸让她骂恼了，一气之下回老家了，等她做完了手术，恢复差不多了再说。

也只能这么着了，虽然万春燕整天骂老金窝囊没出息，可那些骂，已不在骂的本身，那是她对自己人生的失声痛哭，而倔强的要好的、老实得很窝囊的老金，却再也没有足够的坚强倾听她的痛哭了。

因为老金的自杀，老袁彻底原谅了万春燕，甚至还在手术后，每天去医院给她送汤，边喂她喝边没好气地说，当年把万铎撵出来的时候，没想到今天吧？

万春燕耷拉着的眼皮里有一汪羞愧，不肯给别人看见，所以她总是低着头，很少说话，有时候，听见走廊里有人声，她会一愣，原本浑浊的眼睛又亮又圆，直到脚步声越过了病房门口，渐去渐远，她灼灼闪亮的眸子才缓缓地灰了回来，埋着头，继续吃老袁送来的东西，或者不吃，低着头，看被子上的那几个字，某医院某病房某床。就这么几个字，在她，却像一部永远看不完的天书。

剩下的难听话，老袁就咽了回去，知道她以为是老金回来了呢，可是，除了她，所有人都知道老金再也回不来了。

有时候她会继续咒骂老金，说等她回家，看她不把老金的皮给扒喽。

老袁就说，扒他皮干什么？还犯法，等你出院，不和他过了，跟着我和你哥。

截了肢的万春燕生活不能自理了，也没地儿去了，老金没了，小金的老公在万春燕手术后第二天来了，隔着玻璃看了一眼无菌病房里的万春燕就要接小金回家，说她一个怀孕六个月的孕妇，总待在医院不好，尤其是对她肚子里的孩子没好处。

老万看出来了，这小子是怕岳母沾上他们，可这时候，老万不能和他客气，因为小金是万春燕唯一的孩子，所以，老万问，你妈怎么办？

小金老公装痴卖傻，说，我妈在家啊。

老万抬了一下嗓子，指着无菌病房里的万春燕，说，我说的是你这个妈！

小金老公说他是女婿，不是儿子，这事问不着他。

老万看着小金，小金有点儿怯怯地，看看老公又看看老万，说，要不我把我妈接过去。

小金老公当即就在医院走廊里跳了高，说，凭什么？我的家，你说接就接？

老万说，你还有没有良心？没你丈母娘能有你老婆？我妹妹没儿子，就这么一个女儿，你们不管谁管？

小金老公说要这么说，他退货，老婆也不要了。说着就气势汹汹地往外走，边走边骂骂咧咧地说全当当初花钱给自己娶了个临时老婆！还没走到门口，被老万拽回来扇了一巴掌，他指着哭得腰都直不起来的小金，说，小金肚子里怀着你的孩子呢，你他妈说的这是人话吗？

小金老公嗤之以鼻地说别拿小金怀孕当宝来押，他不吃这一套，人家说糖尿病这玩意遗传，他巴不得小金现在就堕胎和他离婚，他好娶个没遗传病的姑娘生个有保险的孩子。

这些无情话，太杀心了，小金嗷地嚎哭了一嗓子，扒着窗户就要跳楼，被老袁和万铎眼疾手快地拉住了，看看绝望得泪水横流的外甥女，所有的愤怒，就变成了一个坚硬的拳头，再噎人老万也得咽下去。他是当舅的，总不能把外甥的婚姻拆了，他摆了摆手，示意小金老公把小金领走，他觉得自己连摆手的力气都没了，说，走吧，回去好好过日子，你妈的事，甭操心，有我呢。

夜里，他和老袁说，让春燕跟着咱回老家，也好，就没人说三道四了，我是她亲哥我不能看着她没了男人截了肢扔在外面不管，我也不能带着截了肢的妹妹住在儿子家，老了老了，不能越老越糊涂是吧？

老袁就踹他一脚，说妈了个X的，里里外外的理都让你这张破嘴说尽了。

老万嘿嘿地笑，知道老袁这一脚踹过来就算是答应了，想着以后的日子，老万就觉得，自己好吃好喝了一辈子，临了，还像个人样，这么想着，兀然地心就踏实了，好像回到了小婴孩的时候，躺在母亲怀里一样的心下踏实而温润。

第二天，去医院的路上，他和万铎说，按说事儿这么多，他应该焦躁得不行才对，可为啥他就觉得这么踏实呢？

万铎说我也是，事业，钱，这些他看重的东西，纷纷没了，可他也觉得肚子里的心，安详得像在夕照下反刍的老牛。

夜里，万铎把这些话和季玫说了，然后问季玫，你说这是为什么呢？

季玫想了想，说，心安即故乡，眼下你和爸做的，都是让心灵安宁的事，所以……

万铎觉得是这么回事，自从他答应抵押车子借款给小姑交手术押金，他的心就安详得像是走在了通往老家的那条小路上。

## 16

临出院的前一天晚上，老万把老金上吊的事跟万春燕说了。

万春燕低着头，半天没说话，眼前的被子淋湿了一大坨，说她早就猜到了，因为老金临出门前，把身上的钱和存折，都塞饭盒里了。他从来没这样过，别看老金木讷，可老金心软善良，所以她才欺负了他一辈子，要是他还活着，不会把她一个人扔医院里这么长时间……可猜归猜，她不愿意相信这是真的，所以她不问。她宁肯老金真是让她骂恼了骂跑了，他和她这病秧子累赘是真过够了，过够了就过够了吧，离婚也行，他跑了也中，就是别寻短见啊，一辈子不长不短的，一天福都没捞着享……

万春燕说这些的时候，很平静，一点儿也不像过去的那个乡下泼妇了。

万铎知道，泼惯了的人突然不泼了，就是心里的那口气死了，就和老万说，当心照看着点儿小姑，她别跟姑父似的想不开……

果然，当晚，老万就被哧哧的撕床单声弄醒了，他睁开眼，月光幽幽里就见万春燕正一点儿一点儿地撕床单，撕好了，扭成辫子，拴在床头栏杆上，把脑袋套进去就往床下滚，被老万一把接住了，然后一顿臭骂，说，你妈了个X的你要干什么？打小你就不是盏省油的灯，老了老了你还跟我闹妖，你知不知道？为了锯你那两条烂腿，万铎把车都典当了！你急着死干什么？找老金啊？我告诉你啊，老金不稀罕你，他要稀罕就不会撇下你一个人跑了，万铎前脚给你花完钱你后脚就要死，别的不说，你对得起万铎那辆车吗？！

老万把万春燕骂了个狗血喷头，她哭得上气不接下气，也就顾不上去死了。

第二天一早，万铎把小姑接回了家。过了两天，连同父母一起，送回了老家，进村的时候，老袁想象的场面没出现。

她想象的是什么场面呢？

就是她和老万进村的时候，所有见着他们的人，都会拿奚落的眼神看着他们，还很有可能说两句风凉话，往他们这两颗苍老得有了裂痕的心上撒把盐。

可是没有。

所有看见他们的人，都笑得像夏天中午的向日葵，爽朗温暖，甚至还有人跑过来拉着她的手说，老袁啊，你可回来了。

老袁的眼泪就唰地滚了下来。

老万见着人就敞亮着嗓子跟人打招呼，指着气色已经好多了的万春燕说老金没了，他这当哥的，得把照顾妹子的担子挑起来，拖家带口地住城里，太麻烦了，他得体谅孩子，年轻人在城里讨生活也不容易，所以不管儿子媳妇怎么留，他是铁了心非回来不可。

没人不信，现如今的儿子，结了婚，能容下自己爹娘的都不多了，何况又添了个瘫子姑姑。大家非但没怀疑老万是被儿子撵回来的，甚至还竖起了大拇指，老万活了大半辈子，从来没被乡亲们这么崇拜过，他挺骄傲的。

# 野鹊

## 1

在我的老家，喜鹊的名声不是特别好，也不叫喜鹊，被乡亲们叫作野鹊。

一个野字，就暴露了它在乡亲们心目中的形象：野蛮、粗劣等等。因为野鹊不仅吃虫子，还会啄食树上的果子，尤其是秋天，头天看，还一树一树的柿子跟橘红色的小灯笼似的，第二天就东一窟窿西一张皮，招人心疼得火起，这就是野鹊干的损事，不仅如此，野鹊还会趁人不注意飞到家里，偷家燕的蛋和刚孵化出来的小燕子。一到秋天，漫山遍野的谷子熟了，它就漫山遍野地糟蹋。总之，在乡邻眼里，野鹊就是个粗野而矫健的贼，这世上就没它糟蹋不了的东西。

野鹊的外号就是这么来的。

这个外号响亮得，让我至今不知道野鹊的真名到底叫什么，就知道他姓隋。

村里人都说，野鹊这辈子最荣光的事，就是出生在1949年的10月1号。野鹊出生之前，他的酒鬼爹和好吃懒做的娘一直借住在财主家场院的谷仓里，野鹊出生没多久就开始打土豪分田产，三间谷仓自然而然地就落到了野鹊爹的名下，为此，喜鹊爹很得意，特意跑到地主跟前啐了一口唾沫，说为了借这三间破谷仓，年年瞧你的臭脸子，怎么着？瞧来瞧去瞧成老子的了！

财主就忍气吞声地说往年也不是不愿借你，一到收庄稼的时候，谷仓里光粮食都堆不下，哪儿还有地方住人？

你他妈就看见粮食多得没地搁了，要不是老子在谷仓住着，就你家那点儿粮食，够周围的饿殍们偷的？野鹊爹一口一口地往地上啐着唾沫。

财主就作揖打拱地说，可不，多亏了您，要不然我家枉有二百多亩良田。

野鹊爹这才觉得窝在心底里的那口气，被人捋直了，放出来。

## 2

野鹊出生的第二年，全国上下掀起了向新中国生日献礼热，不知谁把野鹊的生日提了出来，说这孩子专挑新中国成立的日子出生，就是对祖国最诚挚的献礼。那会儿都还穷巴巴的大伙儿觉得是这理儿，就报到了镇上，镇上几个读书人又文绉绉地讨论了一顿，说野鹊的出生，不是简单的出生这么简单，是用崭新的生命向新中国献礼呢，还给写成了文章报到了县里。三传两传的，县广播站还派一男一女俩记者来采访过野鹊的父母，在场院金灿灿的麦秸草垛前给他们拍了几张一家三口的合影，过几天，合影用信封邮了过来。很长一段时间，它们由照片变成了揣在野鹊爹腰里的金牌。

没错，是金牌。村里人都这么说。

只要家里没粮食了，野鹊爹就去村委，把用塑料袋装着的照片掏出来，往桌上一拍，说老子生了个给新中国献礼的儿子，你们居然要饿死他老子？

偷了邻居家的瓜果或宰了人家的鸡鸭，被人家找到门上，野鹊爹还是把照片掏出来，摆划一顿，说，老子都生儿子给新中国献礼了，才吃你只鸡，啖你只鸭你有啥好叫唤的？活像新中国是他儿子打下来的。

村里人知道他赖皮，懒得和他磨嘴气日头，遂也就自认倒霉做了罢。一来二去的，野鹊爹就越发觉得自己了得，越发飞扬跋扈了。

野鹊一两岁的时候，野鹊爹忙得很，像现如今忙大事业的人，三天两头不着家，因为新中国刚成立，全国各地闹土改，狠人吃香得很。周遭村子但凡闹土改的，都会大鱼大肉地把野鹊爹喊了去。因为他狠，下得去手。

据说，我家乡的河滩上的游魂，相当一部分是野鹊爹制造的。遇上冥顽不化、宁死也抱着地契不撒手的地主，就在河滩上挖一坑，把地主拖去跪在坑前，野鹊爹一流们一锄头下去，地主的头就开了瓢，一脑袋栽进坑里，不管断没断气，都乱铲齐下地埋了。有血淋淋的人命摆在那儿，土改的阻力就小多了。那阵子，野鹊爹走路，都是大晃着膀子的，嘴里还经常咬着一根香烟，多数是去外村帮土改的时候村干部送的，他也不点，就那么咬着，从村子的东头晃到西头，又从西头晃到南头，再从南头晃到北头。有人说，从头到尾野鹊爹就那么一支烟卷，今天嘚瑟完了收起来，明天继续嘚瑟，不信？就瞧那支烟卷行了，一层层的口水渍都花花搭搭地淹没大半支烟了就是证据。

猜测归猜测，但没人问到野鹊爹眼前，不想讨骂是其一；其二，这点儿怀疑，就跟粪头上的苍蝇似的，就算手里有苍蝇拍，也没人愿意去打，不够恶心的。

因为野鹊爹一天到晚地晃着膀子不务正业，本家的长辈看不下去，就把他喊跟前敲打敲打，说，好歹你也是当爹的人了，得知道点儿上进，给儿子挣点儿家底，等日后老了，在儿子手里也好为人。

野鹊爹就愤愤地，好像给人辱没了似的，就差破口大骂了，迎头上脸地就和本家长辈呛上了，说，你哪只眼看我不知上进了？没见我忙得不着家？

长辈就忍了气，说，你那也叫忙？

不叫忙叫啥？叫日弄先人？说完，在长辈的目瞪口呆里，他又补了一句，别拿有儿子了压我，我他妈这是给我儿子挣前程呢！

长辈就不说话了，无力地摆手让他走了。到了街上，野鹊爹还愤愤地，就差跳起脚来骂了。有嘴勤快得发贱的乡邻就逗他，说，说你是为你好，你果真也是有儿子的人了嘛，不攒下点儿家底，将来拿啥给儿子娶媳妇？

好他妈个大头鸟！野鹊爹愤愤地梗一会儿脖子，瞪一会儿眼珠子才大手一挥，说，老话儿说了，儿孙自有儿孙福，不为儿孙做马牛！

打那以后，谁要劝他该好好照料一下分到手的那几亩田了，他就会说儿孙自有儿孙福，不为儿孙做马牛。

好像他干活不是为自己，而是在为儿子做贡献似的。

等四五岁的野鹊能满街跑的时候，野鹊爹就带着他绕世界乱跑。当然，带孩子是件操心的事，哪怕是自家儿子野鹊爹也不情愿带，除非有他愿意带得出去的理由，比如路过谁家菜园子时见黄瓜大了西红柿熟了，就让野鹊进去揪两把、兜出来。或者路过谁家门口，听母鸡在咯咯哒地报下蛋的功，就照野鹊的光脑袋上拍一把，小野鹊就心领神会地猫着腰进院钻鸡窝把还热乎乎的鸡蛋掏了。这样的行径多了，被逮着手腕也是难免的，可野鹊只是个孩子，人大多懒得和个孩子计较，遇上较真的，和野鹊爹计较，野鹊爹就会一副无辜嘴脸，一把抓过野鹊，二话不说扬手就打，打得小野鹊鬼哭狼嚎的，倒是把来较真的人吓毁了，生怕打出人命让自家内疚一辈子，只好上来拉，野鹊爹这才借坡下驴地悻悻然住了手。

事后，人说，别看野鹊爹把野鹊打得鬼哭狼嚎的，其实都是爷俩预先设计好的双簧，遇上人来找，野鹊爹就表演手高高举起、轻轻落下，小野鹊负责表演被打得满地打滚鬼哭狼嚎。

挨完打的野鹊，莫说毫发无损，身上连块青都找不到。

这就是真相了。

那些原本指望着野鹊爹等成家立业有了儿子就能走正路的本家，也死了心。

野鹊一家，大家就愈发敬而远之了，可野鹊一家不这么认为。野鹊爹娘理所当然地认为，这是因为野鹊爹混得牛了，让村子里的人当了不起的人物给敬畏起来了，要不然，怎么能人远远见着了，步子快得都踉跄起来了？

只是，这种良好的感觉野鹊爹也没享多久，因为有天他去东围子混迹时，突然变了天，下雨了。几个原本围着听他吹牛取乐的人，纷纷往家跑，却没一个招呼他进家避避雨的，他有点儿生气，冲那些飞快地咣当着关上的门骂了半天大街，才顺着墙根往家走，结果呢，就给活埋在东围子的黄土墙下了。

1949年以前，我们村的大户人家都住在东围子里，为了防土匪啥的，大户们凑钱夯起了一道两米多高的黄土墙，围起了方圆有一平方公里多的地方，在南北两个方向各留了门口。可随着地主们被打倒，黄土墙已三四年没人加固了，雨一大，就给泡酥了。野鹊爹顺着墙根往家走，本是为了避雨，没承想黄土墙塌了，把他给埋底下了。

野鹊爹是被活埋了第四天才被发现的。

倒不是多难找，而是野鹊娘习惯了他三天两头不在家，以为他又晃悠到邻村去了，到第四天上，隐隐觉得不对劲，才四处张罗着找。大伙儿这才知道，那天的野鹊爹没回得了家。沿着从东围子往他家走的路顺了一遍，就找到了。

据说野鹊爹被从黄土下刨出来时，满嘴满鼻子都是黄土，可见，他是被埋了一会儿才闷死的。

说真的，虽然也有几个本家去给野鹊爹送葬，但真正为他伤心的，怕也就是野鹊娘一个。野鹊爹死了，再也没人往家给她偷瓜果李子桃吃了，自己不养鸡也有香喷喷的炒鸡蛋吃的日子也一去不复返了。

那一年，野鹊才六岁。

## 3

爹死了，六岁的野鹊一点儿也不伤心，只觉得给爹送葬用的白面小馒头又白又暄，真好吃，为了和娘抢小馒头，他差点儿把自己撑死。他打小就知道，家里有好吃的东西，只要吃慢了，就全进娘肚子了。

所以，野鹊打小就和他娘不亲，觉得爹虽然也好不到哪儿去，可至少不跟他抢吃的。

虽然野鹊爹死了，可是，在有一个歪娘的野鹊那儿，师傅的责任已经尽到了。随着野鹊一天天长大，和他爹比起来，野鹊就有了青出于蓝而胜于蓝的迹象，把乡亲们祸害得不轻，却又拿他没办法，因为他不犯大事，最多也就是趁人看不见，摸只羊羔偷只鸡吃的，最坏的一次也不过是去张老三家的菜园子里偷西瓜。偷吃完了，又把一只没熟的西瓜切了三角，把里面的瓤掏出好些，然后往里拉了泡屎，又把切下来的三角堵上，张老三也没发现，没几天，那片切下来的三角皮又长回了西瓜身上。等西瓜熟了，正好张老三亲家病了，就摘了带去看亲家，老哥俩吃了饭，聊得兴起，就拖过西瓜来，打算切了吃。野鹊的那泡屎在西瓜里闷了十天左右了，大热的天，早就发酵了，不切尚还好，一切，就听砰的一声，炸得满屋屎末子，张老三目瞪口呆。张老三的亲家破口大骂，亲戚间走动，本是情谊，可因为野鹊一泡屎张老三和亲家走成了仇口，给气得啊，一溜烟地往家奔，到了村里，家也不回，从街上随手拣了根棍子，提着就往野鹊家去。

连想都不用想，能把事儿干得缺德到这份上，除了野鹊，没旁人。

那天野鹊刚从外村偷了只鸡，正在灶膛前忙活，他娘拿着几把柴火在灶屋那儿进进出出，其实呢，是盯着野鹊，怕他烧熟了鸡自己个儿吃了不给她留。十几岁的野鹊，因为四处打野食而没亏着嘴，个子蹿挺高的，比村会计的儿子还高半个头。村会计的儿子身高有一米八呢，照这么说，野鹊的身高足有一米九。这也是村里人拿他没办法的原因之一。野鹊整天漫山遍野地跑，晒得跟非洲人似的，又高又壮，往谁眼前一站，都跟矗了一座黑铁塔似的。如果不是家里弟兄多，也个个都是打仗的好家伙，还真没人敢惹他。

可见，已年过半百的张老三，从街上顺根棍就往野鹊家门上打，足见真是让他给气昏头了。

正忙活着烧鸡的野鹊听家门扑通一声被人给踹开了，只抬头瞄了一眼就继续往灶底下添火，也没往心里去，因为从来没人敢打他。以往小偷小摸的时候也让人逮着过手腕子，也有人气极了伙了一帮人要往死里揍他一顿，可他不怕，他有免打金牌呢。从爹那儿继承下来的，他会从口袋里摸出已经揉皱得不像样的一张照片，说，想打老子？也不睁眼看看，老子是谁？老子是新中国的献礼，你们敢打老子就是打新中国，有本事你们今天把我打死，要打不死我就去政府告下你们这帮龟孙子！

那是什么年代？拿报纸叠纸牌打都会被抓去坐牢的年代，因为报纸上天天有社会主义大好消息，叠成纸牌就要打的，被打翻了的那个就是输了，半大小子们总是一边打一边兴奋地喊翻了翻了？吗意思？这不是要翻社会主义的天吗？遇上心眼阴窄点儿的，一告一个准，够年龄的抓去劳改，不劳改的也得游街挨批斗。

打野鹊就是打了新中国的献礼呢，这罪名能轻了？

想想都吓得慌，不管野鹊多祸害人，也没人敢收拾他，连收拾都不敢收拾，就莫说往监狱里送了，把新中国的献礼给关牢房了，这罪名，谁也担不起。

可这一天的张老三真让他气爆了，也就顾不上那么多了，黑着一张铁板脸进门，话也不说，抡起棍子就打。

野鹊其一正专注地忙活灶膛里的烧鸡，其二是压根就不怕，因为长这么大，还从来没人敢打他呢，只觉得一条黑影迅速从院里逼过来，又听抡起的棍子把风搅得呼呼响着奔他而来，才有了点儿怕觉，可已经晚了，结结实实的一棍子就落到了背上，打起了一片剜肉燎皮的疼。

野鹊噢的一声，一个高就蹦了起来，他个子太高，家里房子又旧又矮，一脑袋就给跳到门框上弹了回来。

打仗就这样，打输打赢往往不是因为谁个高力气大，打的是气势。野鹊冷不丁挨了一棍又让门框撞了一下，一下子就蒙了，张老三又在气头上，趁机一顿棍子抽，边抽边骂，把野鹊家的祖宗八代都从地底下挖出来拿最毒辣的话给裹了一遍。野鹊让他打蒙了，从家里跳到了院子里，被张老三追着满院子抽，野鹊一边跳一边气急败坏地指着张老三骂，王八！你王八你等着，你等着我游你的街！

野鹊娘张皇着一双手，站在门口，拉也不是，不拉也不是，只会扯着母鸡一样的嗓子喊，张老三，你反了你，你当你打的是谁？

张老三知道她又要说他打的是新中国的献礼人，就呸了一口唾沫，说，我他妈打的就是你这个王八蛋儿子！

随着对野鹊的暴打，张老三心里的怒气已经差不多打没了，听野鹊娘这么说，虽然他嘴上还在逞着强，但心里，已经悄悄地有点儿怕了，见野鹊黑黑的脊梁上跳起了一道道黑红色的大杠子，觉得也差不多了，就收了手，指着野鹊的鼻子说，下回你要还敢糟践我东西，我他妈的不把你打趴了我不姓张！

野鹊虽然被打惨了，可嘴还犟着呢，说，王八！老子还没趴下，有本事你再打！说的时候，把胸脯拍得梆梆响，脚却是往后跳着的。

张老三气哼哼地说，你甭给我嘴硬，这一回你爷我打够了，有种你还敢犯在我手上试试！

说完，就背着手走了，手里握着那根棍子。

野鹊气得直跳脚，撵到门口，说，我操你八辈祖宗张老三，你进门就打，到底是为啥？

他不这么问还好，这么一问，张老三的怒气，呼地一下，又蹿起来了，转身抡着棍子就又要打，打的就是你这号忘性大的缺德王八！

张老三再次抡着棍子要来揍他的时候，放了一个很响的屁，野鹊就想起来了，笑嘻嘻地说，那瓜吃得香吧？然后，飞快跑进院，关上了一脚就能踹碎的大门。

到门前了，但张老三没踹。得饶人处且饶人吧，已经揍他一顿了！这么想着，张老三的气就解了好多，回家了。

打那以后，张老三就成了英雄，因为他打了谁都不敢打的野鹊，也是打那以后，野鹊开始了漫漫的上告之路，在村子里，他也拥有了唯一一个老远看见了就绕道走的人。

原来，野鹊这祸害也有怕觉。

村里人这么想。

## 4

野鹊先去村委告，村委的人也晓得野鹊是个什么货色，当然懒得给他告赢了。就满天抹糨糊，说你们俩打架，村委也不能听一面之词，你去把张老三叫来。

野鹊当然叫不来张老三，叫不来张老三村委就以不能听一面之词为由，不管这事，野鹊就给气坏了，又告到乡里，而且连村干部一起告。说村干部偏袒阶级敌人，任凭阶级敌人打新中国的献礼人也不管。

乡领导让他弄得哭笑不得，劝又劝不回去，因为野鹊放狠话了，如果不给处理这件事，他就在乡政府驻地住下了，没得吃他当乞丐，他是新中国献礼人呢，政府都不怕丢人，他怕个啥呢？

乡领导被他磨得实在没辙了，就把村干部喊了来，问了个大概，又连哄带吓地让野鹊跟村干部回去了。

跟村干部回了村，野鹊越想越咽不下这口气，有心去找张老三算账，可让张老三结结实实地打了一顿，已经落下怕了，又不太敢去，最多是去张老三家门口徘几个徊，趁人没看见，往张老三家大门上吐几口唾沫了事，至于张老三家的菜园子，他再也没沾过边，哪怕里面有红彤彤的西红柿，有水嫩嫩的刺黄瓜，不知为什么，野鹊只要看一眼，都会觉得后背上暴起了一片痛，就悻悻然地转到别人家菜园子去了。

那段时间，野鹊的主要生活内容就是偷鸡摸狗，再就是去乡政府和县政府告村干部的状。因为这，我们村子在整个高密县都很有名。野鹊最喜欢去县政府告状，从我们村到县政府足足有十五公里，就算野鹊人高步子大，走到县政府基本也中午了，尤其是夏天和冬天，暑热冬寒，他长途跋涉地去了，县政府的人觉得但凡去告状的，都揣了一肚子的冤屈，本着人道主义，到了饭点儿也要给去告状的人俩包子吃。

可长途奔波换来的这俩包子，可让野鹊有的吹了，回村就说，他去县政府告状，不仅把张老三、村干部还有乡政府干部告下了，县里还请他吃了顿饭。

在野鹊那儿，只要村干部不管张老三打他的事，就是村干部和张老三穿一条裤子，不是好东西。去乡政府告状的时候，就要连村干部一起告上。要是乡政府也不管，那就是乡干部和村干部和张老三都不是好东西，去县里告的时候就要把他们一锅烩了。

一开始村里人信以为真，问野鹊县里请他吃的什么饭。

野鹊就冲天空翻着白眼，把平素里他最想吃却捞不着的好吃的都给说上了，什么海参、鲍鱼、葱烧蹄筋等等的，简直都可以开个满汉全席了。问的人就晓得他撒谎了，就说，野鹊你他妈的不吹牛能死啊？

野鹊也不翻脸，心情好的时候就说不吹没面子，心情不好的时候就恨恨地说，懂什么啊你们这些土包子。

野鹊娘当了真，缠着野鹊，等下回进县城告状的时候捎上她，野鹊知道他娘是让他吹的那些给馋着了，就说，没冤没屈的你去什么去？野鹊娘说，我咋没冤没屈？张老三把我生养给新中国献礼的儿打得满院子乱跳，我这不叫冤屈这叫啥？

野鹊就龇牙咧嘴地笑，但下回去县政府，还是不喊着他娘。野鹊娘生气，不给他做饭吃。饿了他几天，野鹊觉得娘生养了他一顿，光自己进城找包子吃不带娘，是有点儿说不过去。再去，就喊上他娘，可他娘脚小，走着走着就给野鹊落下半里路，在后面喊得破马张飞的。没辙，野鹊只好停下来等她，就这样走一会儿等一阵，等到县政府都下午三点多了，哪里还有包子吃？娘俩在县政府的走廊里蹲着，想来已经来了，不能就这么回了，好歹得吃顿晚上饭，野鹊还美滋滋和他娘说，县政府中午吃包子，说不准晚上是饺子呢。

可晚上县政府的人都下班回家吃饭了，食堂不开。

野鹊和他娘吃了一肚子空落落的气，拖着四条沉甸甸的腿往家走，一路走一路相互埋怨。要不是野鹊掰了几支刚挂浆的生玉米烧着吃了，娘俩怕是饿得连家都走不回了。

从那以后，野鹊娘再也不嚷着和野鹊一起进县城告状了。而野鹊的状，谁也不知道告到什么时候是个头。他告张老三打他，告村干部打算把他这新中国的献礼人给饿死，因为他家粮食不够吃的。当然，村干部说该出工的时候野鹊和他娘都不出工，不干活还吃着生产队里的平均粮，本身就是很寄生虫的行为，还想咋样？何况他们家粮食不够吃，不是生产队的原因，而是新粮食一分到家，野鹊娘就整天端着粮食去供销社换油条换点心吃。

油条、点心那是能随便吃的玩意儿吗？在乡下，那是重病号才有的待遇，那是只有走亲戚串门子才会提的礼物，当家常便饭，谁吃得起？你野鹊家啥活不干，别人干着活还粗茶淡饭呢，你家油条点心地敞开吃，吃不穷那才叫一个奇怪呢！村里人都这么说。

可野鹊和他娘不这么认为，觉得既然地主老财都被打倒了，就说明攒家财是个顶顶罪过的事，只有像他们这样，东西到手就给吃光喝光，那才叫社会主义的又红又专呢。就跑去和村干部这么理论，别说，村干部还经常让野鹊娘的理论给驳得半天说上不来一句话。村干部一说不上话来，野鹊娘就觉得自己说得更有理了，对野鹊不停告状这事，就更是支持了。

后来，大伙说野鹊娘为什么这么支持野鹊告状？是因为野鹊告状回家的路上，不是拎回一只鸡就是吊回一只鸭，都是沿途偷的。因为没偷本村，野鹊也就不避人耳目，大多时候用根棍子挑着，跟电影里的日本鬼子进村扫荡完了拿枪挑着鸡鸭的德行一模一样。

人嘛，都是自私的。其实村里人也希望野鹊出去告状，因为只要野鹊频繁去县政府告状，村里的鸡鸭鹅狗的都会安生得很。那会儿人穷，地是集体的，只有菜园子和鸡鸭鹅狗等畜生是村里人少得可怜的主要财产，尤其是家庭主妇们，丢只鸡心疼得跟丢半条命似的。野鹊似乎也很享受四处告状的日子，有一年，村里来了工作组，村支书和工作组的人在街上边走边聊村里的情况。野鹊迎面来了，村支书就远远把野鹊的情况说了，等走近了，村支书想在工作组跟前表现表现亲民，就亲热地和野鹊打招呼，小隋，这是上哪儿去了？

其实，在乡下这不过是句打招呼的客气话，至于被问的人去不去哪儿根本就不重要也没人真正关心。

几乎从不被主动问好的野鹊并不领村支书这情，他翻了村支书一眼，愣着嗓门说，少跟我装他妈的大头蒜，我去哪儿了你不知道啊？除了去告你，我还能去哪儿？

工作组的人算是见识了野鹊的愣和不知好歹。

## 5

后来，野鹊不知怎么弄了一辆自行车。推回来以后，在后座上绑了根棍子，骑着满街跌跌撞撞了几个来回，就会骑自行车了。人问他自行车哪儿的。不高兴的时候野鹊回个白眼，意思是你管得着吗？心情好的时候就说县政府的人见他整天来回跑着告状太辛苦了，送他的。当然，这话没人信。大家觉得自行车是偷的这个猜测更靠谱。

自从有了自行车，野鹊在村里待的时候就更少了，来回都嗖嗖的跟风一样，有时，车后面还拖一条死狗，从外村偷的。

别人家的菜园子，种各种各样的菜，野鹊家的菜园子只种那种秋天收了腌咸菜的疙瘩头，一个两三斤重，收了，腌一些咸菜，其他就用沙土培着，用的时候扒拉一个出来。

据村里人说，野鹊家种疙瘩头，不以腌咸菜为主，是用来钓狗的。

话说野鹊偷狗，从来不偷本村的。兔子不吃窝边草是其一，其二是他的名声太臭了，不管谁家丢只鸡跑掉一只鸭，都会有人跑到他家门口骂阵，再要不就是往他家院子里扔狗屎淋粪便的，野鹊多少也晓得要点儿面子。觉得作为一个人，也不能把身边人都给得罪光了，所以，自从有了自行车，野鹊和他娘馋了，就骑上自行车去外村偷，鸡鸭鹅猪狗，捞着什么偷什么。

野鹊最绝的一手是偷狗。临出门前，把疙瘩头放锅里煮了，疙瘩头和萝卜还不一样，质地比萝卜硬，开锅半天也煮不烂，野鹊也不让它煮烂了，而是开锅煮上个三五分钟，等疙瘩头里面也滚热了，就拿个破棉袄包了，骑上自行车就往外村跑。到了外村，骑着自行车打街上一过，就会有狗狂吠着跑出来追，野鹊把自行车蹬得飞快，等到了村外，就把破棉袄里的热疙瘩头往地上一扔，狗本能地迎着往上一扑，像咬仇敌一样一口咬住了疙瘩头，这就坏了，因为疙瘩头是用棉袄包着的，里面还滚烫滚烫的，狗一口咬下去，烫得满嘴呜呜着摇头摆尾，就算能挣脱了滚烫的疙瘩头，牙也留在里面了，成了没牙的狗，也就没危险了，野鹊就会从车上下来，拿起早就准备好的带着倒钩的铁钩子，远远地，一下捅到狗脖子上，拽过去，活活勒死了，拖回家，扒皮煮肉，至于剥下来的狗皮，太多了，谁稀罕谁去野鹊家要。

所以，尽管村里人提起野鹊就恨得牙根痒，可除了张老三家，几乎家家有一张从野鹊那儿讨来的狗皮褥子。我们村是个几百户人家的大村啊，可见，那些年间，有多少狗被野鹊这混账东西给算计了。

## 6

一晃，野鹊就二十多岁了，关于他的婚姻，基本是连想都没人替他想过，一个好吃懒做的二流子，就像村东头的那个外号叫狗鸟的男人一样，当然就该是光棍命了。

可野鹊还就娶上了老婆。

那是在1972年，二十三岁的野鹊居然娶了老婆。

我们全村人的下巴都给他惊愕得掉在地上砸起黄尘狼烟一片。

事后，大家才知道，他娶的女人比他大了整整十一岁，娘家是柴沟的，离我们村三公里，父母是当地有名的大地主，因为成分不好，整天挨游街挨批斗，好端端的闺女没人敢娶，眼瞅着就要老在娘家，就遇上野鹊了。

野鹊老婆和野鹊是怎么遇上的呢？因为柴沟到我们村交通也便利，野鹊就偷到柴沟去了，看上了地主家一只老母鸡，堵到草垛里正要得手的时候，被地主和老婆发现了，围住了又打又哭的，被人攥了手腕逃不脱的野鹊就露了凶相，说自己是新中国的献礼，光棍一条，都快饿死了，他们不仅见死不救还为难他，就是没阶级觉悟……那会儿正“文化大革命”啊，地主一家给斗怕了，知道现在是又红又专的野鹊们的天下，再加上自家身份敏感，知道难为了野鹊这样的人怕是没自己的好果子吃。

已经失了势的地主老婆就哭着说，他饿不要紧，她回家把家里仅有的一碗白面给他擀了面条，但野鹊得放了她的鸡……

野鹊觉得也成，就答应了，但提出了一条，光一碗面条不行，还得给他汆碗蛋花汤。

地主老婆含泪答应了。

然后，这碗面条吃完，地主家的闺女就成了野鹊的老婆。

虽然比野鹊大十一岁，但地主闺女并不显老相，模样周正，人也勤快，她一进门，野鹊就变了，不再出去偷鸡摸狗，整天和他老婆一起去东河底下捡石头，捡满一车就推回来，几个月的空，野鹊家原来破狼破虎的泥坯院墙就换成了好看的鹅卵石院墙，都是两口子一边捡一边砌地垒起来的。

村里人看了，就说，嗯，男人被窝里就得有个女人管着。瞧，野鹊就是例子，地痞流氓也能给管成过日子的好手。

渐渐的，村里人对野鹊那颗警惕着的心，就松弛了下来。

可事实证明，村里人高兴得太早了。

转年春天，野鹊老婆怀了孕，挺着大肚子进进出出的，不仅管不了野鹊了，野鹊娘还看她不顺眼，因为她养只鸡下了蛋都不舍得给她这当婆婆的吃，要攒多了赶集卖钱。为这，野鹊娘没少和她吵，吵来吵去，恼大发了，趁她不注意，把鸡抓过来杀了炖着吃了。等野鹊老婆挺着大肚子从地里回来，看着一地的鸡毛，哭得如丧考妣。有什么用呢？鸡已经让婆婆吃到肚子里去了。

就这样，野鹊老婆一心往好里奔，野鹊娘俩就死命拉后腿。两下跟拔河似的较劲较到野鹊的儿子五岁的时候，野鹊老婆让野鹊娘俩打得实在受不了了，就抱着孩子跑回了娘家，提出了离婚。

野鹊娘说离婚不要紧，得把她的孙子还回来，老话说的，不孝有三无后为大啊。不给就让野鹊三天两头往柴沟跑，去了，就一句话，给不给孩子？不给，再不多说了，动手就砸。

或许读者会说野鹊老婆一家咋不报警啊。

嗯，这话说得，就忒站着说话不害腰疼了。

野鹊老婆家什么家庭成分？就算报了警，就算警察来了，这也是家庭纠纷，咱中国向来这德行，家庭纠纷，只要没出人命，官家就不会管。

野鹊老婆娘家让野鹊折腾得实在不像样了，豁上宁肯把孩子给野鹊，这婚也一定要离。

野鹊就把孩子抱回去了，婚也离下来了。离下婚来的第二天，野鹊老婆就上吊死了。野鹊老婆的爹娘哭得啊，真的是昏天黑地，谁见了也免不了心酸。很久很久的后来，政治气候宽松了，野鹊的老丈人赶集时遇上我们村里的人，说起他闺女，抹着眼泪说闺女为啥要离了婚才上吊，就是怕婚没离下来，死了还是野鹊家的人。

野鹊娘俩真的把他老婆的心伤透了，伤到死都不愿意做他们家的鬼。

## 7

野鹊的儿子叫华，跟着野鹊娘俩，一点儿福没享，打小就饥一顿饱一顿地熬着日子。夏天好熬，光溜溜地满街跑，凉快着呢。可冬天就不行了，一件破棉袄，穿了一年又一年，野鹊娘是著名的好吃懒做，也不给拆洗，孩子又是长身体的时候，那棉袄小得跟马甲似的，前露着肚子后露着脊梁，还破得里里外外地挂着一穗一穗的烂棉花，往街上一站，孩子就跟冻抽抽了一样，缩着脖子抄着手，像未老先衰的小老头。就这，还不算遭罪，遭罪的是孩子还得听野鹊和野鹊娘的差遣。

野鹊上了点儿年龄，也不像以前那么勤快了，自己不想出去偷的时候，就把他的破自行车往华跟前一立，撵着他出去偷鸡摸狗。华跟着娘的时间长，知道做人不能手贱，不管奶奶怎么骂、野鹊怎么吆喝怎么一脚踹一跟头，就是不肯去偷。野鹊熬不过馋，只好自己出去偷，作为惩罚，偷来了也不给华吃，其实给吃，华也不要。在性情上，华随他亲娘，宁肯饿死也不吃野鹊偷来的东西。家里有这样的长辈，也待不住，华十一岁上，扒火车去了青岛，先是在街头流浪了一阵儿，后来在热河路拉崖。

青岛是依山而建的城市，不少路都是漫漫的大上坡，那会儿，机动车还不普及，像粮店、煤店、杂货店等单位，多是靠人力车拉货，到了这些大上坡，一个人拉车，就困难得多，就经常有半大小子什么的，自备根带着挂钩的拉车绳子等在坡下，见车来了，问要不要帮忙，要的话，就把钩子往车上一挂，帮忙拉到坡上，拉一次，能挣一毛钱。华在青岛拉了七年崖，攒了点儿钱，觉得还是想家，就收拾收拾回去了，想回姥姥姥爷家，可回去一看，两位老人都已作古了，只好回了我们村。

那会儿野鹊已经到邻村一个寡妇家入赘了，专门煮烧肉卖。据说寡妇很厉害，有三个小驴一样强壮的半大儿子，为了对付野鹊的不着调，她专门备了一根比大拇指还粗一点的枣木棍子，一米半长，只要野鹊敢撒野，操起枣木棍子就打，再加上三个半大小子帮忙，野鹊经常让她给收拾得满院子跳着脚告饶。

家里没了野鹊这根恶狠狠的搅屎棍子，日子就好过多了，既然回来了，也不能总是闲着，华也打算煮烧肉赶集卖。才卖了没几天，野鹊就知道了，因为方圆多少里，就那么几个集，多了一个卖烧肉的就是多了一份竞争，野鹊的后老婆认为华这是成心抢他们的生意，挺生气，让野鹊回家教训教训他。

野鹊也气得要命，想自打入了赘，好不容易过上不用偷也天天有肉吃的日子，没想到华又来搅阵，就在集上放了口风，说早晚有一天，他得回来把华给收拾了，嗯，像收拾煮烂乎了的猪头一样收拾！

而且说到做到。

野鹊的狠话放出来有半个月，见华没收手不干的意思，在某个夜黑风高的晚上，野鹊真提着一把剔骨刀回来了。

只可惜，他的自行车太破了，离着还有半里路呢，华就听见了野鹊的破自行车的零件们叮叮当当地一路来了。也没怕，不慌不忙地准备了一根长竹竿和一根短棍，黑暗里，听见大门一响，有把寒光四射的刀闯进了院子，就知道是起了杀心的野鹊果然来了，遂也没客气，黑暗里，用心暗暗瞄了准，端着竹竿就冲野鹊奔过去。

野鹊应声倒地。

终究是老了。

那天晚上野鹊被自己的亲儿子结结实实地教训了一顿，再也不提回家把华杀了，像收拾烂乎的猪头一样收拾他一顿了。

虽然野鹊不回来捣乱了，但华的煮烧肉生意也收摊了，因为野鹊娘太馋了，都六七十岁的人了，还每天半夜爬起来偷猪口条和猪肚吃。一套猪下货，就口条和猪肚值钱，让野鹊娘这么一偷，华就只剩了折本的份，折来折去，索性就关张了，伤心之下去东北下煤矿背煤去了。

没几年，野鹊后老婆的几个儿子长大成人，把早就看不顺眼的野鹊给撵出来了。

为此，野鹊气得要命，整天站大街上骂那三个混账小子忘恩负义。有人就打趣他，说野鹊，要骂你去西施家屯骂，在这里骂有啥用？人家又听不见！

西施家屯就是野鹊后老婆的那个村。

野鹊就气哼哼地呸一口唾沫，说做人得有点儿骨气，这辈子，只要他还有口气就不会到西施家屯踏一个脚印，因为恶心着他了！

改革开放之后的野鹊不到处告状了，但是骂西施家屯的娘四个是他每天都要进行的首要任务，那架势，好像他这辈子为这世界立下了汗马功劳却被那娘四个昧着良心独吞了一样。

骂着骂着，他的老娘就没了。

没就没了吧，反正野鹊也不待见她。

骂着骂着，野鹊就老了，混账不动也赖不动了，又开始闹村委，要求五保户待遇。

村干部说有儿子的不能享受五保户待遇。

野鹊就骂他看不见也摸不着更不知道在哪里的华，骂他怎么还不死，害他享受不着五保待遇。

虽然不是五保户，可他享受的待遇比五保户还五保户，因为他天天赖在村委不走，村干部总不能眼睁睁看着他饿死吧？每每他来了，总得想办法弄点儿粮食弄点儿钱把他打发回家。

直到有天，华领着媳妇孩子从东北回来了。

## 8

从东北回来的华没回野鹊家，而是借了间房子住着，用在东北背煤挣下的钱，盖了一趟明亮亮的大房子。

华盖房子期间，野鹊去他借房子那户人家骂过。说人家没安好心，说他们明明知道华有家有亲爹，还就在眼皮子底下，他们不但不劝他带着老婆孩子回家孝敬老爹，还借给他房住，这不成心离间他们父子吗？

听他骂得似乎也在理，人家也不说啥，就把华喊回来。

野鹊又冲华喊了一顿。

华说，你这会儿知道我是你儿了？脸上连点笑模样都没，把他推搡了出去。

野鹊站在风尘滚滚的街上，感觉岁月像洪流一样从他身上浩浩荡荡开过。渐渐地，他老了；渐渐地，腰直不起来了、腿也罗圈了；渐渐地，他连捉住一只正在下蛋的母鸡的力量都没了。

七十多岁的野鹊老得不像样子，花白的头发衬托出了格外的苍凉。华的大房盖起来了，很是气派。人就逗野鹊，说，你儿的房顶好，没请你搬进去住几天？

野鹊就呸一声，说，请多少遍了，我不屑得去，我自己个儿多自在。

确实，华也曾在街坊邻居的劝说下把野鹊接到家里去了。可野鹊并不领情，在家作威作福的摆出一副我是老子你们就得毕恭毕敬地当祖宗伺候着的嘴脸，可华的媳妇不吃这一套，只要野鹊一要横，她就揭他的短，动辄就掀开华的上衣晾他的后背，说谁家爹娘能让孩子遭这罪？可华就把这罪遭了。

华的后背上，镶嵌满了大如黄豆小如米粒的碎煤渣滓，是当年在东北下煤矿背煤硌进肉里去的，长在里面，弄不出来了，密密麻麻的很瘆人。华的媳妇掀一回他的衣服就哭一回，觉得华可怜，所以，对华很好，小两口齐心协力，把小日子过得蒸蒸日上。

华的媳妇一掀野鹊的老底，他就恼羞成怒，挥着拐杖就去打华的媳妇，有时打得着有时打不着，这么闹了几回，华就把他请出去了。

继续过回一个人的日子的野鹊，已经偷不动了。他夏天抱着拐杖在树荫里，冬天抱着拐杖在南墙根下吹牛。每到月底，华就会准时把粮食给送过来，不敢送多，送多了他就拿去换酒喝，喝得没得吃了，就去华的门外骂大街，让他骂没辙了，华只好背着媳妇从家挖粮食掏钱给他。

村里人就说，人啊，怎么过都是一辈子，瞧野鹊，这辈子过得，虽不说无恶不作也差不多，怎么着？到老，比含辛茹苦了一辈子的人还滋润，有肉吃有酒喝还有儿子可以骂。

大约2010年的时候，野鹊得了病，便血，华拉他去医院看，医院说是直肠癌，已经晚期扩散了，让回家好生养着。

从医院回来，华就直接把他拉自己家了。

他瞪着眼看华，说，咋不送我回自己家。

华说，住我家吧。直肠癌的事，华没和他说。

野鹊想了想，问，我这病没治了吧？

华既不想说实话吓着他，也不想敷衍，就没说话。

破天荒地，野鹊叹了口气，说，我知道。

野鹊这辈子从来都是雄赳赳气昂昂的，哪怕是老得要不动横了，眼里也横着混账这俩字的缩影，他居然叹了气，华就知道，他日子不多了。

野鹊求生欲望很强，在最后那段时光里，他到处打听偏方，譬如把玉米芯磨碎了煮一煮吃掉，譬如满街找蝎子蜈蚣吃，说是以毒攻毒。最让人受不了的是他捉了活蛇，把头一掐，卷在单饼里就着吃，吃得看的人心惊肉跳，头皮发麻。他却眼都不眨一下，因为他太想活了，想活想得他除了满世界找偏方就是咒骂华和他媳妇，骂他们不是东西，明知道老子得了病，眼睁睁看他去死也不送他去医院治……

骂华和他媳妇的时候，他总是站在门外的街上，像只瘦骨伶仃的大螳螂，两手牢牢地扶着墙，气喘吁吁地骂。一开始，大家还觉得他可怜，会宽慰上两句，可再想想他野鹊一样的人生，就觉得他能落到今天这地步，也是咎由自取了，渐渐，就没人劝了，再渐渐，他骂他的，别人走别人的，好像，他已不再是个人，而是大家多少年来熟视无睹的一棵并不赏心悦目的老树。

就这么骂着骂着，他终于耗干了，死了。

我们的村子，一下子就安静了下来。终于，他死了，死成了一个有那么点儿邪恶的传说。